RAINER Y MINOU

OSVALDO BAYER

RAINER Y MINOU

Una realidad literaria

Planeta

Diseño de cubierta: María Inés Linares
Diseño de interior: Alejandro Ulloa

Independencia 1668, 1100 Buenos Aires

ISBN 950-49-0733-4

Hecho el depósito que prevé la ley 11.723
Impreso en la Argentina

La estricta realidad siempre cobra alas
y supera en imaginación a toda ficción.

Osvaldo Bayer

A Ana, mi hija, por aquel tiempo berlinés.

NOTA DEL CRONISTA: Todo es testimonial, directo, sin adornos. Recurrimos a la tercera persona para no caer en el protocolo policial. Todo se reconstruyó con las confesiones de los protagonistas o el detallado informe de los allegados. Recogidos con la desconfianza del verdadero armador de la memoria. El idioma reproducido es el aproximado al que usaban los protagonistas, que entre ellos gustaban conversar con argentinismos, algunos de finales de los años treinta (Rainer) y otros, de las décadas del sesenta y setenta (Minou). La crueldad a veces presente es la habitual de la realidad, elaborada por la imaginación, pero no inventada.

Rainer quedó fascinado ante la hermosa judía. Que no era hermosa, pero que lo parecía. Atractiva, esa era la palabra. Muy atractiva. Se la enviaba su amigo Alexander Knapperbusch, el director de la Escuela de Cine de Baviera.

–Leí la carta de Alexander. Habla muy bien de usted. Brillante, con las mejores notas. Y eso, con Alexander no es fácil.

Ella, nerviosa, lo interrumpió. Le gustaba abreviar todos los preámbulos. En los preámbulos se podía perder todo. Quería, con tres o cuatro cosas que había pensado para la entrevista, maravillarlo, dejarlo pensando, seducirlo. Ella se conocía bien y estaba segura de su poder. Quien pega primero pega dos veces.

–Tengo planes para mi primer film que creo concitaría el interés de las nuevas generaciones, de los jóvenes, principalmente. Alexander me habló de los contactos de usted, como titular de cine de la senaturía berlinesa de cultura, con el Festival de Cine de Berlín, con los productores y con quienes me podrían allanar el camino hacia la financiación del primer proyecto, que es de muy poco costo, pero de una gran profundidad e interés para el público alemán, y toda clase de público, que bien filmado podría ser no sólo un gran éxito, sino también un film pedagógico, para ayudar a no olvidar. El film de una mujer, visto con ojos de mujer.

Así, todo de una vez. Parecía que la había preparado un especialista en relaciones públicas. En dos minutos, el preámbulo perfecto. Rainer la miró detenidamente. Estudió sus rasgos y su fuerza y su dicción. Mónica (ella se presentó como Minouche) Seefeige se expresaba en un alemán como aprendido en la escuela, neutro, directo. Las últimas palabras de ella le acentuaron a él la curiosidad. Rainer quería seguir oyendo ese torrente de palabras y percibir la fuerza que irradiaba esa mujer alta, turgente, pletórica. No dejó de sentir miedo que ella lo descubriera en su timidez para aprovecharse de él. Sí, venía sólo a eso, a aprovecharse de él. Es lo que presintió después de la primera frase de ella. Por eso, en ese momento justo, la interrumpió. Para mostrarle que era él el juez, que él tenía el poder.

–¿Qué tema? ¿Cuál es el nudo del... argumento? –le preguntó solícito, frío; de pronto, neutro.

–Mi vida –contestó ella. Lo miró un tanto desafiante y se puso muy seria.

–¿Su vida? –repreguntó él, casi divertido, como si ella hubiera bromeado–. ¿Tan joven y ya tiene argumento suficiente?

Ahí ella puso una cara como dolida, menospreciada, y él se apresuró a enmendarse:

–¿O se trata de una experiencia, un episodio...?

–No, mi vida –dijo ella, seria, casi agresiva–. Soy judía, víctima de los nazis.

Él cambió de inmediato la expresión. Hizo un gesto con la mano para ganar tiempo y a la vez para tratar de apagar todo lo que nacía de pronto en su cabeza; se le asomó su imagen de niño. Él, solo, en un pasillo largo de baldosas conocidas y amadas. Y los ecos de sus pasos.

No la oyó casi cuando ella le hizo una pregunta que rompió en mil pedazos esa, su imagen del pasillo largo y cuya evocación le producía una alegría triste que lograba borrar lo melancólico. El pasillo de la niñez feliz, en aquel Belgrano tan argentino y tan alemán. Pero en ese momento, esa imagen se transformó en un cristal cuyos trozos volaron y le dejaron pequeñas heridas afiladas en el cerebro.

–¿Cómo dice señora... Seefeige?

–Le preguntaba si usted nació en Buenos Aires. Yo también.

–¿Cómo lo sabe? –dijo él, casi en voz baja, para ganar tiempo.

–Me lo dijo Alexander. Me contó que lo vio en su pasaporte, que decía: nacido en Buenos Aires, una vez que ustedes dos viajaron juntos.

–Sí, soy nacido allá...

–Yo también –volvió a reafirmar ella, con una seguridad como alguien que sabía todo, absolutamente todo sobre él.

Él se la quedó mirando, como esperando que ella dijese algo más. Que dijese que lo sabía todo. Pero no. Ella hizo un silencio, que a él le pareció largo, como a propósito.

Rainer sintió un vacío absoluto en el cerebro. No se le ocurrió nada. No se le ocurría nada. Pero su mirada le iba detallando los rasgos de ella. Atractiva, pero dura. Sumamente dura, como a él le gustaban las mujeres. Esa dureza que parecía decir: soy nada más que una mujer pero me vendo caro, estoy acostumbrada a lograr lo que quiero. Una mujer no derrotada todavía. Su amigo Erlo sostenía que Rainer buscaba el otro lado de las mujeres duras, porque siempre se decía que las mujeres duras eran, en sí, las más maternales.

–Me dijo Alexander que sus contactos son los mejores... Yo terminé mis estudios, estoy llena de planes. Y me encuentro en este país como una judía perseguida, aunque todos me tratan de lo mejor. Complejos, miedos, tal vez. Me imagino que así se sentían mis padres cuando tuvieron que emigrar por ser judíos. Ahora yo vuelvo y todavía no puedo vencer ese miedo heredado.

Se lo dijo así, siempre directa. Esa forma un tanto oportunista de describir sus problemas era para ella la mejor forma de ir al grano. Hasta ahora esa fórmula bien estudiada sólo le había traído ventajas en Alemania. Así, plantarse y decir: señores, soy judía y ahora vengo a cobrarme todo lo que me hicieron. Y si no me oyen los voy a llamar nazis en el primer lugar público que los encuentre. Nada de finezas ni simulaciones. Primero, el escupitajo en la cara. Se lo decía una judía joven, hermosa, con "talento" según el certificado de fin de curso de Alexander Knapperbusch, el gran director del "nuevo cine alemán" y, a la vez, director de la escuela de cine más renombrada, posiblemente de toda Europa, la de Baviera.

Rainer puso la habitual cara seria de funcionario.

–Sí, la comprendo, y la vamos a ayudar. Por eso lo primero que le pediría sería un corto resumen de su proyecto... de su vida. Quisiera leerlo, desde ya por interés propio, además de lo que podamos hacer.

Dicho con tono burocrático, pero que sonó a inseguro. Minouche le alargó una carpeta con no muchas páginas. Y cambió la forma de sus expresiones. De la agresividad velada a la complicidad:

–Aquí está, pensé que lo mejor era traerlo directamente. Alexander me habló muy bien de usted, y sabía que no se lo iba a tomar a mal, que no le iba a parecer una especie de imposición, de invasión.

–Oh, buena idea, así ganamos tiempo –dijo él, cada vez más inseguro, aceptando la carpeta, cosa que nunca hacía sino que las derivaba a sus secretarias.

–Bueno, no quiero hacerle perder más tiempo ¿Cuándo lo veo? –dijo ella rápida, abreviando la despedida.

–El viernes tengo que viajar al Festival de Oviedo...

–¡Ah, qué bueno, qué ganas de ir para refrescar mi español! Es un festival muy atractivo...

–¿Lo conoce?

–Sí, fui con Alexander, hace dos años.

–Qué raro, no los vi, voy todos los años.

–Yo sí lo vi, cuando usted subió al escenario para entregar a Margrit Allenstein el premio a la mejor actriz.

–Ah, sí, se lo merecía. ¿Qué le parece la semana próxima? –la interrumpió él, tratando de ganar un poco de autoridad–. ¿Lunes? ¿Lunes? ¿A las 19?

* * *

Esa noche, en su casa de solitario, la soledad que él tanto apreciaba lo llenó de tristeza y miedo. La figura de la mujer que lo había visitado estuvo presente en todo momento. Tuvo necesidad de beber, contra su costumbre. Tres copas de champaña. La bebida le hizo bien. Hubo algún momento en que sonrió y creyó que tendría suerte, que se le abrían posibilidades, que iba a poder vencer sus complejos frente a los que sabían todo sobre él. Frente al complejo que no podía vencer, que lo hacía reaccionar huyendo o agrediendo.

Pero llegó a visitarlo Erna, su única hermana, la mayor de los dos. Rainer le abrió la puerta con temor, como siempre, como si ella lo hubiera descubierto en alguna travesura. No había retirado ni la copa, ni la botella. Erna se dio cuenta de todo con apenas una mirada.

–¿Qué te pasa, te sientes solo? –fue la pregunta esperada. Ella persiguió a partir de su llegada todos sus gestos y movimientos.

–No –dijo él como tratando de ganarla con un rapto de sinceridad–, me sentía cansado. Hoy tuve que recibir a gente de todos lados. Fue mucho el estrés. Y me dije, cuando llegué, "me voy a dar un empujoncito".

–¡Qué raro! –dijo Erna, dura–, es la primera vez que te veo con alcohol desde que te dejó Sieglinde.

–No hables así –le reprochó Rainer, con repentina rabia–, no me dejó, nos dejamos de común acuerdo.

El rostro de Erna tomó una imagen escéptica. Lo miró largo al hermano como para que entendiera que ella no era tonta.

–Mañana te vengo a buscar a las diez.

–¿Mañana? –preguntó él, algo asustado.

–Sí, mañana se cumplen diez años de que murió mamá. Me imagino que me acompañarás.

–Por supuesto –dijo él, culpable de no haberse acordado.

–Ya encargué las flores... diez años.

–Diez años ya –reflexionó él, y miró triste por la ventana como para rehuir a la hermana y refugiarse en sí mismo. Se llenó de nostalgia y de ese dolor que sentía siempre en el pecho.

Erna desenvolvió el paquete que había traído.

–Te hice un cuadro de mamá, con la mejor foto, la que vos siempre dijiste que así, tal cual, era ella.

Él se aproximó con miedo.

Los dos quedaron mirando el rostro del retrato. Erna quebró el silencio casi religioso con una pregunta que era una orden.

–¿Dónde lo vas a poner?

La pregunta lo puso furioso, pero se contuvo.

–En el mejor lugar –murmuró.

–No lo vayas a esconder –dijo ella como tratando de descubrir esos miedos del hermano que presentía.

* * *

A la mañana siguiente Rainer se quedó más tiempo que de costumbre en la cama, al despertarse. Primero pensó en Sieglinde, la que había sido su esposa por tan poco tiempo. Conformaban la pareja perfecta. Ella de la nobleza de la Prusia oriental, con un apellido que hablaba de glorias militares del siglo pasado, y muy bella, pero de una belleza apagada, tímida. A los dos los unían las bellezas de sus rostros y de sus cuerpos. Pero también una inveterada tristeza. Eran elegantes, finos. Pero el matrimonio duró sólo tres meses. No llegó a consumarse. Una tarde, cuando los dos estaban en la biblioteca de la casa, de pronto Sieglinde dejó el libro que estaba leyendo sobre la mesa y le dijo:

–Me voy. No tiene sentido que sigamos juntos.

Él la dejó ir. No hizo ningún intento. Él sabía que ella le estaba reprochando su falta de vida sexual. No la había tocado. Se habían acostado siempre separados, en cuartos separados. Por la mañana, al desayuno, se miraban, se sonreían. Bebían el café en silencio. Y después él, muy condescendiente, le hablaba de los films vistos para hacer la crítica en *Die neue Zeit.* Después, nuevamente el silencio.

Hasta que Sieglinde se fue. Jamás ella le hizo ningún reproche. Alguna vez se vieron en alguna fiesta. Se saludaron con cariño. Y se desearon suerte. Nada más. Nunca había existido ningún exabrupto entre ellos. Respeto, sí, pero tal vez un inmenso aburrimiento que no lograba ser superado ni por el genio intelectual creativo de él ni la dulce alcurnia de ella. Rainer nunca le preguntó a ella la razón de su huida, él sospechaba que no sólo era la no consumación del matrimonio. Tenía miedo de saber la verdad. ¿Alguien le habría confiado a ella el origen de él, de quién era hijo? A lo mejor, no. Pero era preferible no saber nada. Seguir así, mirando al futuro. La ausencia de Sieglinde lo desgarró en un primer momento. Pero supo superarlo; jamás nadie llegó a saber el porqué. Cuando le preguntaban qué había sucedido, Rainer contestaba, con gesto mundano: "resolvimos separarnos". Ella decía exactamente lo mismo. Jamás dijo una palabra contra él. El recuerdo entre los dos quedó fundado en la nostalgia pero en lo definitivo. Sabían que nunca más iban a volver a ser lo que alguna vez soñaron. Rainer tenía de ella, de su hermoso rostro romántico, una pequeña foto en el escritorio, a veces tapado por los libros. Ella, ni siquiera eso.

Pero esa mañana, el rostro de Sieglinde fue alejándose poco a poco y volvió el de Minouche Seefeige. Un rostro que le había atraído desde el primer momento pero que al mismo tiempo le había hecho intuir peligros. Fue nada más que un relámpago porque el pensamiento en Minouche lo llevó sin pausa a su hermana, Erna. Y de pronto dijo en voz alta, tal vez para sentirse bien solo: "Erna, qué feo nombre tienes hermanita, qué nombre horrible, nombre de vieja". Se sorprendió al oír su voz y se avergonzó. Y se le presentó su madre, íntegra, en primer plano. Su rostro sin sonrisa pero bello por lo natural, naturalmente bella. Rostro bien compuesto, sin rastros de concesiones. Tal cual era ella. Pensó en el cuadro, que había quedado sobre el escritorio. Se levantó y se fue poniendo la salida de baño: primero una manga. Ahí se detuvo. Quedó con un brazo preso en la manga y el otro libre. Pensó en él y entonces sin que se lo propusiera, dijo otra vez en voz alta, como en un ronquido de ira, casi como una necesidad: "Erna, querida, tú siempre tienes razón, eres la que tiene razón, pero así vas a perder irremediablemente. Yo no quiero perder como perdió mamá, como estás perdiendo tú todos estos años. No seas cruel, no trates de ganar conmigo todo lo que perdimos y tú vas a seguir perdiendo en la vida. No te aferres a mí. Déjame volar solo. Huir solo."

Se sorprendió, se avergonzó y se reprochó: "¡qué blando, llorón, mariquita!", las mismas palabras que le dijo su padre cuando él tenía cinco años y lo vio llorar porque se había clavado una espina.

* * *

Festival de Oviedo, 1975. Aquí había que estar con cuidado. Los españoles participantes eran todos izquierdistas, pero los funcionarios eran franquistas. Izquierdistas y franquistas no se tocaban entre ellos, pero buscaban sus apoyos en los extranjeros. A él, Rainer Sturm, los izquierdistas hispanos lo odiaban –por alemán– o por lo menos se le acercaban sólo cuando necesitaban algo o veían alguna perspectiva de financiación o de invitación para Berlín. Los franquistas se le aproximaban para alabarlo por el solo hecho de ser alemán. Se le iban introduciendo despacito, querían llegar disimuladamente a décadas pasadas, pero sin hablar, por supuesto, de Franco o de Hitler. Rainer les huía como a la peste, porque tampoco quería que lo clasificaran en alguna ideología. Él era solamente moderado y liberal. O nada. O todo. O todo, menos nazi ni comunista. Cristiano-liberal moderado. Sí, esto último es lo que le gustaba más. ¿O era otra cosa a la que tenía temor de descubrir? La respuesta podía estar en que Rainer se movía siempre hacia el futuro. Mirar el futuro, hablar del presente, también, pero no de-cómo-habíamos-llegado-a-este-presente, sino: de-qué-nos-podía-servir-este-presente para el futuro. Una vez lo dijo: "mis amigos no tienen pasado. Nunca les pregunto qué fueron ni de dónde vienen". Pero allí se paró. Se dio cuenta que estaba hablando demasiado, que se estaba descubriendo. Y sintió miedo. Aunque también un poco de vergüenza, como si estuviera renunciando a todo lo que le pertenecía. Por su cabeza pasó rápidamente la imagen de su madre.

Se sintió un poco solo en esas cenas después de las exhibiciones de la muestra, a pesar de gente que venía a sonreírle y que hacía tiempo no veía. Se hizo un leve interrogante de por qué no la había invitado a esa mujer, la ju..., la estudiante de cine recién recibida que se había presentado esa semana en su oficina. ¿Por qué se preguntaba eso, si apenas la conocía?

Pero todo pasó muy rápido. Hasta ese último almuerzo. Cuando vino un ex funcionario de cine, un franquista de los viejos. Allí Rainer se confrontó otra vez con su verdadera realidad. Un hombre ya de cerca de los setenta. Todo el mundo lo saludaba al pasar. Le dijo:

–¿Rainer Sturm? Yo soy Jesús Saldías. Desde que leí su nombre en la lista de huéspedes, el pasado año, tuve ganas de verlo. Pero se me escapó, usted se fue muy pronto. Y ahora me dije: tengo que verlo, para sacarme una duda. ¿Usted por casualidad no es el hijo de Otto Sturm?

Fue como una cachetada en frío. Como un porrazo que le hubiera movido toda la masa cerebral. Se quedó paralizado. Apenas movió los labios para negar.

–No –dijo.

El viejo franquista se quedó sorprendido. Casi como si hubiera adivinado la mentira.

–Pero, ¿cómo, usted no es nacido en Buenos Aires? Otto Sturm estuvo hasta el '39 en Buenos Aires. ¿Sabe a quién me refiero?

–Sí, tengo alguna idea, pero mi familia vivió en el campo, no tengo ningún parentesco.

No pudo disimular mucho. Lo dijo todo en forma nada convincente. Huidiza. Como preparando ya el levantarse de la silla e irse.

–Qué lástima. Yo estuve en la delegación de Serrano Suñer en Berlín, en los cuarenta. Y lo conocí a Otto Sturm. Era un hombre de las sombras pero con mucho poder. Me llevó a su casa, en Dahlem. Estuve cenando allí. Me presentó a su familia. Tenía una esposa guapísima, germana pura. Me enamoré de ella a primera vista. Tenían dos chicos. Todavía me acuerdo sus nombres: la chavala, Erna; el niño, Rainer, como usted. Y fíjese qué casualidad. Tendría hoy más o menos su misma edad, unos 45 años.

–Yo acabo de cumplir 43 –respondió Rainer, mintiendo con rabia.

–Sí, claro, entonces estoy en un error. Qué lástima. Lástima, digo porque yo lo conocí mucho, la amistad siguió, con Otto. Tengo cartas de él, en castellano, nos escribimos hasta el '45. Y luego él vino, después de mayo, y yo lo refugié en mi casa, pero a la semana se fue y nunca más supe de él, me imagino que pudo escaparse a la Argentina, en aquel tiempo estaba Perón. Cosas de la época. Era un tipo fantástico, ese Otto, muy jovial. No me arrepiento de haberlo ayudado, y cuando me preguntan, lo digo, yo no lo niego, a pesar de las cosas que se cuentan de él.

Ese "yo no lo niego" significaba que el español se había dado cuenta de la mentira de Rainer.

Daba la impresión que el español le largaba todas esas cosas a Rainer como un pescador que va cambiando de anzuelos con piques cada vez más atractivos. Rainer en un momento dudó. Pedirle disculpas y decirle: sí soy yo, el hijo. Cuénteme, cuénteme todo de mi padre, que estoy curioso, que no doy más por saberlo. Porque quiero saber la verdad de ese oscuro personaje del cual mi madre estuvo tan enamorada.

Pero se reprimió. Sólo sus ojos demostraban ansias. Su cuerpo estaba muerto, su corazón apenas funcionaba.

–No, no sé nada de eso –intentó explicar Rainer. Su balbuceo sonaba a descortesía. Así lo comprendió el señor Saldías. Sonriendo se levantó de la silla. Abrió los brazos y se disculpó:

–Bueno, lo veo muy ocupado. Perdone el equívoco. Pero es que quería saber más de Otto Sturm. Era un hombre íntegro, duro, pero exageran cuando lo culpan de tantas cosas...

Rainer tuvo ganas de llamarlo a gritos:

"Venga, cuénteme, dígame la verdad. Sí, era mi padre, mi padre, ese hombre que sólo veía los domingos al mediodía y alguna que otra noche, en su uniforme. A quien sorprendí acariciando a mi madre. Los vi cómo se besaban. Mi madre lo besaba a él. Y dicen que durante la guerra fue el peor de los asesinos... lo llamaban *Bluthund,* perro sanguinario, el braco, el perro de presa". Lo de "perro sanguinario" lo habían traducido así una vez en un diario de la Argentina. Y Rainer lo adoptó para sí, porque le parecía que describía justo al personaje que había sido su padre, de acuerdo a todos los informes que había leído, siempre a escondidas, siempre cuando estaba solo.

Pero se retuvo. Lo siguió negando.

Habría tenido ganas de ir a una iglesia y pensar en Judas. Meterse en Judas para comprender por qué se prestó a vender su alma. Negaba a su padre por treinta dineros. Para ascender, para ser bien mirado por la intelectualidad de izquierda y los hombres socialdemócratas del gobierno berlinés.

En el avión de regreso tomó tres whiskys; se durmió. Llegó, se acostó y soportó insomnio y luego pesadillas en esa larga noche llena de fantasmas vestidos de traje negro pero su madre de blanco, besando a alguien que no pudo distinguir. ¿Había dormido o se había imaginado todo, despierto? ¿Por qué él era tan débil, tan sensible? Otros, con pasados horribles, ni pensaban en eso, seguían adelante con una fuerza increíble. Y él, con su sensibilidad a cuestas. ¿Es que acaso la verdad era que él quería volver a lo que ya jamás volvería?

* * *

Leyó con cierto temor el libro cinematográfico que le había traído la muchacha. ¿Por qué había dejado pasar tantas horas para leerlo, si Minouche se lo había entregado casi con apremio? El mismo gesto de las manos de ella, al alcanzarle el cuaderno, tenían algo de fuerza, de reclamo, de: aquí está, léalo, léalo y bien pronto. Así lo había sentido él, o tal vez recién ahora se daba cuenta del gesto fuerte, nada humilde de Minouche.

Era una historia de los judíos alemanes recién llegados a Buenos Aires después de huir de Hitler. Rainer se iba interesando cada vez más por la historia pero al mismo tiempo tomaba distancia. Terminó y se dijo que si bien el tema estaba bastante mal tratado y en forma demasiado en blanco y negro, debía apoyarla. Oponerse le podría traer problemas. Ayudarla iba a significar ayudarse a sí mismo. Todos iban a hablar de su sensibilidad con los perseguidos e iba a romper el hielo que muchos círculos habían acumulado contra él, no porque pudieran demostrar algo contra su persona o su conducta política, sino por su origen, por su padre, por su familia. Injusto, como si él llevara el pecado original.

Iba a imponer ese libro, aunque tenía otros veinte o treinta en el cajón del escritorio sobre el mismo tema, mucho mejor escritos. Pero claro, esto era distinto. Por la autora. Judía. Porque había nacido en Buenos Aires como él. Porque se la había recomendado Alexander, el director de la Escuela de Cine de Baviera. Y tal vez por algo más, indefinido, que se iba imponiendo.

La llamó por teléfono él mismo, sin recurrir a la secretaria.

–La felicito, este es el libro que busco desde hace años. No tenga la menor duda que esto se va a filmar. Tengo suficientes amigos a quienes les gustaría hacer algo así. Por eso desde ya, voy a tratar que se le consiga la financiación correspondiente. (Trató de exagerar su entusiasmo para hacerlo creíble, para que ella no creyera que él lo hacía por temor, por imposición, por mala conciencia.)

Minouche, al otro lado del teléfono, se quedó con la mano en el tubo, cuando Rainer colgó. ¿Cómo había sido tan fácil? ¿Porque es realmente bueno o porque es un tema judío? Sintió como una sospecha. Pero lo que a ella la sorprendía mucho era que Rainer no le hubiera hecho algún reparo, como se lo había hecho Alexander, por ejemplo, que la había aconsejado que le hiciera varias mejoras ante de llevárselo a Rainer. Pero éste, nada, el hombre que le hubiera podido imponer fácilmente algunos cambios.

¿Por qué tan fácil?, se siguió preguntando Minouche. Presintió algo: ¿me querrá usar para algo? ¿Lo hace para detener otros proyectos que él odia? ¿Para quedar bien con Alexander? ¿Para voltearme en la cama? No, no, esto último... Le pareció que cuando fue a verlo él ni siquiera lanzó una mirada furtiva a su cuerpo, que era, sin duda, una muy buena tarjeta de presentación.

La había citado. Iría con muchas ganas de saber cuáles eran las verdaderas intenciones de él. ¿O es que el guión realmente le había gustado?

* * *

Ésta era la Fasanenstrasse. Aquí, bien céntrico estaba la sede de la comunidad judía de Berlín. Iba a hablar con el mismo secretario general que había conocido muy al pasar, cuando llegó a Francfort y se fue a presentar a la central. Allí, en la sede, otros judíos lo ayudaron mucho a reencontrarse con su ser judío. Curioso, los juegos de la historia. En la Argentina nunca se había sentido judía pero aquí sí, en Alemania. El padre de ella, Albert, había sido un judío liberal, nada religioso, que muy de vez en cuando iba a la sinagoga para cumplir con otras familias amigas. Su madre, Fritzi, seguía en todo a su marido y, salvo algunas referencias cuando le hablaba de los abuelos maternos respondía que sí, que ellos habían sido todavía judíos religiosos.

Minouche nada aprendió de su madre que la acercara a sus antepasados. En la escuela primaria, pero más en la secundaria –Minouche fue siempre a escuelas argentinas– ella trató de disimular su origen judío. Porque en la Argentina era así, mejor no decir que se era judío. Total, tenía apellido que sonaba a alemán y así podía disimular. Si una decía que era judía, le daban más besos que nunca pero luego, cuando una se retiraba, decían al de al lado con cierto rechazo: "chica interesante, pero es judía, ¿sabés?". Cuando algunas compañeras le preguntaban si ella lo era, lo negaba. Sólo una vez vino Sonia Faerman, la mejor de la clase, a decirle: "vos sos judía, averiguá bien, preguntale a tu viejo". Cuando al día siguiente vino de nuevo, Minouche le contestó: "no, papá dice que somos de origen alsaciano". Sonia la miró irónica, se fue, y no le habló más. Minouche en la escuela siempre trató de ser más amiga de las católicas. Por ejemplo, iba siempre a las primeras comuniones de las chicas compañeras de la escuela. Llegó a tal punto que le pidió una vez al padre que pusieran un árbol de navidad en el comedor, pero el padre la acarició y le dijo: "No, Minouche, mejor esta noche salimos a comer afuera y te hago un regalo".

Fue en Alemania donde aprendió a ser judía, a través de Morris, el primer estudiante de cine del cual se hizo amiga. Estaba becado como ella y provenía de Canadá. Cuando ella le dijo su nombre él en seguida le dijo: "eres judía como yo". Y ahí empezó el aprendizaje. Él le dijo que aprendió bien a ser judío al llegar a Alemania. Para él todos los alemanes eran enemigos; todos eran los asesinos de su pueblo. Y desde el primer momento se los hizo sentir. Los hacía sentir culpables. A Minouche le había quedado grabado un relato de Morris: "Cuando voy al cine y las entradas están agotadas, le grito al boletero: 'ah, claro, a mí no me quiere vender entradas porque soy judío'. En seguida el boletero informa y viene alguien, me hacen pasar y me ponen una silla en la platea".

Había que hacerles pagar lo que hicieron, decía Morris. Pero ella no había venido a eso. Sólo quería trabajar mucho, aprovechar todas las ventajas que ahí se le ofrecían, observar bien todo y luego sí, por qué no, tendría curiosidad por aprender a ser judía. Por eso, allí ahora en Berlín, había pedido la entrevista con el secretario de la comunidad judía. Quería instrucciones, quería saber cómo se debía mover en esa ciudad dividida y que había tenido en su historia tanta tradición judía.

Moshe Cukierman la atendió bien pero primero quiso saber todo. Ella le contó la verdad sobre su niñez y adolescencia "no-judía" y su propósito de integrarse totalmente a la comunidad. Cukierman le preguntó sobre sus própositos profesionales en Berlín. Minouche le contó su visita a Rainer Sturm.

–Cuidado con ese –fue la intempestiva interrupción del funcionario judío–. Es un nazi encubierto. Lo seguimos. Proviene de un hogar absolutamente nazi. El padre fue uno de los peores seguidores de Hitler, criminal de guerra, un fanático cumplidor de órdenes. Le decían el "perro sanguinario" porque era un especialista en perseguir víctimas y las descubría siempre aunque se hubieran escondido en la más impenetrable de las guaridas. Un asesino. Sus víctimas eran siempre judías; a los comunistas o los gitanos se los dejaba a sus subordinados. Hemos pedido varias veces la destitución de Rainer Sturm pero tiene muchos amigos en el partido del gobierno de Bonn, la democracia cristiana. Y hay un pacto con la socialdemocracia de no tocarlo, así ellos tampoco tocan a algunos funcionarios de la cultura en el orden nacional. Además es muy talentoso y nada tonto. Pero va a ser importante que usted nos siga relatando su experiencia con él. Y estamos aquí para cualquier asesoramiento o defensa que necesite. No le afloje.

Cuando Minouche salió tenía todavía una hora de tiempo para la entrevista con Rainer. Le causó cierto malestar lo que le había confiado Moshe Cukierman. Dentro de todo Rainer Sturm le había atraído con su aire un poco distraído, su hermosa cabeza, sus ojos tan azules que parecían los de su muñeco preferido cuando chica. Además, ese hombre tenía algo poético, una especie de inocencia *per se,* algo nostálgico. Una especie de adolescente eterno. Esos son los peores, se dijo casi en voz alta y sintió como el comienzo de un escalofrío. Pensó que Rainer era algo así como una figura de otro tiempo. Un relicto solitario del nazismo fuera de época que escondía su verdadero rostro queriendo ser el mejor de los adaptados.

Fue a tomar café para hacer tiempo y sintió cierto calor, una sensación extraña de que algo iba a cambiar, que de estudiante iba a pasar a ser la mujer que debe decidir sobre su destino y que le esperaba un cambio en la vida. Sintió también que todo eso contenía un cariz sensual. Pero en ningún momento se hizo un reproche por esto. No, le proporcionó tal vez el rasgo de aventura que necesitaba para vivir cosas nuevas que la ayudaran a ser creadora. "No se puede ser creadora sin tener experiencias. Muchas experiencias", se dijo y en estas dos últimas palabras sintió cierta alegría pícara, aventurera.

La recibió sin hacerla esperar. Los dos se sonrieron. Ella lo miró con avidez que llevaba connotada la curiosidad por sobre todo."Es el tipo más hermoso del mundo", se dijo Minou. Él le rehuyó la vista, vergonzoso, apocado, y al no ruborizarse se sintió viejo.

Rainer abrió la carpeta del guión, como para significar que iban, por supuesto, a conversar sobre el trabajo. Pero la cerró y le hizo una pregunta con voz un tanto forzada:

–¿Usted piensa quedarse a vivir en Alemania?

–No lo sé –respondió ella, segura–, debo decir que aquí me gusta mucho, aunque la siento como tierra enemiga. Pero todo va a depender de mi trabajo. Quiero comenzar algo lo más pronto posible. Después Dios dirá. Me cuesta un poco todavía el alemán, ¿podríamos hablar en castellano, mejor dicho en argentino?

Esto último se lo dijo como probándolo, como iniciando su propia pesquisa.

Él sonrió por lo de "argentino", pero no aceptó:

–Usted habla muy bien el alemán, en cambio a mí el castellano me cuesta cada vez más, lo estoy olvidando.

Y cambió de tema de inmediato:

–¿Usted misma quiere dirigir su proyecto?

–Sí. Creo que ya soy capaz. Con Alexander hicimos muchas prácticas y trabajé como ayudante de él en tres películas.

–Es un film caro. Porque estoy pensando que, de hacerlo, hay que ponerle primeras figuras... el padre, la madre, ella... (se interrumpió y con una sonrisa se corrigió) usted... y su hermana. Además todo el vestuario y los escenarios de época.

–Es lo que había pensado. Pensé en Lola Carstens y en Udo Benrath... y para la protagonista... para mí... (aquí rió con algo de exageración; estaba nerviosa), traerla a Ángela Molina, de España.

–Bueno, un día de estos los invito a cenar a Lola y a Udo, para que la conozcan. Y empecemos a hablar de los papeles.

Se puso más nerviosa, de puro entusiasmo. Se estiraba los brazos con las manos y se movía constantemente en la silla. Él se dio cuenta que era el momento en dar ese paso adelante.

–¿Qué tiene que hacer ahora? Estoy sintiendo hambre. ¿Vamos a comer algo? Estoy cansado, todo el día entre estas cuatro paredes, recibiendo gente... ¿le parece bien?

–Bueno... no tengo nada que hacer, sí, me encanta.

Fueron por supuesto a Kreuzberg, el barrio reo que estaba de moda. Al Kulisse. Porque justo ese restaurante no era precisamente de los creados para la escena intelectual de izquierda-liberal-inconformista que gustaba venir de los barrios caros a zambullirse en los márgenes. En el Kulisse se servía buena comida suaba con buenos vinos.

Minouche entró segura a pesar que de varias mesas lo saludaron a Rainer como a alguien muy conocido. Ella se sintió como la nueva conquista de Rainer y le gustó el papel.

En la mesa, él se mostró como un exquisito conocedor de la comida suaba, y de vinos italianos. Sobre ese tema se extendió más de media hora. Sabía mostrarse, hablaba casi lentamente y en voz baja. Minouche, para demostrar que era capaz de mantener el diálogo, le preguntó si no le gustaban los vinos argentinos, principalmente los tintos de La Rioja. Rainer respondió seco:

–No los conozco.

Minouche se dio cuenta nuevamente de que le había golpeado en la herida, que a él definitivamente no le gustaba ninguna referencia a ese país donde había nacido. Hubo un silencio. Él dio un paso atrás cuando notó la casi extrañeza de Minouche, y salió del paso:

–No, es que aquí se los conoce muy poco, o nada. Y yo soy un aficionado a los buenos vinos italianos. No los cambiaría por nada.

Ahí terminó el introito.

* * *

"Como si lo hubiese calculado todo –pensó ella al día siguiente–, siempre tan fino y mostrando su gusto de hombre de mundo. Pero después, ya en el coñac final tomó distancia, como si temiera algo. Es muy inteligente, hermoso. ¿No tendrá el atractivo de los verdugos, no será nazi?" Allí tuvo un mal presagio, aunque se dijo: "no, no parece, más bien tiene algo de cura, didáctico. Tiene un dejo melancólico, como autodestructivo. ¿Adónde quiere ir conmigo?".

Ya al vestirse hizo un mohín astuto y se dijo: "va a ir adonde yo quiera ir. No me va a deslumbrar con todo su poder y sus estrategias".

Con los hombres ella en sí no había tenido suerte. Los había superado. O mejor dicho, los superaba de entrada. El único con quien lo había pasado bien era con Alexander, su maestro en la escuela de cine. Pero en definitiva él, con mucha táctica y estrategia, la había usado para pasarla bien, para tener una chica más a las cuales las embrollaba con su nueva película, y se las mostraba a sus mujeres del pasado como para decirles: vean, qué pimpollito tengo ahora, aprendan, taradas. Pero igual, a Minouche le había servido para su currículum, para figurar en el *staff* de él y para dar este salto a Berlín. Pero este Rainer era diferente. ¿Por qué anoche él no la sedujo de entrada? ¿Le tuvo miedo? ¿O es que a ella le faltó darle el empujón? No. En ningún momento él la llevó justo allí donde ella le hubiera respondido con apenas un movimiento de labios: vamos.

En el desayuno, Rainer se dio cuenta que estaba de buen humor. No pensó en ella sino en él. Habían salido bien las cosas. Le gustaba como aventura, pero no una aventura cualquiera sino descubrir algo desconocido. Ahora había que conquistarla por el otro lado. Le dedicaría la tarde a asegurar el proyecto: los fondos oficiales estarían ya aprobados desde el vamos cuando le expresara a la presidencia estas sencillas palabras: "Tengo un proyecto que no podemos rechazar de ninguna manera: la vida de una chica judía alemana cuya familia tiene que irse al exterior en 1933, y ella nace en un país de costumbres totalmente diferentes y ya a los veinte años vuelve a Alemania para descubrir la vida anterior, la que hicieron aquí sus padres y describe todos sus nuevos sentimientos ante el país del Holocausto. Es un poco la historia de su enfrentamiento con una realidad que la fascina y la atormenta, la de la tierra enemiga que guarda todos los secretos del pasado de su familia, que son sus propios secretos, agigantados". Ya ante su relato los dueños del dinero se irían poniendo nerviosos pero cada vez más predispuestos. Nerviosos porque no habían contado ahora, justo ahora, que estaba terminándose el presupuesto, con una temática así que no podían rechazar con peligro de ser sospechados de filoantisemitas o filocavernarios. Y por si hubiera una sola duda, al final les tiraba la bomba: "además, señores, el film va a ser dirigido por la propia protagonista real de los hechos: una judía de veintiocho años, démosle paso a la juventud, devolvamos a los hijos lo que Alemania les quitó a los padres".

Pero la bomba no iba a ser esa para los burócratas. No, la bomba iba a ser que él, propiamente él, Rainer Sturm, el conocido hijo del nazi Sturm, del "perro sanguinario Sturm", fuera quien respaldara el proyecto. El camino para Rainer, que a pesar de su aspecto callado y soñador era un ambicioso en extremo, quedaba abierto, con eso le tapaba la boca a todos aquellos que lo sospechaban de llevar sobre sus espaldas la ideología familiar. Véase la hermana, por ejemplo, véase la hermana.

* * *

Por supuesto a los primeros que visitó fue a los reponsables de cultura de las iglesias protestante y católica, para obtener su apoyo, con el cual eso ya significaba media película hecha. Era una especie de affidávit. Las conciencias se lavaban mostrando esa apertura sin peros ni porqués. Nunca nada más fácil. Por la tarde, el representante cultural de la ciudad de Berlín dio la aprobación para la suma máxima que podía dar, claro, siempre que el film trajera la consiguiente secuencia filmada en la ciudad. Por supuesto, señores.

Fue cuando él la llamó a Minouche y le propuso venir a su casa el sábado a la tarde y que se quedase todo el domingo para elaborar bien el proyecto y ajustar algo, o mucho, del guión. A ella le gustó la invitación. No sólo se sintió importante, sino más que todo porque significaba un paso más para descubrir el misterio del por qué tanta amabilidad y accesibilidad de Rainer para con su proyecto. Más, el desusado interés por ella misma. Y así fue, los dos trabajaron con absoluta seriedad los dos días. Fueron sí a comer afuera pero casi no bebieron alcohol. Conversaron sobre los personajes y la posibilidad del productor: tal vez el productor de Fassbinder, o de Herzog.

Cuando llegaron las tres de la mañana del sábado, ya no daban más de cansancio. Él le mostró dónde podía pasar la noche, en el cuarto de huéspedes. Ella se durmió sin haber descubierto nada y cada vez más curiosa por esa personalidad extraña de Rainer. En el cuarto de huéspedes. Ni siquiera un beso en la mejilla, o retenerle la mano, o mirarla a los ojos cuando se separaron. Frío como pez de la Antártida. Lo que había creído entender es que tal vez él sufriera mucho, por algo indescifrable para ella.

* * *

Rainer se levantó temprano ese domingo, serían las ocho y media. Después de desayunar fue al escritorio, buscó el retrato de la madre que le había traído su hermana Erna y lo colgó a un costado, a la derecha de su escritorio. Es decir, al lado del cuadro que miraba siempre Rainer cuando trabajaba, el cuadro que dominaba toda la habitación, un original de Nolde sobre un paisaje y rostros nórdicos. Se quedó mirando largo el retrato de su madre, acarició el marco y bajó la vista. Fue a buscar un trapo de limpieza y estuvo largos minutos repasando suavemente el marco y el vidrio.

Cuando Minouche apareció a media mañana, él le sirvió café y comenzó a hablarle sin preámbulos sobre el film. Hizo una especie de resumen, trató de ser muy amable, hizo chistes, contó anécdotas, hasta que los dos recomenzaron el trabajo y se metieron bien en el texto. Después salieron a almorzar al restaurante francés de la Charlottenburger-Platz. Fue allí donde Rainer se puso más coloquial. La tuteó directamente: "si estás cansada, me lo dices, ¿o quieres que sigamos después del almuerzo? Además, desde ahora te voy a llamar Minou y no Minouche. ¿Te gusta?".

Minouche le hizo notar que estaba entusiasmada y agradecida por todo el tiempo que le dedicaba pero que tal vez sería bueno descansar un poco, ir a pasear por el lago Wannsee –"que me dijeron que es rebonito"– y hablar un poco de nosotros mismos. "Yo no sé nada de vos, por ejemplo", dijo ella en argentino tratando de ser burlona y ponerse en el mismo plano que él.

Él no quiso hacérsela tan fácil y le dijo que toda la semana iba a estar muy ocupado con la preparación de próximos festivales y encuentros... pero que tal vez el jueves podría hacerse un ratito de tiempo. Que le parecía bien que le contara cosas sobre ella ya que él podía definirse como un aburrido animal de trabajo. "Te puedo contar mis anécdotas con los grandes del cine que han pasado por Berlín. Las actrices son un capítulo aparte, para no hablar de los actores. Los directores de cine son, con raras excepciones, tipos insoportables, egocéntricos, egoístas, todos son ladrones de ideas y mal pagadores. Pero, de pronto, el poeta luminoso. Uno, dos, no más de tres en toda la historia del cine. Wiene, Murnau, Lang, Visconti, Fellini. Tal vez De Sica y John Ford. Y los otros, los verdaderos que nunca llegan porque no quieren dejarse pisar por nadie."

–Me interesan particularmente las directoras de cine, Rainer.

–No, no –él hizo un gesto dolido–, no, por favor, son antimadres, brujas sin inocencia, pérfidas y por sobre todo, superficiales. Todas mueren ya al comenzar y cuando mueren realmente comienza a soplar una brisa renovadora, fresca, que invita a navegar por aguas nuevas y de abandonarlas en una isla, para que se chupen la sangre entre sí.

Minouche se rió a carcajadas.

–Bueno, basta, basta, por favor. –Lo tomó como una broma aunque en la causticidad de Rainer había una especie de crueldad vieja y demasiado perversa.

–¿Qué mujeres entonces te gustan del ambiente?

–Las jóvenes ayudantes de producción, las vestuaristas, las maquilladoras. Tienen algo de ternura. Tal vez también alguna jefa de producción y de promoción.

Por fin entraban en una zona donde asomaba lo sensual, aspecto que le interesaba saber a ella de este personaje que hoy más que nunca tenía esa mirada triste e inteligente, de apariencia a veces tierna que se empecinaba en aparecer frío y distante. A pesar del paso dado hacia adelante con el tuteo.

–¿Las actrices?

–Oh, todo es mucho menos interesante de lo que piensas, cuando están con uno hay que hablar todo el tiempo de ellas para que no se depriman y te estropeen todo el festival con alguna declaración a la prensa. Cuando termino jornadas donde tengo que atender a dos o tres de las famosas siento la tentación de comprarme un perro.

Los dos rieron. Se levantaron casi al unísono. Ella se prometía algo del paseo. Él sintió ganas de mostrarle algo a ella, algo que lo llenaba de melancolía, entusiasmo y una afición casi religiosa.

* * *

–Aquí está –le dijo.

Allí estaba la tumba. En el pequeño Wannsee. La tumba del poeta Heinrich von Kleist, que justo en ese lugar se había suicidado con Henriette Vogel. Allí mismo fueron enterrados. Su admirado Heinrich von Kleist, que no pudo soportar la vida después de haber soñado con lo más puro, con lo más heroico, con la bondad y la valentía, con el amor y la muerte. Heinrich von Kleist. Rainer estuvo como hablando solo durante casi media hora. Ella lo escuchaba, curiosa por saber algo de ese ser que tanto lo apasionaba a él. Pero después fue cansándose, hasta aburrirse. Ella quería otro idioma, otros temas de Rainer y no que tomara como centro de la conversación a un poeta del siglo pasado. De cualquier manera sirvió para medir su sensibilidad. Cuando él le explicaba por qué tanto quería a Heinrich von Kleist ella lo iba conociendo cada vez más. Tal vez, en ese monólogo lo conoció del todo. A ella se le cruzó el pensamiento: "este Rainer es de la clase de los alemanes depresivos, que a veces suelen ser los más peligrosos". Y sintió un poco de miedo en esa tarde de sol lechoso y llena de murmullos. Hasta temió que él la eligiera como Kleist eligió a Henriette Vogel, una mujer casual en su vida, para eliminarse.

De pronto, él guardó silencio, se dio cuenta que tal vez se había quedado solo, miró a Minouche y le dijo: "Perdón, pero alguna vez vas a comprender por qué quiero tanto a esta figura.

Quizá, si yo hubiera vivido en su época habría sido un segundo von Kleist, sin su genio ni su capacidad, claro está, pero sí alguien entre el enigma y la generosidad".

Entre el enigma y la generosidad.

Enigma y generosidad. Ella no entendió su frase. Pero la destruyó diciéndose a sí misma: "enigma sí; generosidad, vamos a ver". Aunque después sintió vergüenza por su propia superficialidad. Me estoy comportando como una tontita. Pero este está loco, o es un artista o me quiere fulminar.

Fue cuando ella sintió el calor de su mano que le tomaba el brazo. Suavemente. Suave como aparentaba ser Rainer, pese a lo que decían de su padre. Ojo con los alemanes, le había advertido Morris en Francfort, y más con los intelectuales: parecen de porcelana, se rompen al primer tincazo pero de pronto se levantan a la mañana y comienzan a marchar y cantar en fila con rumbo a cualquier lado, ni ellos saben a dónde van, tal vez en busca de un precipicio donde desaparecer, pero en su marcha les sacan la cabeza hasta a los gorriones.

Cuando se sentaron al aire libre, a tomar café, él le tomó las dos manos con fuerza, le hizo la pregunta que ella esperaba.

–Eres judía... ¿te sientes judía? ¿Cómo es que puedes vivir entre alemanes? Las preguntas de siempre, te la habrán hecho centenares de veces. Pero yo quiero saber, oírlo de tus propios labios.

–Quieres desnudarme –le contestó ella provocativa, como acostumbraba a hacerlo cuando un hombre le gustaba y quería desnudarlo ella misma.

Él la miró curioso y después su mirada cayó al suelo como plomo. En su adolescencia se hubiera marchado, desesperado. Pero ahora se dio cuenta de la rapidez de la mujer. De lo peligroso de esa mujer.

(Quitarte la caparazón. Desnudarte el alma. Desnudarte como yo quedé desnudo al confiarte que me hubiese gustado ser Heinrich von Kleist y vivir a fines del siglo XVIII y principios del XIX.

Esa es mi época. Mi tiempo y mi esencia. Sin conocerte te describí mi ser profundo. Te tuve confianza. Te pido clemencia.)

–Si te hablo de lo judío en mí, no descubrirías lo que llevo escondido. Aunque desde que pisé suelo alemán, el judaísmo se me está volviendo como una obsesión –le dijo ella incisiva para que no la midiera con superficialidad.

–Creo –contestó Rainer tratando de no seguir cayendo en la solemnidad– que somos tan iguales que los dos juntos podríamos resolver nuestros problemas.

Ella se sorprendió. ¿Qué le estaba proponiendo? Algo inimaginable dos días atrás.

–No te entiendo.

Minouche quería saber el significado de esa proposición. Pero luego se retuvo, no quería echar todo a perder con su prisa.

–No sé bien, ni yo –se asustó él y retrocedió–, pero tal vez podríamos hacer un viaje juntos, una semana, para hablar exclusivamente de nosotros. Hablar, conocernos, meternos juntos en un paisaje, vivirlo y aprender.

–Sería maravilloso –le contestó ella después de pensarlo bien.

Le gustaba la proposición. Era más que una aventura. Un tipo tan importante, un alemán típico que mostrara tanto interés por una judía. O justamente por eso mismo. Le pareció interesante, más, subyugante este encuentro tan desigual o tan igual.

* * *

Esa semana ella se compró discos con canciones rituales judías; le atraía como un imán ese idioma lamentoso del *Kantor*. La hacía pensar en sus orígenes, más, en el origen de su familia. Habrían venido a Alemania a fines de siglo, como todos de Polonia, o de Crimea, o de Ucrania. Pero ella no era de esas personas que se dejaban llevar por la melancolía, sino que buscaba el lado práctico a todo eso: aprender, conocer, conocerse ella misma. Fue también al cementerio judío de Weissensee. Los sueños, las tumbas de tantas generaciones, lápidas rotas por los bombardeos del '40. Lo que más le atrajo fue la parte de las tumbas de soldados judíos muertos en la guerra del '14 vistiendo uniforme alemán. Fueron los mejores defensores de su patria alemana, se dijo y sintió como un escalofrío. Qué desperdicio absoluto y trágico. Mordaz. La burla más sangrienta imaginable jamás. Soldados judíos gritando "viva Alemania" asaltando las trincheras francesas con judíos también. Muchos de ellos, voluntarios, como decían orgullosamente algunas lápidas. "Muerto por la Patria alemana: Simón Israel Gingel."

¡Por qué! Tuvo ganas de gritar a toda voz en el silencio del cementerio. ¡Por qué! ¿Por qué? ¿Acaso por obediencia, por sometimiento, por lacayismo, o por agradecimiento al país que les había dado refugio y futuro? Se quedó un buen rato Minouche, y hasta anotó el texto de dos o tres lápidas. En ese momento odió a los alemanes con todas las fuerzas. Apenas quince años de esa demostración de agradecimiento obediente, de ese testimonio progermano de los judíos, apenas una década y media después, sí, nada más, los tiraron a la basura, vivos. Con sus mujeres, sus niños, los niños judíos formando fila ante las cámaras de gas, sus rabinos, sus cánticos, sus escuelas, sus artistas, todo a la basura. Pensó en Rainer y se dijo estas palabras con toda crueldad sin cuidarse de que tal vez cometía una injusticia: "y ahora los hijos de los asesinos quieren vivir a fines del siglo XVIII y se convierten en poetas del suicidio". ¿Por qué ella tomaba como referencia a Rainer y no, por ejemplo, a algún accionista de Krupp o al actual presidente, que había tenido un pasado nazi disculpable por su juventud?: algo siempre queda.

Volvió a leer las lápidas de los soldados judíos muertos por defender Patria y Kaiser en la primera gran guerra del '14. Sintió un poco de bochorno y por un momento pensó en que ella no era bien judía, que debía independizarse de su ser judío, decirle adiós para siempre y ser libre como la ciudadana de esos países donde no hay pasado, ni ataduras. Como por ejemplo volver a ser solamente argentina. Volver a ser joven.

Pensó en el secretario de la comunidad judía de Berlín y en toda la colectividad. Se habían juntado allí para sacar el mejor provecho ante toda esa Alemania genuflexa que quería pagar los muertos en las cámaras de gas con dinero y prebendas. Aquí se sintió también un poco culpable, otra vez le volvió la pregunta: ¿y por qué acepté la beca? Pero pasó la hoja rápidamente y dio otra vuelta al cementerio esta vez ya más como una turista, o una estudiante de historia que le han dado un trabajo de investigación. Que podría ser en el cementerio judío o gitano, o arameo, o caldeo, era todo igual, recorrer el mundo digamos, como una interesada en la historia, nada más, sin sentirse atada a esa historia... Becada por los hijos de los asesinos. Pero en algunas lápidas se volvió a detener y le entró un sentimiento de ternura. Se imaginó a esos judíos ortodoxos viviendo en Alemania. "Los judíos antes del '33 eran los mejores alemanes", le había dicho Morris. "¿Por qué les gustaba tanto Alemania?", le había preguntado la propia Minou, porque se daba cuenta que también ella tenía entre admiración y sobresalto cuando pensaba qué hacía en ese país. Morris se tomó el tiempo y le dio toda una clase: "Venían de Rusia, de Polonia, con sus progroms y su retraso y de pronto se encontraban con universidades para sus hijos; con una sociedad organizada y también con otros judíos ya establecidos que seguían con su religión. Buber escribió que los judíos y los alemanes son los dos pueblos que mejor se complementan. Tal vez por eso. Los judíos comprendían mejor a los alemanes con sus depresiones y sus melancolías, sus ganas siempre de volver a ser salvajes. El salvaje heroico de largos cabellos de oro navegando por el Rhin y bajando de los montes. Los deprimidos volvieron a escuchar el cuerno que los llamaba a la profunda barbarie. Sentirse bárbaros y marchar hacia la muerte sembrando muerte. Basta de complicaciones griegas, judías y romanas. Ellos, la sangre y la tierra. Los ecos de coros en mil voces. Convertir la patria en Walhalla. Pero dar la vida, esa era la clave, dar la vida. Marchar hacia adelante, nunca retroceder. Fue la última sacudida hasta perecer para siempre. Hoy ya se han puesto en línea, son los mejores alumnos de los americanos, así como los americanos son los mejores alumnos de los judíos, y no lo digo yo, lo dice Sam Süllner, tendrías que leerlo, es el judío europeo más inteligente de todos, un humanista ciento por ciento".

Así de simple la explicación de Morris. Minouche sospechaba de Morris. No sabía bien si era un oportunista, un poeta, o un resentido bíblico. O era el judío por excelencia. El judío que había aprendido de todos y hacía la síntesis. Y en Israel no podía estar la síntesis. Pero sí en Nueva York, por ejemplo, pero en una Nueva York heredera de la ilustración y no del dinero. Por ahí estaba el camino si se quería que el mundo siguiera existiendo y diera vueltas para adelante y no en torno de sí mismo. Pero todo lo que decía Morris sonaba a un seco racionalismo, le faltaba pasión, entusiasmo. Era el hombre que cuando viajaba en tren no miraba el paisaje sino que leía el diario de la Bolsa. Es el que no besaba a los niños por el peligro de posibles contagios. De él, Minouche jamás se enamoraría. Le faltaba entregarse y saber perderse. Un eterno lector de sonrisa irónica. De cualquier manera todo lo que él le decía le llegaba profundamente. Pero ahí se paraba todo. Porque lo que ella quería era triunfar. Hasta le hubiera gustado gritar en ese cementerio increíble: "quiero triunfar y no terminar como ustedes enterrados en la obediencia y el llanto". "Idiotas, ustedes prepararon las filas para las cámaras de gas. Ilusos, idiotas, alcahuetes." Cuando quiso gritar sin sonido que ella quería ser una triunfadora notó que se hallaba ante la tumba de un judío muy rico. Lo tomó como un mal presagio y salió rápidamente. Pero ya afuera se detuvo. Un cementerio judío en medio de Berlín que los nazis habían respetado porque le tenían miedo a los muertos. Mataban a los vivos y no quisieron destruir a los muertos. El cementerio había quedado tal cual, sólo lo habían dañado las bombas de los aliados. ¿Qué síntesis podía obtenerse de todo eso? La casualidad, todo es obra de la casualidad, se respondió ella para tranquilizarse.

* * *

Minouche había llegado a las siete de la tarde; él había preparado la mesa con lo mejor en fiambres y quesos, y champaña y vino blanco. El propósito era seguir trabajando dos o tres horas de la noche en el libro cinematográfico. Ella, que había traído flores, las ordenó en el centro de la mesa y fue a buscar agua a la cocina. Tocaron el timbre. Rainer tuvo como un escalofrío y fue hasta la puerta con desgano y disgusto. Sí, era lo que él temía. Erna, su hermana. Le traía una *Streusselkuchen,* algo que se comía muy seguido en la casa de los padres; lo hacía la madre porque sabía que era el manjar preferido de Rainer.

–Hola, quería saber si estabas bien, no me llamaste en toda la semana.

El tono de Erna era siempre el mismo, como el de una hermana mayor ante el menor de la familia.

Paró de hablar y escuchó los ruidos que venían de la cocina.

–¿Quién está? –preguntó entre desconfiada y curiosa.

–Minouche Seefeige, una autora de un argumento de cine que cité para discutirlo juntos.

Erna observó con la boca semiabierta la mesa tendida. Y el detalle de las flores frescas.

Erna se sentó en un sillón lejos de la mesa.

–Ya me voy, no los quiero molestar.

–¿Una copa de champaña? –le preguntó Rainer, aunque ella nunca había bebido alcohol.

–Bueno –respondió Erna–, ¿festejas algo?

–Tu visita –le dijo él con ironía fraternal.

En eso entró Minouche con una bandeja.

Se saludaron. Rainer las presentó. Erna la observó. Pocos segundos le bastaron.

–Minouche, Minouche –dijo Erna, con sonrisa forzada y gesto amistoso–, ¿es usted francesa?

–No, argentina –respondió Minouche.

–¿Argentina? Oh, yo soy nacida allá. ¿Buenos Aires?

–Sí, Buenos Aires.

–Oh, entonces somos todos nacidos allá. Rainer también. Nuestros padres vivieron mucho tiempo allá.

Rainer quiso interrumpir de alguna manera la conversación preguntando si Minouche quería también champaña y que se sentaran todos a la mesa.

Pero Erna era precisa y quería saber todo.

–¿También de la colonia alemana de allá? –le preguntó más incisiva aún.

Minouche se rió.

–Oh, no, de la vereda de enfrente, mis padres eran alemanes judíos o judíos alemanes, no se cuál es lo correcto.

Erna guardó silencio. Se sentó. Cambió la conversación y se puso a hablar con Rainer.

–¿Colgaste ya el cuadro de mamá?

–Sí, en el escritorio.

–¿Lo puedo ver?

Rainer, muy nervioso, la llevó. Erna miró el cuadro y después cada una de las paredes.

–¿Por qué no enfrente de tu escritorio? –preguntó.

–Me pareció mejor aquí, hay hasta más luz, la luz que entra por la ventana, a la mañana, la ilumina.

–No, pero el lugar principal es justo esta pared, enfrente de tu escritorio. Es como si la escondieras.

El tono de voz fue duro.

–Me voy –dijo después de varios minutos en silencio frente al cuadro. Levantó una mano para acariciar el retrato y murmuró:

–Mamá, hermosa como siempre...

Volvieron al living.

–Bueno, me voy, los dejo trabajar –dijo Erna con una sonrisa forzada sin mirar a Minouche.

–Ya está servido el champaña –dijo Minouche.

–Oh, no, tengo que conducir el auto.

Rainer la acompañó hasta la puerta. Erna bajó la escalera sin mirarlo ni despedirse. Cuando volvió Rainer, los dos quedaron frente a frente sin saber qué decirse.

Minouche se dio cuenta que empezaba a vivir la realidad de Rainer, que salía del encantamiento, de la leyenda. Entraba al cuarto oscuro de los trastos viejos, el pasado, la verdad.

Él quiso cubrir todo y ensayó algo que de alguna manera lo traicionaba:

–Si en el guión hacemos una escena así, no la creería nadie, pero la realidad tiene una imaginación feérica, sobrehumana, hace jugar de pronto todas las posibilidades y las no posibilidades.

Ella no lo entendió pero quiso quedar en el tema:

–¡Qué parecida a vos que es tu hermana!

–¿Parecida? No veo en qué –fue la respuesta seca de él. Hubiera querido responderle: es idéntica a mi padre. Yo siempre fui el retrato de mi madre.

Pero le pareció que así le entregaba la realidad en forma muy simple. Rebajar todo a conversación chismosa.

* * *

Minouche iba previendo el misterio. ¿Qué engendro era esa hermana? Bien varonil. Sin pintura en la cara. Con trenza recogida. Todavía con trenza. Un resistirse brutal a todo cambio. Bien rubia con canas bien blancas, nada teñido. Blusa blanca, falda negra larga, taco bajo. Parecía una enfermera o una cuidadora de viejos o hasta una vigilante de plazas y jardines, o una de esas enganchadas en la policía o el ejército.

No la había tratado mal pero no le había dado ninguna importancia, sólo cuando le preguntó su origen.

Ahí ahora estaban los dos. El hermano de ella y la judía. Rainer pasó de inmediato al libro cinematográfico para olvidar el asunto o para que Minouche no le hiciera preguntas. Ella en un primer momento quiso demostrar su fuerza y no dejarse engañar. Preguntar y preguntar. Pero se retuvo, primero por su proyecto, no ponerlo en peligro. Vamos al grano, se dijo, después ya vendrá el tiempo de saber más. Estuvieron viendo algunas escenas, pero él iba abandonándose; seguramente pensaba en otra cosa. Minouche se dio cuenta y le sirvió otra copa de champaña y le sonrió. Debía mostrarse interesada en él, serle cada vez más imprescindible; en lo posible llegar a la caricia. No se atrevió a tanto pero cuando le alcanzó la copa le sonrió y se volvió maternal.

–Rainer, estás cansado, ¿por qué no descansamos un poco?

Él sonrió reconocido. Pero no la miró a los ojos. Fueron sorbiendo de a poco, como gozando el idioma del silencio. El agradable y confiado idioma del silencio que se había ido formando entre esos dos cuerpos, esas dos almas. Ese calor especial, tal vez nada más que espiritual, literario. Ella pensó: "¿por qué no me toma? ¿por qué no me habla con la caricia? La mano, primero. No, nada". Él siguió mirando al cielo raso, o hacia el vacío, siempre sonriendo, lejano.

–Sí, Minouche, mi querida Minouche, nombre de gato...

–De gata.

–No, de gato, ni gata ni gatita. Gato. Tengo miedo que de pronto me saltes y me muerdas el cuello, por detrás; o te aburras. Sigamos adelante mañana con el guión, hoy ya no. Pero no aquí, volvamos al Kulisse, como la primera vez.

* * *

Tenía que dormir. El trabajo, las intrigas del cargo, los viajes, las entrevistas con políticos, con artistas, con productores, con los hombres de la industria, con los espónsores, cada vez más importantes y fundamentales para la cultura. Cada vez más importantes para la cultura, volvió a repetir. Pero no lo dijo con ironía ni con rabia. No, como algo inevitable. A él no le parecía ni mal ni bien. Era así y ya está, como todas las cosas. Las cosas son así hasta que uno se muere. Y la cuestión ahora era no perder el tren ni dejar que el tren lo embistiera o lo arrojara a un costado. Entonces, sí, nunca más. Tenía que aprender a defender el poder. Y en la relación Estado-cine, era él uno de los más importantes. Por lo menos el más culto y hasta ahora se había manejado con habilidad y simpatía con los políticos. Y se repitió a sí mismo algo que le daba mucha seguridad: los demócratas cristianos lo apreciaban porque sabían que dentro de su cultura era un progresista-conservador, y los socialdemócratas le tenían aprecio porque no hacía diferencias con ellos. Lo veían como un aristócrata; ellos, con sus complejos de proletarios. Podría haber alguien que manejara más poder, pero él, sin duda, era el que tenía más ángel. La gente lo admiraba. A la gente le gustaban sus maneras, su silencio y su físico. A los extranjeros les gustaba ese alemán con aspecto de filósofo-poeta pero que sabía ser duro y rápido. Para ese cargo los peligros eran o la facilidad de la caída si se mostraba debilidad o si se enredaba en pecados financieros.

Se miró al espejo, después, y se dio seguridad ante la realidad de que él era una especie de ministro de cine, en Berlín, y que esa ciudad, precisamente por estar dividida tenía tal vez el más importante presupuesto para cultura. De aquí se podía saltar hacia adelante. Lo único que él no se veía era como creador de imágenes sonoras. Pero podía ser y ya lo estaba siendo, el mecenas de los creadores. Y para eso, señores –lo repitió por enésima vez– cuidar la imagen. Por eso su comportamiento con Minouche. Nada más que por eso. Se avergonzó de pensarlo y se alegró de gozarla desde su poder.

Esa noche ella se fue a dormir cuando en sí tenía ganas de todo, de estar con alguien. Con amigas no, tal vez con un amigo con quien conversar todo esto y pedirle su opinión. ¿Llamarlo a Morris, a Francfort? No, iba a reaccionar mal, ahí sí, como un judío nacionalista o como un macho dolido. Pero no hubiera estado mal esa noche, tan sola, recordar las veces que había dormido con hombres. Con Morris no había estado mal. Morris. Morris, el muchacho, era muy tierno en la cama, pero sólo eso, un muchacho, y un judío recalcitrante que lo veía todo a través del cristal de Israel, Morris y después Mardochai, tan diferentes y los dos irremediablemente judíos. Ella necesitaba lo más pronto posible un amante durable con quien compartir horas vacías, con quien reír y divertirse. Con Alexander, su maestro, era todo nada más que superficial, sexo, gracias, sexo, a trabajar. Se sentía a veces, con él, como una prostituta joven, una mantenida por favores. Con Rainer significaba el misterio, el atreverse, el rozar lo prohibido, el sumergirse en lo decadente, porque él era nada más que un decadente que se viste con sus mejores ropas para afrontar el naufragio; a ella le gustaría vivir ese naufragio pero teniendo asegurado de antemano un bote salvavidas. Ella estaba dispuesta a todo, a vivir una borrachera constante con él, pero él evidentemente no estaba dispuesto a nada, sólo a seguir actuando como un cadáver obediente de lujo en una sociedad rápida, sin tiempos. ¿Qué le pasaba a ese alemán de mierda? Lo imitó, se levantó de la cama y se puso a caminar como él, a poner los ojos como él, a hacerse el nostálgico, el romántico pero al mismo tiempo más frío que el pico del Everest con lobos blancos dispuestos a la dentellada. Pensó en eso del retrato de la madre, tenía curiosidad por verlo, pero él no se lo mostró. Pensó en sus propios padres y se enterneció cuando trataban de disimular lo judío que eran en ese Buenos Aires superficial y tan sentimental. El padre, un hombre rico, nada más; la madre, quejosa e insignificante que se juntaba con otras judías alemanas a hablar en dialecto berlinés y a llorar. Se sintió pequeña, burguesita, no era ni porteña, ni argentina, ni judía y ahora quería ser alemana. Sí, quería ser alemana, como esos judíos venidos de la más profunda provincia polaca que a los dos años querían ser prusianos. "Si sigo así hasta me voy a teñir de rubio", pensó. "Voy a aprender más alemán para que no se me note el menor acento latino." Hasta ahí llegó el reproche a sí misma. "Exagerada", gritó. Y sonrió, sabía que iba a ser cada vez más judía. La iba a pasar bien, aunque dejando el tendal de bronca de la gente sencilla, de los alemanes de su edad quienes no tenían ningún "título de nobleza" como ella, de distinción. Soy judía, asesinos, soy judía. Y a cada uno una cachetada: Auschwitz, Birkenau, Treblinka. Su madre se hubiera horrorizado. Su padre le hubiera dicho: "hay que cuidarse, Minouche, yo llegué a Buenos Aires en el '36 y los primeros negocios los hice con un fabricante nazi de lencería y un importador de sedas que era nada menos que el *Gauleiter* de Buenos Aires. Entre nosotros no había diferencias". No, el único que la hubiese aprobado hubiese sido Morris. "Dale, así, que paguen." Pero se dejó de pavadas y volvió a pensar en Rainer: ¿sería todavía un nazi que disimulaba? No lo veía nazi, por lo menos como los nazis que mostraban las películas. Lo veía muy frágil, rodeado de cien mil telarañas, cauto. No la había alabado por ser judía, pero se había asegurado que ella era judía. Es como si le hubiese resultado bienvenida. "Me quiere usar", se dijo por décima vez utilizando lo que siempre habían alabado en ella: su perspicacia. "Lo voy a usar yo, lo voy a gastar. Él va a terminar enamorándose de mí."

* * *

Rainer fue a enfrentar a su madre en el retrato. Fue a eso de las tres de la tarde. La hora en que empieza el invierno a desparramar tristeza. Una tristeza suave, terrible, que va anudándose en la garganta. La tristeza que mira al pasado, todo lo hermoso del pasado, para que sientas que nada de eso ya te va a ser posible ver, vivir, sentir. Ni un segundo sentir el calor de la mano de la madre. Ni vivir la alegría mandona del padre, desatada, jugando con él y con Erna en el jardín de la calle Echeverría. Ni los compañeros de colegio: Pablito Müller, Yoyi Bieler, el Gerald. Uno, dos, el tercero. Qué perro triste soy, se dijo con amable lástima. Pero igual fue hacia el cuadro. La estuvo mirando, qué plena era, como las mujeres de aquel tiempo, sonrisa clara, ojos cristalinos, como de cielo de Walhalla; recorrió su cuerpo hasta con indecencia. La pensó no desnuda del todo, pero con algo ligero, tal vez con una enagua clara, como la vio una vez a los nueve años. Pero bajó la mirada; no quería seguir porque sabía que venía lo insostenible, lo brutal. La vejación de su madre. Un dios cobarde y de todos los hombres. Tuvo como un ahogo de llanto pero sin llanto. Es que sabía lo que venía. El tiempo del campo de internación para familiares de SS y de altos jefes nazis, de los norteamericanos, después del '45. Los campos con alambre de púa donde fueron a parar los alemanes derrotados. Adelheid Sturm y sus dos hijos: Erna y Rainer. Los americanos esperaban que se presentase Otto Sturm. Ella sola, Adelheid, su madre haciéndolos duros. Cómo yacía desconsolado él en el camastro con sus quince años. Su hermana, nada. Nunca lloró. Su madre venía a acariciarle la cabeza a él. Erna dormía ya.

No pudo más y fue duro, salió, se puso el saco, se metió en el auto y apareció en la oficina. Allí se transformó. Era él. El exitoso. "Tendría que vivir en la oficina", se dijo, porque le avergonzaba la debilidad. El primer llamado telefónico fue de Minouche. Justo a ella la necesitaba en ese momento; y le dijo que viniera lo más pronto posible.

Quería probar otro método. La iba a hacer sufrir, a pisotearle su fortaleza, hacerla esperar, probar su orgullo, su paciencia. Para después darle toda su amistad.

* * *

Cuando ella llegó, una secretaria –de fría simpatía– la llevó al cuarto de espera. La secretaria intercambió miradas inteligentes con otra empleada. ¿Qué pasaba? ¿El doctor Sturm otra vez con una mujer en la oficina? Desde que se había divorciado de su esposa jamás habían visto que una mujer lo visitara tan seguido.

Cuando había pasado media hora de espera, Minouche se fue asustando con cierta rabia y cierta desconfianza. Tuvo el presentimiento que las cosas podían cambiar. Resolvió en principio de ahora en adelante tomar la iniciativa, hacerle sentir que con ella no iba a ser fácil. Tenía que ganarlo, no seguir esperando. Se jugaba en esto todo su futuro, tal vez. Cada vez más sentía fiebre al pensar en que iba a poder dirigir su primera película, de entrada, con ese presupuesto, con esos artistas, posiblemente con el productor de Fassbinder. Aunque todavía no había nada firmado. Todo de palabra.

Como si hubiera adivinado algún cambio en él, se había venido bella, con lo mejor, nada festivo ni rebuscado; de calle, sí, pero lo mejor que tenía.

Iba a pedir otro café pero de pronto se abrió la puerta y estaba el propio Rainer, ahí en la puerta, sonriente. La tomó del brazo y la fue llevando a su despacho, ante las empleadas cada vez más atónitas. Cuando pasaron, él cerró la puerta suavemente. Minouche se dio cuenta que quería demostrar ante el mundo que lo rodeaba que ella era algo más que una simple peticionante de dinero para un proyecto. Se quedaron uno frente a otro, casi se tocaron. Ella se aproximó más todavía y lo miró a los ojos. Él la besó primero en las dos mejillas y después en los labios. Un beso sublime, puro, como debe haber besado Goethe adolescente. Werther a Charlotte. A ella le gustó.

* * *

La recepcionista del hotel en Innsbruck se sorprendió que él pidiera dos habitaciones individuales. Cuando Minouche oyó ese pedido de Rainer no pudo menos que poner una cara cómica y preguntarle por qué. Él le hizo un gesto con la mano y en forma chistosa le contestó:

–Por si nos peleamos.

La recepcionista los acompañó en la risa. Luego Rainer le diría a Minouche que una habitación doble le parecía algo violento, obligatorio, en cambio así serían más libres esos días. Siempre había tiempo –agregó él, pero sin convencer a Minouche–, siempre habrá tiempo de estar juntos cuando los dos queramos.

El fin de semana largo no fue otra cosa que diálogo y caricia. Que sólo sirvieron a Minouche para la sospecha. Rainer sabía acariciar, era un hombre muy dulce. Ella desnuda. Él sólo se descubría el pecho. Terminaba todo con un beso muy largo, dulcísimo pero nada erótico. Después, la ceremonia de taparla con la sábana y cerrarle los ojos. Salía, mejor dicho desaparecía de la habitación en absoluto silencio.

El viaje de regreso fue una entusiasta conversación sobre cine. Rainer sabía todo. Hablaba de todos los films de la época del veinte y del treinta, por ejemplo. Era un gran organizador de retrospectivas. También, para divertirse, le gustaban las películas históricas; pero esas que hablaban de reyes y princesas. Se sonreía cuando contaba detalles de cómo habían sido dirigidas y con qué presupuesto.

Ella se admiró del conocimiento y del estilo que empleaba Rainer para hablarle de la historia del cine. Pero no sólo del cine alemán, sino, por ejemplo, del cine francés de los cincuenta, del cine italiano de siempre.

–¿Cuál es la relación entre Rainer Sturm y Marilyn Monroe? –preguntó Minouche imitando a una reportera.

–Estoy permanentemente enamorado y dolido en ella. Enamorado porque es la mujer, la hermana que hubiera querido tener. Y dolido porque no logré nada de eso.

–Tienes ya una hermana.

–Sí –dijo él–, pero no es precisamente Marilyn Monroe.

–¿Por qué? –preguntó ella haciéndose la tonta. Justo era el tema que más le interesaba.

Él cambió el tono, encubriendo todo.

–Porque mi hermana serviría para madre, severa; pero como hermana, como compinche, no. Y por eso, a Marilyn me hubiera gustado tenerla como hermana, nunca como amante.

–¿Y como amante, a quién?

–A Marlene Dietrich, sin duda. Una mujer que me tragara, me devorara. Una mujer que me dijera: vaya para allá, venga para aquí, pero que me cantara en la cama sus canciones reas berlinesas, abrazada, mirándome a los ojos, poseyéndome con sus pechos encima. Una mujer que me cogiera. (Empleó la brutal palabra argentina, que para él era la única que expresaba bien el coito.)

Pero cambió de tema enseguida, se fue al cine mudo. Minouche se dio cuenta que él no quería seguir descubriéndose. Le estaba diciendo demasiado, tal vez. Antes que se fuera del todo de la conversación, Minouche volvió a su averiguación.

–Hablame de tu hermana, cómo es.

–Es demasiado buena conmigo, se aflige demasiado por mí. Nos queremos mucho.

Hasta allí. Un cierre convencional que le dio rabia a Minouche. Él se había cerrado de nuevo. Sus misterios eran sólo para él, no para otros, y menos que esos otros fueran mujeres.

* * *

Siempre la desconfianza de ella. Él cumplía, pero Minou sospechaba. Claro, había que ponerse en el lugar de ella. ¿Por qué ese trato tan deferente, cariñoso, respetuoso? Tratarla, cuando estaban solos, como a su amiga preferida. No exigirle su cuerpo, no poseerla. Nada. Innsbruck había sido la repetición pero no el desbordamiento, la deseada apertura. ¿Por qué ese respeto que mataba todo amor? ¿Respeto? ¿O qué?

Ya otra vez en Berlín, la noche del jueves ella se presentó en la casa de él, bien de noche. Cuando llegó le dijo que se iba a quedar a dormir. Escucharon música: Bach. Tres horas de Bach, los conciertos brandenburgueses. Maravilloso. El ambiente que preparaba en esa "sala de música", instalada con su gusto con cuadros del romanticismo, casi todos de Moritz von Schwind. ¿Por qué en la sala de recibir tenía a Schiele, a Otto Dix, a Schlemmer, es decir, a pintores "malditos" y en "su cuarto de arte", como lo llamaba él, los románticos, además todos alemanes? Antes de cada concierto brandenburgués, él le explicaba, sonriente, los detalles y la historia. Parecía flotar. Se sentaron primero en dos sillones individuales. Pero ella se paró y lo llevó a un sillón largo y allí siguieron escuchando apretados. Él le tomó la mano y ella le llevó esa mano junto a la suya. Cuando terminó el último concierto, Rainer sirvió coñac y le planteó planear otro viaje de fin de semana largo. Arreglaron para el 28 de febrero. Tres días después que finalizara el Festival de Cine, la *Berlinale.* Para Rainer, la prueba máxima de todos los años. Organización. Sentido de la selección, y todos los demás detalles. Y allí él dio un paso que a ella le sonó como lo más importante de su vida hasta ese momento. Le dijo nada menos que esto:

–Quiero que te compres ropa. Quiero, deseo, que te vistas muy bien cada noche, porque vas a entrar de mi brazo en cada función del festival. ¿Te gustaría? Como mi amiga, mi compañera, mi pareja, quiero que todo el mundo nos vea juntos.

Ella se emocionó. ¿Era "su" declaración de amor, o acaso significaba nada más que la iba a usar para mostrarse en público con una mujer extraña como ella? Sí, así, "extraña", se calificó a sí misma. Y no judía.

–¿Por qué lo quieres hacer? ¿Para que salga en los diarios?

Él pasó por alto la pregunta dura, sin gracia, y le dijo sencillamente:

–Porque te quiero, porque quiero que seas mi amiga, mi compañera, mi pareja.

Sirvió otras dos copas. Él bebió de un trago, parado. Ella dejó la copa llena y miró al suelo porque no sabía como salir de la situación, ganar tiempo, pensar. Él la ayudó:

–Bueno, por hoy basta. Piénsalo. Es bastante pesado lo que te dije, así, después de Bach cuando te lo tendría que haber dicho después de Schumann. Cuando te decidas me llamás para comprarte ropa. Quiero acompañarte y elegirla yo. ¿Me dejás? No soy así, de querer que seas mi muñeca. Pero hoy sí, la primera vez.

–Oh, nos vamos a pelear –dijo ella riendo, más que contenta pero con algo en la garganta que no podía tragar. Le gustaba todo lo de él, la puesta en escena, su gusto, su suavidad, su especie de aire nostálgico que lo rodeaba. ¿Pero no sería su postura nada más que un disfraz? Pensó, ahí sí, en lo que le había dicho el secretario judío de la Fasanenstrasse. Con esa postura quería borrar a su padre, a todo su propio pasado.

Pero aceptó el beso. Aunque notó algo pese a su emoción y confusión. Le pareció un beso programado.

¿Por qué ella era así desconfiada ante un hombre que parecía el mejor de todos? Que la respetaba. Que nada en él tenía el papel de violador, de dominador, de un voluptuoso por poseerla.

* * *

Entraron los dos del brazo en el cine Bristol. Por supuesto que no tuvieron los aplausos de Gina Lollobrigida ni de Hanna Schygulla ni de Marcello Mastroianni. La casi totalidad del público no sabía quiénes eran. El impacto fue para los que precisamente lo conocían a él. Los aplausos, tímidos de pura curiosidad. Por supuesto las miradas fueron para ella: el interrogante ¿quién será? se notaba en cada rostro. Atractiva, fuerte, con absoluto dominio sobre sí misma. Así lo expresaba su paso y su conversación con Rainer, mejor dicho sus preguntas que él no respondía sino que se concentraba en el saludo con un movimiento de cabeza a todos los que aplaudían. Por supuesto, los reportajes. Y él la retuvo frente a las cámaras, la tomó fuerte del brazo y la atrajo hacia sí.

–Sí, es el vigésimo quinto festival que se organiza y tuve la suerte de haber colaborado una vez más. Y como saben ustedes, soy amigo del cine joven, de los directores que hacen sus primeros trabajos. Aquí tengo a mi lado a Minouche Seefeige, una joven directora que muy pronto debutará con su primer film. Los consagrados, bienvenidos, sí, pero puerta abierta para las fuerzas jóvenes –dijo para el primer canal nacional.

Los que los rodeaban aplaudieron y algunos periodistas se la llevaron a un aparte para preguntarle todo. Ella no habló de él sino de su proyecto, de sus aspiraciones. Repitió varias veces que era judía y que sus padres habían sido víctimas del nazismo. Después de los reportajes por supuesto fue rodeada por la curiosidad de las amigas y amigos de Rainer. Claro, no le preguntaron nada de sus relaciones con él sino otros detalles generales. Nadie le preguntó si era judía pero ella se encargó de hacérselo saber a cada uno de los que se aproximaron.

El golpe sorpresivo estaba dado, pensó con cierta preocupación Rainer. Ahora ya no podían acusarlo o sospecharlo de pensamiento nazi por el "perro sanguinario" de su padre ni el cargo que había tenido su madre en la Liga de las Mujeres Nazis ni el partido al cual pertenecía su hermana Erna, los republicanos, nada menos, la extrema derecha.

En la recepción, Minouche fue una de las figuras. Él ya no era el solitario que tenía que aguantar a quienes solamente le venían a pedir algo: una recomendación, un préstamo para el próximo film, su concurrencia a tal o cual estreno. Ahora era una especie de triunfador. Se había puesto al tono de su cargo. Había sido electo por su capacidad pero hasta entonces dudaban de su manejo en el trato con la gente, de su comportamiento en sociedad, de su brillantez como persona social. Cuando ya acababa la recepción, tomó automáticamente del brazo a Minouche y le hubiera preguntado a la gente: ¿Y, señores, qué dicen ahora?

* * *

Esa noche llegaron a la casa de Rainer tan cansados que se tiraron en los sillones y se quitaron los zapatos. Pero él se levantó a los pocos segundos, eufórico, fue a buscar una botella de champaña, la descorchó dejando caer un poco de espuma sobre la bandeja y las copas y sirvió. Brindaron, exhaustos.

Ella: "Porque siempre sea así".

Él: "Los dejamos con la boca abierta. Hoy no van a poder dormir".

Minouche se sentó a su lado y lo besó. Él se puso a conversar en un monólogo que sonaba para sí mismo y no para los dos. Reprodujo los diálogos que había tenido, las palabras de elogio de los conocidos. Y como para ponerle punto final dijo en tono seguro, como si terminara un discurso:

–Estaban todos, no faltaba nadie.

–Sí, hasta el secretario de la asociación judía de Berlín, que no me sonrió. Voy a tener que ir a verlo para tranquilizarlo –dijo ella con un mohín un tanto sarcástico sintiéndose una colaboracionista.

–¿Tranquilizarlo de qué? –interrumpió él, curioso y desconfiado.

–De que no me casé con un goy –dijo ella y rió en forma no muy convincente

–¿Y no te casarías con un goy?

–Si estuviera enamorada de él y él de mí, por qué no.

Él con cierto movimiento coqueto de la cabeza preguntó en voz baja:

–¿Y vos estás enamorada de mí?

–¿Y vos de mí?

–Creo que sí –dijo él, como para no dar un paso definitivo.

–¿Y por qué en vez de preguntarnos tanto no vamos a la cama y consumamos el amor?

La voz de ella sonó bien provocativa, como diciendo: no hables tanto que hasta ahora no pasó nada.

–Vamos –dijo él.

Pero ocurrió lo de siempre. Maravillosas caricias como para quedarse en eso y no avanzar. Ella se desnudó; él, como siempre, se dejó el pantalón.

–¿Por qué? –preguntó ella hasta con timidez–. Ven, vamos –y trató de desabrocharlo. Él le tomó la mano, se la besó. Le besó los labios, la cubrió con la sábana y se retiró sin decir nada más.

* * *

Erna.

–Te vi en los diarios con esa mujer. ¿Es tu amiga oficial?

–Sí.

–¿Viven juntos?

–Todavía no.

–¿Sabes qué día es hoy?

(Rainer queda pensando pero responde casi de inmediato, como dándose un sacudón.)

–El cumpleaños de mamá.

–Te traje estas flores para que las pongas en tu escritorio, cerca de su retrato.

–Gracias, Erna.

–¿Me acompañas al cementerio?

–No, Erna, esta vez no puedo, tengo un día muy ocupado.

–¿Sales con ella?

–No, trabajo.

–Es la primera vez que no vas a ir.

–No, el año pasado...

–El año pasado viniste.

–No, pero fue el día de su muerte.

–No, de su cumpleaños.

–No, Erna, hoy no puedo. Sabes bien que siempre he cumplido.

–No es por cumplir, es por ella. ¿Me dejas ponerle las flores?

Él busca un jarrón, se lo da, ella le pone agua y ya en el escritorio pone las flores, las ordena.

–Pobre mamá, cuánto sufrió. Y cómo te quería. (Acaricia el retrato y se queda mirándola, en silencio, como si orara sin mover los labios.)

Rainer soporta toda la escena. Le parece todo muy aniñado. Lo de Erna es enfermizo. Está cada vez más enferma. O la soledad la mueve a ser cada vez más fiel a lo que ya no tiene ningún remedio. Todos en su familia perdieron para siempre: su padre, su madre y ahora Erna. Él es el único que se ha salvado. Luego levanta la vista y mira a su madre con cariño, nada más que con cariño, con melancolía, pero no con culpa.

–El domingo iré sin falta a llevarle flores.

Erna no le responde, como si no lo hubiera oído.

Va hacia la puerta de salida. Antes de irse, se da vuelta y le dice:

–Uno de estos días quisiera conversar a solas contigo.

–Sí, Erna. Cuando vos digas.

Al cerrar la puerta, sus miradas no se cruzan. Rainer va despacio hasta su escritorio. Queda ante la madre, como alguien que quiere hacer las paces con el pasado, para siempre. Flores para su madre pero nada más. Si no todo se transformaría en un mórbido aletargamiento. La mira largamente. Se sienta, sin quitarle la vista. Luego queda mirando el vacío. Están los dos frente al Rhin, del brazo. Él de nueve años. Acaban de llegar de la Argentina. Ella le habla como si le contara alguna leyenda o los recuerdos de su primer viaje de novios con su padre. Por la memoria de Rainer no pasa el padre, sino un cuerpo uniformado, sin cabeza, o él es tan chiquito que no le ve la cabeza porque se la tapa el cuerpo; no lo alcanza a ver a pesar de que se pone de puntas de pies. A la madre sí la ve y la escucha. Sí, es una vez más la leyenda de Loreley. Una vez más. ¿Cuántas veces se la contó su madre? Se imaginó a Loreley en lo alto de la roca, y su canto. Loreley era su madre, era su madre. Aquello era la felicidad, la felicidad. Nunca más iba a poder ser feliz, salvo cada vez cuando entrara a su escritorio y la viera así, joven, fuerte, hermosa. Fue la época de la pureza, se dijo casi en voz alta a pesar que tenía la sensación de estar cometiendo un pecado, o diciendo un disparate, o afiliándose a los neonazis.

Buscó en la biblioteca el álbum de fotografías, allá abajo de veinte carpetas. Sonó el teléfono y él no lo oyó. Miró una tras una las fotos. Los cuatro. Los padres y los niños. Otto, Adelheid, Erna y él, Rainer. ¿Por qué Rainer y no Wolf, por ejemplo? Su padre quiso ponerle Wolf, pero la madre insistió, Rainer, por el poeta preferido de su adolescencia: Rainer María Rilke. Se detuvo en un retrato grande, esos de estudio fotográfico, con tapa y contratapa. Él en los brazos de su madre. La inocencia, la felicidad, el calor. Ella muy linda, con ese peinado y ese vestido de verano tan fresco. El rostro sin pinturas, la piel, la hermosa piel y el cabello para atrás terminado en dos trenzas recogidas. Ya no más. A medida que él siguiera viviendo se alejaría más y más de su madre. Un niño protegido, un hombre sensible, débil hasta los tuétanos, intentando quebrar su timidez abriéndose paso entre esa selva de hoy. Él y su timidez, que lo volvía a veces cínico, y hasta cruel con los que se le interponían, con todos aquellos que lo creían débil. Contra todos los que en silencio le reprochaban que él era hijo de uno de los nazis más crueles y más alcahuetes del poder, el "perro sanguinario" Otto Sturm. Volvió a pensar la primera imagen, él, su madre, y su padre en uniforme pero sin cabeza. Él era muy pequeño, no alcanzaba con su vista.

* * *

Albert Seefeige había sufrido como una enorme injusticia el tener que irse de Alemania en 1938. Minouche recuerda cuando chica que salían a pasear los domingos a la tarde a las Barrancas de Belgrano y su padre le contaba a ella y a su hermana lo bello que habían sido sus tiempos de estudiante en Alemania, las canciones, las excursiones al campo y a los bosques. Siempre repetía este aspecto y decía que todo había sido una gran injusticia porque los judíos se portaron muy bien en Alemania y le había traído muchas cosas positivas; había entre ellos muchos sabios, muchos inventores y grandes comerciantes que habían sabido vender los productos alemanes en el exterior. Por eso, él, en la Argentina, siguió haciendo negocios con los alemanes en Belgrano y en el centro de la ciudad, cuando pudo comenzar con su negocio de puntillas al por mayor. Su madre, Fritzi, poco es lo que hablaba sobre su pasado. Mientras comía una *Bienenstich* comprada en Steinhauser, la confitería alemana, que anunciaba en el periódico nazi *Deutsche La Plata Zeitung,* siempre decía: nosotros somos más alemanes que judíos. Y hablaba mal de los judíos polacos. Su padre no leía el diario judío *Di Presse* sino el *Argentinisches Tageblatt,* el diario de los alemanes antinazis.

Minouche se avergonzaba de lo mal que hablaban el castellano su padre y su madre, parecían de caricatura: "hoy compré dos docenas de hoivos por noive pesos". Igual como los imitaban a los judíos en los teatros de revistas, allí donde también imitaban a los tanos, a los gallegos, a los rusos, y hasta a los gauchos. No se salvaba nadie. Nadie se lo tomaba a mal y todos se reían de todos. Los porteños eran así. Su hermano y ella los corregían continuamente a los padres: "¡no se dice noive, se dice nueve, papá, por favor!". Es que su idioma era el alemán y lo hablarían hasta su muerte. Cuando iban en tranvía o en colectivos, tanto el padre como la madre se daban cuenta si los que hablaban alemán entre sí eran judíos o alemanes. Los judíos se esforzaban siempre de hablar en alto alemán, el *Hochdeutsch.* En cambio los alemanes no judíos hablaban siempre en dialecto. Es decir, los judíos hablaban el alemán como profesores y los alemanes no judíos lo hablaban como campesinos, como artesanos.

Por eso, ahora, en Alemania, a ella le daba mucha pena cuando recordaba esos aspectos de sus padres. Seguían queriendo a Alemania pero no volvían porque temían que hubiera cambiado mucho. Ellos seguían soñando con la tierra que habían vivido de chicos, de adolescentes, de novios, donde habían tenido los primeros éxitos en los negocios. ¿Por qué ella, Minouche, odiaba a Alemania (una especie de odio singular, admirativo) y sus padres que habían sido expulsados, habían perdido todo, les habían matado a familiares, hablaban con tanta nostalgia de todo esto que ella podía ahora ver con sus propios ojos? En ella había ido naciendo un infinito deseo artificial de venganza y veía en todo alemán un guardián de Auschwitz y en toda alemana una odiosa racista. ¿Es porque ella no podía ser alemana? Cuando pensó esta simpleza se mandó a la mierda a sí misma. Pero el prurito subió por otro lado y se preguntó: ¿y por qué se había metido, ahora, con esta relación increíble, indescifrable con el hijo de un nazi, de uno de los peores asesinos nazis? ¿Qué es lo que le atraía de Rainer? ¿Ver cómo es el hijo del que podría haber sido el asesino de sus padres, del que fue asesino de gente como sus padres? Y los veía a sus padres tan inofensivos, él vendiendo puntillas, con su porte de comerciante ilustrado diciendo "noive" y "hoivos" y a su madre que seguía comiendo hasta la eternidad *Bienenstich* de Steinhauser, una confitería que también después de la guerra siguió publicando sus avisos consecuentemente en la neonazi *Der Weg* (El Sendero) de los refugiados hitleristas traídos por Perón después de 1945.

Desde que había llegado a Alemania se estaba trastornando un poco. ¡En Buenos Aires la vida era tan diferente! Había sido una vida en el limbo, entre argentinos jóvenes con sonrisa italiana que la querían "voltear" y ella que se refugiaba entre sus amigas tan argentinas que sólo hablaban de hombres y de trapos. Qué lástima, esas reuniones en el café de Las Heras y Pueyrredón con sus risitas y chillidos. Y ahora aquí, ya no viviendo sino más bien aprovechando todo lo que podía del complejo de culpabilidad de esos burócratas de los partidos políticos "democráticos", de las universidades, y de los funcionarios de la cultura, que se esforzaban hasta el ridículo para despegarse de cualquier pasado. Se preguntó de pronto si no era mejor volver a la Argentina, a la inocencia, sin los complejos que la devoraban ahora. En la Argentina, sin ventajas ni cargos de conciencia. Caminar por las calles de Buenos Aires con sus iguales y no por las de Berlín con los hijos de los asesinos. ¿No quería ella acaso convertir a los hijos de los asesinos en víctimas? ¿Cobrarse en ellos no era convertirlos en víctimas, acaso? ¿En su relación con Rainer no había algo de eso? ¿No quería en sí destruirlo en vez de amarlo? Se dio cuenta que todo se complicaba y soñó estar en el campo, en la Argentina, como en aquellas vacaciones cuando era chica y con su hermana iban a la estancia de don Samuel Grinberg, La Esperanza, y pasaban tres meses con juegos y aventuras acompañadas por las hijas de don Samuel, el propietario de la cadena de camiserías Grinberg y Sachs. ¿Por qué le tocaba o quería vivir ese segundo acto después de Auschwitz en vez de ignorar para siempre Auschwitz y vivir la inocencia respirando aires con horizontes abiertos, horas verdes, noches de estrellas y amores intensos con jóvenes que no tenían pasado y sólo la mirarían a ella y la remontarían a cielos con lechos de nubes recipientes del amor y de caricias que la llevaban a entregarse a la lucha más hermosa de la tierra? Se acordó de su primer amor: Carlos María Roggero, guitarrista y perseguidor de mujeres. Poder volver a esas horas. En vez de ese sencillo y ardoroso entrechocar de fuerzas y ese algo tan hermoso de declararse vencida, estaba hoy con Rainer, la complicación misma, la conciencia, el bajón permanente o la sonrisa fabricada mientras la sangre se va solidificando como en laboratorio. Se sintió una vendedora de sentimientos, una jugadora en la bolsa de futuros asegurados y de posiciones florecientes en el mercado de la más absoluta de las codicias: la de los triunfadores en esa sociedad de figuración y poder.

* * *

El film de Minouche avanzaba. En el productor, en los ayudantes, en los mismos artistas había una esmerada predisposición en solucionarle todos los problemas a la novel directora, en resultarle agradables, en allanarle la más pequeña dificultad, en fin, en que ella se sintiera conforme y no sospechara el más mínimo racismo. El film iba a ser financiado por la ciudad de Berlín, el primer canal de televisión, el Estado de Nordrhein-Westfalen, y una empresa privada en la cual Rainer tenía intereses y más que nada, poder. Más el apoyo de las iglesias.

Ahora empezaba la tarea. Rainer volvió a leer el libro de Minouche y esta vez sí que le pareció más que débil. Podría dejarlo pasar tal como estaba. Nadie iba a protestar ni atreverse a criticarlo. Pero Rainer tuvo un extraño impulso de superar las formas frías y ayudarla en serio a Minouche. Había que mejorar mucho el guión. Se lo dijo de muy buenas maneras. A ella, en principio, no le hizo mucha gracia esa especie de suave crítica. Pero finalmente aceptó que un guionista de confianza de la producción leyera el guión e hiciera sugerencias.

Una semana después se juntaron Minouche, Rainer y Peter Plantenberg, este último un autor de guiones muy apreciado por los patrocinantes y por el mismo Rainer. Peter sugirió nuevos personajes, el cambio de escenarios y la abreviación de diálogos. Minouche se hizo la difícil y lo trató a Peter con cierta descortesía y, de paso, también a Rainer. Peter no era ningún blando y no se dejó atropellar. Comenzó a dirigirse directamente a Rainer y le fue señalando la debilidad del tema; por supuesto, sin cambiar la línea de crítica por la culpa colectiva del pueblo alemán, que esa era en sí, la filosofía del film de Minouche.

Rainer miró a Minouche para ver su reacción, pero esta rehuyó la mirada. Él se dio cuenta que el clima se estaba poniendo pesado. Entonces invitó a tomar un trago, derivó el tema y finalmente agradeció a Peter y que muy pronto se iba a poner en contacto con él. Ella recogió todos los papeles y, como una autómata, le dio un beso a Rainer y se fue, sin decir palabra.

* * *

Rainer pensó que no iba a ser fácil la relación. Se había dado cuenta de la reacción de ella, de orgullo herido, ante la opinión de Peter. Se preguntó por qué se había complicado tanto su vida al iniciar esa relación. ¿Qué lo empujaba hacia ella? ¿No iba a pagar demasiado caro esta experiencia? ¿No iba a pasar a ser un dominado por ella? Despejó su mente de todos los temores y se dijo que no debía asustarse. Se puso a pensar en Minou con cariño; sintió, repentinamente, ganas de tenerla cerca y acariciarla. La sintió un poco víctima de él. Al mismo tiempo recordó una a una las imágenes triunfales del Festival de Berlín. ¡Qué pareja!, dijeron algunos: él tan rubio, de rasgos tan nobles; ella, interesante, fuerte, los dos casi de la misma estatura. Una mujer casi báquica pero de mirada clara y severa, con una sonrisa como aprendida. Ojos bien inteligentes y hurgadores. Volvió al principio de sus cavilaciones y otra vez a preguntarse con miedo sobre el futuro de la relación. Por un lado su soledad triste pero libre; por el otro, esa mujer, quien con su sola presencia lo obligaría a moverse, a crear. Sí, a buscar una síntesis entre los dos. Sí, eso. De dos tan diferentes en experiencia y fuerza de vida, lograr acercarse a una ruta común. Se imaginaba que de seguir solo, terminaría en vagabundo. Con esta mujer iba a permanecer en las alturas de un triunfador e iba a conquistar otras más. Con ella iba a reproducir siempre las escenas y los aplausos del último festival. Sería su paraguas. Su exterior para poder seguir con su interior intocado, virgen, tal como lo había formado su madre. Porque su madre lo había protegido aun en los peores momentos y él había podido mantenerse por encima de la tierra.

* * *

Cuando ella sorprendió a Rainer y a Lisa Wagner –la rubísima actriz– reír como chiquilines de pavadas, tuvo temor que todo se terminara de un día para otro. Que todo se derrumbara ante la menor reacción de Rainer. Que todo no hubiera sido nada más que un antojo o una veleidad de él. O tal vez nada más que un desafío para ganar alguna apuesta. Se imaginó a Rainer apostando a que "iba a presentarse delante de todos con una judía, del brazo". Se imaginó una reunión de hombres levantando un jarro de cerveza y cantando una canción nazi festejando que Rainer, el hijo del SS Otto Sturm, había ganado la apuesta. Nazi de mierda.

Porque si no, ¿debido a qué, ahora, después de la fiesta, venía con que al libro le faltaba fuerza, que debía atender a Peter, el guionista –seguramente otro nazi– si antes él le había festejado a ella todo el guión como si fuera un hallazgo? Por eso decidió jugarse el todo por el todo. Se sentía bien segura.

* * *

Cuando lo vio solo y siempre con su sonrisa de otro mundo, resolvió arriesgarse ahí mismo. Todo.

Se besaron como dos enamorados. Rainer hasta puso pasión y casi la igualó a ella en el abrazo deseoso y casi violento.

Se sentaron frente a frente.

–Quiero saber una cosa –dijo ella, y él aprobó como si ya supiera todo lo que iba a venir.

–Quiero saber en qué va a terminar nuestra relación.

Fue bien precisa al decirlo.

–¿Terminar?

–No terminar sino en qué se va a transformar. Me llevas diecisiete años y pareces de mi misma edad. ¿Cuál es el futuro de nuestra relación? Qué es, un amor de primavera, un encuentro semanal entre solitarios, o será una convivencia donde podamos ir conociéndonos mejor, aunque no sea fácil.

–No pensemos todavía en eso, Minouche, deja que todo se vaya realizando de por sí, como algo que fluye y va engrosando el cauce. Y dejemos que el cauce nos sorprenda y nos lleve sin planes anteriores ni cálculos. Un encuentro entre dos –arriesgó él, inspirado– que se van acercando como dos sombras por detrás de la luz y ahora se buscan, se estudian, se atraen, se temen, pero que creo ya no van a poder separarse, ni en el recuerdo. Conocernos fue un acontecimiento. Dejemos que los hechos nos vayan mostrando el camino, casi al azar, pero en unidad de sentimientos.

Se sentó junto a ella y comenzó a acariciarla. Minouche lo dejó hacer, hasta que puso las condiciones sobre la mesa:

–Yo quiero saber si vamos a vivir juntos, o no.

Ella lo pronunció todo bien claro, con un dejo cariñoso, sin dureza, aunque las palabras ya mostraban una decisión tomada.

* * *

Él le había respondido que vivir juntos, no. Que él vivía con sus pecados de soledad y de nostalgias. Ella se había levantado, como alguien que se siente insultada, usada, hasta vejada. Le había dado un beso en la mejilla y se había ido. No hubo esa noche para él otra imagen que esa, cuando ella se fue y cerró la puerta de entrada, sin dar un portazo pero sí con firmeza, decidida.

Creyó que era definitivo. Por eso la llamó por teléfono muy nervioso y apenado. Ella se mostró condescendiente. Pero le habló en argentino, nada de alemán.

–No me fui enojada, me fui apenada. No entiendo nuestra relación. Me sentí como acusada. Como quien se ha aproximado a vos para buscar contactos, beneficios. Todo me sorprendió. Que me aceptaras así, justamente vos, como judía, y te mostraras junto a mí en público.

–No te comprendo –respondió él, en alemán, muy extrañado, pero como si lo hubieran descubierto en su juego–, ¿qué tiene que ver tu ser judío con nuestra amistad? No sé lo que tratas de sugerir.

–No, tal vez tengas razón pero es que yo estoy educada de otra manera. Cuando quiero a alguien se lo digo y trato de estar con él. No quiero que me eche cuando llega la noche. Pero está bien, acepto lo que me propones. Sigamos así. El señor Rainer Sturm, el jefe que se preocupa sólo por él y dictamina: hoy sí, mañana, no; hoy hasta las cuatro, mañana hasta las cinco. Vacaciones separadas. El amor, olvídese, prescripto. Todo de acuerdo a su horario y para los momentos de aburrimiento. Eso sí, cuando quiere mostrarse, se la saca a la de turno y se la muestra: ¿qué les parece? Tengo buen gusto, hoy castaña, mañana rubia, pasado pelada.

Ella se daba fuerza, no temía ninguna reacción última de Rainer, ya lo conocía, iba llamar a la paz e iba a corregir su discurso, modificándolo en algo. Pero ella tenía que aprovechar ese desencuentro para hacerse la ofendida, que además, lo estaba. Demasiado calculador había sido él, ahora tenía que retroceder. Es ahí donde estaba la ventaja que ella iba obteniendo paso a paso.

Rainer guardó silencio. Luego propuso un armisticio:

–Minouche, escúchame, me gustaría pasar una semana en Baden-Baden. Vamos al encuentro de cine, me tomaré todo el tiempo para ti. Allí no tendré muchas obligaciones.

Ella fue rápida:

–Sí voy, pero con cuartos separados.

Él rió. Y salvó la querella:

–Oh, ¿crees que te voy a dejar? ¡No me conoces! ¡Una habitación para los dos con una sola cama bien estrecha!

* * *

No hubo tiempo para la discusión. Los paseos por la mañana. Los periodistas y los films por la tarde. Las cenas prolongadas por la noche. El tema era siempre lo que acababan de ver y la gente. Ella lo escuchaba sin interrumpirlo cuando él hablaba de cine; sabía mucho. Y de literatura y de música. Una mañana se lo pasó escribiendo un artículo que le habían pedido para el *Frankfurter Rundschau*. Ella fue leyendo las páginas que él escribía a mano y dejaba caer al piso, como un poeta romántico. Muy bueno, qué vuelo. Ya le habían dicho que Rainer era un extraordinario escritor, que había escrito un solo libro, sobre el poeta Heinrich von Kleist, sí, el de la tumba en el pequeño Wannsee, pero que nunca lo había publicado.

Ella le alabó el artículo. Y después le dijo: "quisiera que vos me hagas los diálogos para el film y no Peter. A vos te puedo pelear, pero a ese alemán engreído, no. Parece un oficial de la Wehrmacht en operaciones".

Salieron. Las primeras hojas secas manchaban los senderos. Minouche comprendió lo que decía la naturaleza. Se sintió como si estuviera envejeciendo, perdiendo la primavera poco a poco.

Y se lo dijo:

–Todavía no hicimos el amor desde que nos conocimos.

Él la acarició muy tierno en los brazos y los hombros.

–No me apures, no me retes. Quiero ser un novio de los de antes, gozar primero las caricias, el estar juntos.

Ella no le respondió ni hizo ningún gesto.

Él casi le rogó:

–Dame tiempo.

Ella alimentó aún más su sospecha. Pero esta vez no se precipitó como cuando le cerró la puerta en las narices. No, esto era mucho más grave. Sí que podía ser una causa definitiva de rompimiento. Y no volvió a hablar del tema.

* * *

Esa noche, en la cama, él pensó que todo se estaba complicando. La había adormecido de caricias. Ella se dejaba hacer y hasta le entró a gustar que quedara todo así, en el adormecimiento, que él la adormeciera. No le iba a volver a gritar: ¡¿por qué no?! ¡¿qué te pasa?! No. Por qué no aprender a que no se produjera el clímax, evitar el momento supremo. Siempre rondar, siempre rondar para nunca llegar. A ella era la primera vez que le pasaba. Sí, tuvo amiguitos en la adolescencia que la primera vez no podían, se ponían muy nerviosos, pero después sí, y cómo. Pero esto no. Mientras lo pensaba y las manos de Rainer se aproximaban a sus pechos se dijo que la experiencia no era mala, volvió a responderse: es algo nuevo, curioso, un poco martirizante pero es como una poesía que sólo habla de amaneceres, golondrinas, espigas doradas y risas infantiles, y evita el delirio. Él no la acariciaba allí justo donde ella tenía sus zonas más que eróticas. O era un artista o era un vergonzoso o tal vez alguien que quería desconocer que la mujer podía amar también lo erótico y todo aquello de poseer y ser poseída, de librar batallas y de ganarlas y perderlas bien. Le gustaba a ella perderlas, por principio, porque sabía que así lo perdía para siempre al poseedor y bueno, todas esas cosas que escribían las novelistas feministas y que por lo menos ella se las creía o le resultaba divertido creerlas. El hermoso teatro. Poseer o no poseer esa no es la cuestión. Mientras se fue adormeciendo, él se fue aproximando. Esta vez sí, tocó su zona erótica y ella casi pegó un salto. Fueron las manos juntas de él y de ella, la de él siempre suave, la de ella atropellada, afiebrada, borracha.

Él se quedó dormido sobre la espalda de ella, que se dio vuelta cuando vino el desmayo, un desmayo largo, lujurioso. Cuando se despertó, ella sintió todo el peso del cuerpo de él sobre su espalda. Poco a poco fue acomodándolo, lo tapó, él en su pantalón piyama discretamente celeste. Lo miró, le pareció un ángel, un hombre limpio, hermoso, inocente.

* * *

Rainer aceptó la propuesta de Minouche para que fuera él y no Peter quien le corrigiera o hasta le sugiriera los diálogos y la secuencia de las escenas. Pero después él lo pensó bien: no, y tuvo miedo; por su cabeza pasó rápidamente la imagen de su hermana, de su madre y también fugazmente, la de su padre. Aquí había límites para él y sabía que no tenía la fuerza suficiente para saltar sobre esos límites. No. No. Por lo menos durante unos cuantos años iba a seguir solamente ejerciendo el poder directo; huir de su casa para ocupar el comando en su escritorio, recibir, firmar, opinar sobre la industria del cine en Berlín. No lo buscaba pero no le disgustaba que hasta los directores más famosos de Italia, Francia, Inglaterra y también –cuando venían– los yankis, le besaran la mano. Le gustaban más, sí, las obras de los europeos, pero admiraba la ejecutividad de los dueños del mundo. Hubiera querido tener esa sequedad de los americanos del Norte al responder, esa falta de educación cuando resolvían las cosas que les convenían y dejaban el tendal de aspirantes convirtiéndolos en una masa llorosa, pedigüeña, acuclillada.

Una vez ante un gringo perfecto, que lo divirtió por la brevedad para hacerse escuchar y obtener lo que quería, le pasó por su mente la figura de su padre. Pero la borró de inmediato. Se sintió descubierto, hasta traicionado, por su propia memoria. Él había forzado esa comparación nada cierta, trató de convencerse. Él, como un psicoanalista barato, hurgando el propio yo, se dijo. Le repugnó y ahí sí que se sintió sucio, oportunista. Y llegó a imaginarse que se iba a volver loco.

* * *

El guión es malo, malísimo, gritó solo, en su escritorio después de releerlo. Y lo tiró ostentativamente al canasto de papeles. En ese momento llamaron por teléfono y él, apresurado, con un temblor buscó el libro en el canasto y lo puso sobre el escritorio. Era su hermana, pasaría esa noche.

–Está loca, pobre Erna, está rematadamente loca –dijo Rainer después de colgar.

Volvió al guión de Minouche y apenas recomenzó su lectura lo cerró y lo dejó en el lugar de antes.

–Lamentaciones, quejas, quejas, lamentaciones, pero nada fuerte, nada. Yo pondría al *Kantor* entonando las canciones de antes, las imprecaciones sobre Auschwitz, Treblinka, las caras de los niños en los ghetos, la cobardía de los vecinos polacos y lituanos corriendo a las mujeres judías. Eso, lo que duele –pensó. Y no lo que sufrieron o no sufrieron los judíos alemanes que tuvieron que irse a otras tierras. ¿Y los hugonotes que debieron irse perseguidos por otros cristianos y comenzaron su vida en cualquier lado, y los emigrantes que Europa expulsaba por la pobreza y comenzaron de nuevo a miles de kilómetros sin nada, sin un techo, con hijos y viejos? ¡Lo otro es lo terrible! Las cámaras de gas para los niños, las muchachas, los viejos, después de toda una vida llena de trabajo, matarlos así... los asesinos... –ahí se paró y murmuró, emocionado, en castellano: –¡hijos de puta, hijos de puta! ¡Otto Sturm, hijo de puta, perro sanguinario, perro sanguinario, Otto Sturm!

Fue hasta el espejo y se miró. No podía llorar si bien hubiera querido llorar hasta el último momento de su vida. No tanto por lo que había ocurrido sino porque a él el destino lo había hecho hijo de Otto Sturm. En su madre no quiso pensar. Nunca quiso pensar en por qué su madre no sólo se había casado con Otto Sturm sino que lo había acompañado y jamás había tenido ni una palabra contra él. Se sintió loco, enfermo, idiota. Se despreció. Escupió en el suelo como hacían antes los hombres maduros, en cualquier lado.

Se recompuso. Tomó el guión y volvió a decirse, como un guionista:

–No, nada más que la voz del *Kantor* de la sinagoga y el rostro de los niños, una y mil veces, una y mil veces.

Se puso de pie. Pensó en Minouche y se dijo: ¿Cuántas Minouches habrán muerto en Auschwitz? Se fue al aparador de las bebidas y se llenó un vaso de whisky.

El teléfono, su secretaria; lo esperaban las obligaciones de la oficina. Bienvenido pretexto para salvarse, dejar todo atrás. Se puso el saco, tomó el guión del film de Minouche y salió hacia su trabajo.

* * *

Ella, más que enamorada –extrañamente enamorada, ¿enamorada o en medio de un desafío ya casi enfermizo?– estaba curiosa por compartir todo lo de Rainer. A ratos le parecía el tipo más limpio de la tierra, el más puro. Un poeta del más puro tiempo del romanticismo. "Soy un apasionado de las mujeres", le había dicho él en el lago, el pequeño Wannsee. ¿No lo había dicho para quitar sospechas de su posible homosexualidad? No, eso no lo creía Minouche. No era homosexual. Era algo así como podía ser un hombre enamorado durante los comienzos del siglo pasado. Él la había invitado esa noche ir juntos al concierto de lieder de Schubert: "La bella molinera", nada menos. Cuando ella aceptó, Rainer marcó inmediatamente el teléfono de su hermana y le dijo que esa noche no podía recibirla, que lo dejaran para el día posterior.

Durante el concierto, con el tenor Dietrich Fischer Diskau y el pianista Gerald Moore, Rainer se transformó. No la tocó. Se encerró en sí mismo. A veces tenía una expresión como si se encontrara en el paraíso; otras veces, tenía una sombra en los ojos, se lo veía contenerse en su desesperación, en su absoluta soledad. Era su música, era él, él era el enamorado de la bella molinera, él era el poeta, y su paraíso, ese, su flotar, un lamento íntimo, sin que lo escuchara nadie. Desaparecer en el amor por una bella muchacha en las aguas limpias del arroyo sonoro acompañado de la soledad, de la melancolía. Sin nazis bestiales ni judíos perseguidos. Ir detrás de los tiempos de su madre, de aquella caricia en las mejillas, de pronto, así, al levantarse.

Minouche fue descubriendo poco a poco la doble faz: el Rainer fuerte y calculador y el desolado, melancólico, perseguido. Después del concierto fueron a un restaurante. Él no quiso comer, sólo bebió champaña. Al rato fue recuperando el humor, las fuerzas. Poco a poco, y porque ella estaba allí, mirándolo, fue convirtiéndose en Rainer el fuerte, el que recibía saludos de todos en el café París y se acercaba a saludar a las mesas grandes, llenas de conocidos. Ni sombra de angustias o encierros. Este era el hombre que buscaba y necesitaba Minouche. Pero también la suavidad del perdedor, los labios del poeta en su piel.

A medida que más se iban conociendo, más la necesitaba él a ella. De esto sólo se dio cuenta Minouche. Ella tendría que oficiar de oriental, con fuerza de siglos, a distancia sideral de los lieder de Schubert. La bella molinera no tenía sus rasgos, todo lo contrario. Minouche se imaginó que la bella molinera se parecería a la madre de Rainer. ¿O no? ¿Se lo podría preguntar alguna vez sin que él huyera despavorido y se llegara al final de la amistad? Para comprender y gustar de "La bella molinera" hay que ser alemán, se dijo Minouche, y yo gracias a Dios soy judía.

* * *

En su oficina, Rainer se propuso no leer nunca más el guión de Minouche. No podía, no podía él, tan luego él, se repitió por milésima vez, el hijo del perro sanguinario Otto Sturm, meterse a comprender lo que quería la hija de un judío rico que salvó su vida y todavía la pasó mejor en su tierra de exilio. ¿Qué es lo que estaba ocurriendo? Él apenas asomado a la adolescencia había sufrido más en el campo de internación después de la guerra como prisionero de los aliados junto a su madre y su hermana que el judío Seefeige que la había pasado muy bien en la Argentina y había hecho fortuna. Aquí se detuvo. No, no, no. Ese es el argumento típico de los neonazis. Unos fueron autores, los otros víctimas. ¿Y él, por qué en campo de internación, Rainer? Los guardianes norteamericanos lo escupieron más de una vez, y le pegaron patadas, él apenas un niño que nacía a la adolescencia.

Se consoló diciéndose que él había nacido para ser fuerte, para manejar gente, para meterse en la cultura como un funcionario apto y responsable. A todo lo demás tenía que huirle. Vivir una vida para la cultura, para la humanidad. Y no meterse en los vericuetos de su culpa hereditaria. Porque si no voy a terminar como el hijo de Bormann, el lugarteniente de Hitler, que se hizo cura misionero en el África, se dijo.

La citó a Minouche a la oficina, como correspondía. Ya, ya mismo:

–Minouche, no sirvo. Estuve leyendo tu guión y no sirvo para esos menesteres, no me nace ninguna idea, hay que tener talento para eso, yo no lo tengo. Buscaremos a una mujer para que te entienda mejor; ahí está Dorothea Thumser, todo un talento, de la nueva generación. No quiero hacerte perder el tiempo. La cito ya y primero se reúnen, y dialogan. Es talentosísima y amplia.

Minouche le creyó. Se lo imaginó en ese momento cargado de trabajo y ella no podía, encima, meterlo en un tema que lo tocaba tan cerca.

–Está bien, te entiendo, vamos a probar –le dijo ella, aceptando todo.

* * *

Una semana después, Dorothea Thumser, frente a él, le espetó:

–Demasiado esquemático todo. No puedo. Formalismos, tiradas, maquinal...

–Tienes que hacerlo –la urgió él.

–Sí, pero sólo con seudónimo; no me quiero quemar como oportunista. Que me deje sola y yo le hago algo de mi estilo. Pero ella es muy celosa, además, como toda directora de cine, ella quiere hacer todo, dictar.

–Con seudónimo, está bien –comprendió él– pero, piensa algún pretexto bueno para que no figure tu nombre: exclusividad con otra productora o algo parecido.

Rainer se dio cuenta de lo difícil que resultaba el film de Minouche. Pero finalmente todos lo iban a disculpar; iba a ser un film más, uno de esos para olvidar, pero nadie iba a decir nada; un tema tabú y por eso había que hacerlo, mal o bien. Se podría disculpar por el lado de que era el primer film de una talentosa alumna de Alexander Knapperbusch. A él, en cambio, lo iban a respaldar, precisamente por eso, por el coraje civil de apoyar el film y al mismo tiempo tener y mostrarse con una amiga judía, se repitió por milésima vez, para sentirse seguro.

Si sólo fuera eso. Rainer se estremeció; sabía que Minouche se iba a dar cuenta de todo. Aunque tuvo la esperanza en una tregua: a Minouche le iba a interesar hacer su primer film por sobre todo otro problema y no levantar demasiado la alfombra para ver las migas o los intereses políticos. Además, respiró pensando en las próximas semanas en las que Minouche iba a tener que dedicarse a la producción. Ese era el momento en que él debía tratar de hacerle la vida menos pesada con sus consejos y advertencias profesionales.

* * *

Minouche se sintió fuerte y segura. Ahora dependía de ella mostrar que era capaz de hacer lo que se había propuesto. Pero también demostrárselo a él. Ella se había dado cuenta de la poca fe que le tenía Rainer como creadora. Y aunque no fuera así, no quería caerle pesada. Que nadie dijera esa película se hizo por obra y gracia de Rainer Sturm sino que se valorara así: ¡qué olfato el de Rainer Sturm, valía la pena jugarse así por ella y por la idea de ella!

Él sí, movilizó la prensa. Habló con amigos. Principalmente con Erlo Esslingen. Era el más apreciado de los críticos de cine y uno de sus mejores amigos. Solían encontrarse en el café París y allí conversar largamente de literatura, de teatro, de cine. Erlo Esslingen apreciaba mucho a Rainer porque este lo había recomendado al semanario *Die moderne Zeit.* Rainer había trabajado como crítico de films en ese semanario hasta que aceptó el cargo de funcionario. Esslingen lo había reemplazado y desde el vamos había pasado a ser muy considerado por el público lector.

Rainer había organizado una cena en casa con Erlo y con

Minouche. El periodista estuvo afectuoso y se interesó mucho por la historia que iba a filmar ella. Minouche se mostró simpática, humilde, y aprovechó a alabar las críticas de cine de Erlo. Este le preguntó mucho sobre técnicas cinematográficas. Sí, allí se pasó; a Minouche en determinado momento le pareció estar ante una mesa examinadora. Rainer se dio cuenta y trató de desviar la conversación hacia otros temas, a anécdotas del medio y por último hacia la figura de Alexander Knapperbusch, el maestro y amante durante dos años de Minouche. Esta salió del paso en forma un poco superficial. Erlo quedó un poco confundido, tratando de comprender la relación Rainer-Minouche. No podía creer que Rainer protegiera así a una principiante aunque fuera su amante. Eso no le cabía en la cabeza. Un hombre de principios tan fuertes como Rainer, tan drástico en algunas de sus resoluciones; de pronto se lo imaginó en un papel de semirufián amansado, o de amante reblandecido-deslumbrado con la baba regándole la bragueta.

Erlo tuvo miedo por Rainer a quien apreciaba como verdadero amigo.

* * *

El milagro se había realizado: para los papeles principales, Lola Carstens y Heidi Werner; para el rol del padre nada menos que el francés Igor Céline. Todos de primerísimo cartel. Temor y orgullo de Rainer. ¡Lo que había sido capaz de juntar! Sólo por su nombre había sido posible todo esto. Pero... para qué, por qué... por qué... ¿Lo había hecho por ese complejo de culpa que arrastraba desde siempre y que arrastraría por los siglos de los siglos o porque esa mujer se había impuesto por sí misma y él, en sí nada más que un intelectual torturado por sus complejos le dijo a todo que sí, o... o porque se había enamorado de ella. De su fuerza, de su libertad, de eso tan atrayente de cómo ella había sabido venderse y atraparlo.

Pero todo no era tan así. Ella parecía fuerte, pero lo era sólo en los momentos decisivos. Minouche necesitaba cada vez más un apoyo, sentirse acompañada. Además, sus ansiedades eran repentinas. Esa noche pidió verlo y se lo dijo:

–Quiero que vivamos juntos.

Él tuvo dos sentimientos simultáneos. Pensó en su hermana Erna y en el retrato de su madre en el escritorio. Pero al mismo tiempo algo refrescante le fue inundando el cuerpo por las venas: verla a toda ahora, acariciarla a toda hora, liberarse a toda hora de su pasado. Liberarse, ser como los otros, como todos los alemanes y ciudadanos del mundo que no habían tenido un perro sanguinario como padre. Hablar del presente y del futuro, fundar una nueva personalidad sin disimulos. Tener el ángel custodio. Hasta pensó en que se iba a curar como hombre y ya no tendría que hacer el amor con el pantalón puesto y detener la mano de ella cuando quería explorar lo que debería ser la muestra orgullosa de su hombría.

Ella lo había mirado los tres largos minutos en que él se sonrojó y no levantó los ojos del fondo de la copa.

El fin de los tres minutos fue triunfal para los dos: Rainer se sonrió con toda la cara: los ojos, la frente, los labios, los dientes. Su rostro se puso limpio, sin arrugas, sin tormentos, sin caretas.

Las manos se entrelazaron. Fue simultáneo. Algo intemporal y extraño. ¿Por qué de pronto dos seres que se sospechaban, que se rondaban, que se acechaban, se podían poner piel con piel con tanta ternura? ¿Se necesitaban más allá del mero usarse? ¿Había una atracción recíproca más allá de lo mental? ¿Podían integrarse, llegar a ser una sola persona? De analizarlo intelectualmente, ambos lo hubieran rechazado. Pero es que esas manos juntas lo fueron repentinamente, sin sospechas, entregadas. Se dieron cuenta, sin decírselo que podían ser generosos, o que eran más generosos que interesados.

Él le respondió con las mismas palabras, pero en tono de respuesta:

–Quiero que vivamos juntos.

Fue toda alegría y entregarse. Salieron a caminar. Nunca supieron por dónde fueron. Pero llegaron al parque de Kreuzberg y allí lo recorrieron de arriba abajo y de abajo arriba. Creyeron ser vistos por todos: por los árboles, por los setos, por las flores, por los solitarios que caminaban a esa hora.

Terminaron en el departamento de Rainer. Durmieron abrazados.

* * *

A la mañana siguiente tuvo necesidad de caminar solo. Fue hasta Kreuzberg, al cementerio de los generales prusianos, allí, en Tempelhof. Se dijo que su vida iba a cambiar para siempre, por su bien. Y que debía dejarse de debilidades, de falsedades, de tener respeto a un pasado que él ya no respetaba, que le parecía espantoso a pesar de su madre, de su niñez. Que no le iba a esconder nada a su hermana Erna, le iba a decir: sí, vivo con una judía.

Lo hizo. Se fue directamente a verla, a su casa. Aunque no la encontró, no quiso dejar pasar ni una hora. El taxi lo aproximó. Tegel, lo que había sido el primer domicilio de los Sturm cuando vinieron de la Argentina, en la primavera del '39. El otro, el más amplio que recibieron después del nombramiento en la SS del padre, había sido destruido durante los bombardeos. Siempre se dijo que la segunda casa había sido de ricos judíos, que habían huido en el '38. Pero esa primera casa, donde ahora volvió a vivir Erna, era más sencilla. Los Sturm la habían alquilado antes de llegar, a través de una familia amiga. Después de toda la tragedia, al regresar a Berlín a principios de los cincuenta, fue descubierto nuevamente por Erna que de inmediato alquiló uno de los pisos, el de arriba. La familia Sturm había ocupado los dos en aquel primer período berlinés.

Ahora estaba Rainer otra vez frente a la casa. Recordó paso a paso todo, mientras se detenía ante ella. Apenas tenía nueve años. Del barrio de Belgrano, en Buenos Aires allí, a Tegel. De la quinta de la calle Echeverría a una casa sin jardín pero a pocos metros del lago. Recordó los últimos días en Belgrano pasados con su amigo Roberto von Hünefeld, de su misma edad, con quien iban juntos a la Goethe-Schule de la calle José Hernández. Y de las hermanas mayores de este, Chiquita y Elsa, a quienes un día vio desnudas tomando sol en el jardín trasero de la casa de Roberto, llena de palmeras y con una extensa galería. Después, la despedida en el puerto, en Dársena Norte, cuando vino toda la familia von Hünefeld, y los Bieler y los Wollenweber. El padre de los von Hünefeld le regaló a Otto Sturm unas hermosas espuelas de gaucho por si llegara a montar en Berlín. Luego, el viaje en barco, en el *Cap Arcona*, 21 días, su hermana Erna que se lo pasó mareada, y sus padres que se vestían con lo mejor para ir a la cena. Las Canarias, Bilbao, Amsterdam y Hamburgo.

Un viaje a la muerte, pensaba Rainer ahora, y al oficio de verdugo de su padre, apenas meses después comenzaba la guerra y el efímero esplendor de los Sturm. Estaba ahí ya en la puerta de la casa, ahora de su hermana, pero decidió alejarse. Los recuerdos lo habían llenado de tristeza y de una profunda rabia dolorida por todo lo pasado pero también por lo perdido, por aquel Berlín de la primavera del '39, todavía en paz. Por ese viaje definitivo a Alemania que le hizo perder la inocencia de las viejas calles de Belgrano y los juegos con Roberto, su mejor amigo, a quien no vio más. ¿Qué se habría hecho de él? Fue hasta el lago y allí recordó ese momento luminoso del 20 de abril de 1938, en el Club Alemán de Belgrano. Era el cumpleaños del *Führer* y se formó una doble hilera cuando entró el embajador de Alemania, Freiherr von Thermann, el "barón", como lo llamaban todos. En ese momento comenzó a tocar la banda la *Badenweiler*, la marcha de Hitler. Los chicos temblaban de emoción y curiosidad. Allí junto a él estaba Roberto von Hünefeld y los tres hermanitos Payr, el "Cuki", el "Gringo" y el "Tito", hijos de tiroleses y por eso antinazis porque Hitler le había dejado el Tirol del sur a Mussolini. Pero se "colaron" igual, para ver la fiesta, sin permiso del padre que era un furioso antinazi. Recordó que todos los presentes gritaban algo, que debería ser *Heil* y levantaban el brazo. Y que después comenzó una inolvidable fiesta con malabaristas, payasos y al final música, con orquestas que tocaban valses y música popular alemana, los *Schlager.* ¿Por qué todo no quedó así y tuvo que venir lo otro? Tuvo que reprimirse para no decir: ¿por qué todo no siguió como era en el '38 y tuvo que venir el '39? Ese era el recuerdo más nítido que le había quedado de la breve niñez en Buenos Aires, cuando pasaba vergüenza porque su madre y su hermana Erna vestían tan distinto a las argentinas y llevaban trenzas rubias.

* * *

Volvió sobre su recorrido y tocó el timbre en lo de Erna. Esta se sorprendió. Su hermano tenía un aspecto distinto al de otras veces. Pero igual sintió algo agradable al ver que su hermano la visitaba:

–Hacía tiempo que no venías por aquí.

–Está cambiado, siempre tu hogar es acogedor. Ese ambiente hospitalario y cálido de antes. Con algo noble.

Eso de "noble" le gustó a ella. Notaba que él no había perdido el gusto por lo auténtico, por lo de antes. Pero la curiosidad por su venida la alejó de otras sensaciones que los aproximaban.

–Erna, tengo que comunicarte algo que espero no te desagrade demasiado y que no ponga impedimentos en nuestro cariño de siempre. Voy a tener una compañera con la cual compartiré una vivienda.

–¿Quién es?

–Tú la viste no hace mucho. Mónica Seefeige, de mi gremio, el cine.

–Me lo imaginaba –dijo ella disimulando su total rabia y hasta dolor. Nada de eso se le notó ni en su rostro ni en su comportamiento.

–Espero que me comprendas. Sé que va contra toda tu manera de pensar.

–¿Estás enamorado de ella? –hizo normalmente la pregunta incisiva, la única que le interesaba.

–No sé. Me atrae. Me atrae mucho.

Él se sorprendió que no le hiciera la pregunta que temía: "¿con la judía?". No, pero ella lo quedó mirando, con una expresión en la que tal vez cabía sólo dolor, no rabia ni tampoco asco. Dolor. Como si todo para ella se hubiese perdido. Pero Erna no era de abandonarse al dolor o de tener compasión con ella misma.

Se quedó petrificada como alguien que escucha la noticia de la muerte del ser más querido. Sí, así. Pero calma, y no mostrando debilidades.

–Es la derrota más grande de nuestra familia –dijo firme, sin compasión, sin disimulo.

–No lo tomes por ahí. Tal vez es la liberación total del pasado, del cual no tenemos la mínima culpa.

–Culpa de qué –dijo ella, ya más agresiva.

–Erna... no empecemos la interminable discusión. Te respeto porque piensas como piensas, tal vez eres necesaria para encontrarme a mí mismo. Pero yo quiero salir al aire fresco, romper con las cargas, salir al mar.

–No entiendo, no uses figuras. Hablá claro y directo. Gracias por venir a decírmelo. Ahora ya sé cómo comportarme.

–¿Cómo?

–Seguiré siendo la misma. La que guarda el inmenso tesoro que fue nuestra familia. Mi familia. No voy a avergonzarme jamás. Estoy y seguiré estando con mi padre y con mi madre. No los abandonaré ni por figuración, ni por un sueldo ni para congraciarme con los que destruyeron todo.

No quedaba otra cosa que irse. Así lo comprendió Rainer. Se aproximó, le dio apenas una especie de semiabrazo mientras decía con voz casi imperceptible:

–Que tengas suerte, yo seguiré queriéndote.

Ella se quedó en absoluto silencio, y cuando escuchó los pasos de él que se alejaban, cumplió el ritual de siempre. Contempló el cuadro donde estaban los cuatro juntos. El retrato de la primavera de 1939.

* * *

Cada uno iba a conservar su departamento pero alquilarían una vivienda juntos. Ella no quería que él se viniera con recuerdos ni con retratos y él tenía miedo que ella trajera lo que él definió en sus conversaciones con su conciencia como "algo del ritual". Le tenía miedo a lo esencialmente judío. Cuando pensó en esto se dijo para sí como un brutal reproche: "por algo los nazis no se metieron con los cementerios judíos". Para la nueva casa todo sería nuevo.

Las compras se hicieron con apresuramiento porque ella sufría el estrés diario del film cuya fecha de comienzo se aproximaba cada vez más. Pero lo hicieron todo con alegría, casi como dos que estuvieran perdidamente enamorados, ese entusiasmo, ese querer agradar el uno al otro.

Él estaba como nuevo aunque el rostro de su hermana al despedirse le había dejado un balazo en el alma, una quemazón que la sentía hasta al respirar. Pero se puso duro como en tantas oportunidades cuando tenía que premiar a un director judío o ir a poner flores por razones oficiales al ex campo de concentración de Oranienburg. ¿Por qué volver al pasado ahora si ya había hecho cien cosas peores que juntarse con una judía? Al contrario, había mucho de valentía en él, había algo de aventura, de exploraciones desconocidas. Por eso en la fiesta en la que recibieron a todos sus amigos para inaugurar la vivienda, en Charlottenburg, él hasta se desbocó un poco, bebió más de lo que acostumbraba y hasta entró en una entusiasta conversación cómica en voz alta. Ella, Minouche, lo observaba y también se iba entusiasmando cada vez más por él, lo iba adoptando como figura suya, se iba teniendo confianza. Minouche no invitó a nadie de las autoridades judías, sólo a dos estudiantes que habían llegado hacía pocos días de Montevideo y que eran bastante liberales con su condición de judías creyentes. Lo único que le molestaba de ellas a Minouche era la repetida intención de las dos jóvenes de ir a vivir a Israel. Lo tomaban como un deber de conciencia.

Los amigos de Rainer juzgaron positivamente la resolución de vivir juntos. Sólo a Erlo Esslingen algo le fastidiaba o por lo menos no le cabía en su interpretación de la gente. Seguía creyendo que había oportunismo de parte de ella y que él había caído como un chorlito en la trampa y que no se avecinaba nada bueno para su amigo.

La fiesta fue brillante. Toda gente del ambiente, los actores y actrices de la próxima película, directores y gente de cine, funcionarios de la cultura y de los partidos: socialdemócratas, demócratas cristianos y liberales. También algún intelectual de la izquierda moderada. Terminaron en la madrugada del domingo. Un grupito muy reducido decidió todavía sentarse en la moderna cocina a tomar un café a la argentina con medialunas calientes. Erlo fue uno de ellos. Seguía sin poder adivinar todo lo que había sucedido y por qué esa necesidad de vivir juntos de Rainer y Minouche. Las mujeres –algunas de las cuales durante años habían tratado de que Rainer pisara el palito– siguieron mirando a la joven futura directora en todos sus movimientos. Y, cuando podían, con todo disimulo le hacían preguntas aproximativas. Pero todas, todas, también eran del criterio que la joven judía-argentina había sabido cazar al más que duro Rainer. Este se había arrojado a la ligazón después de haberse sostenido invicto durante varios años. ¿Vendría después el casamiento? Todos, mejor dicho todas –más la sospecha de Erlo Esslingen– estaban seguras que eso iba a ocurrir en breve tiempo.

* * *

Era la mejor hora. Así lo sintieron los dos. Se fueron juntos al dormitorio común. Y todo se cumplió con gran deseo, con pasión. Se olvidaron complejos, ideas, temores y resentimientos. Así, tal cual, como una pareja de jóvenes deseosos, sensuales. Por primera vez –como en un milagro– él se desnudó completamente. El juego de agredirse, de ataques y entregas. Todo los había puesto sensibles, ardientes, voluptuosos, más, concupiscentes, desenfrenados, queriendo escalar todo. Y se produjo el milagro en él. Por primera vez. La rección total, viril de pura dureza, piedra y acero. Entonces buscó rápido la penetración. Falo y falo. Ella se resbaló hacia él, fue matemático, de precisión, como dos profesionales de un pornoteatro. A ella le fue invadiendo una arrebatadora rabia de hacerse coger por ese nazi hijo de puta y él despertó una sonrisa hasta cruel cuando la tomó de los hombros y comenzó los sacudimientos rituales. ¿Quién era el más fuerte, eh? ¿Quién dominaba a quién? ¿Quién utilizaba a quién? Poseer, se dio cuenta lo que significaba poseer. Poseer a la judía distante, orgullosa, y él, el despreciado impotente hijo de nazi, la penetraba. Él llegó a la cumbre y ella comenzó a gritar para que todos la oyeran, que su grito llegara a Israel, a los dirigentes judíos de Berlín. Sí, sí, con el hijo del perro sanguinario. Abrirse, darse, obedecer pero para encerrarlo, abrirse a la saeta para atarle las manos. Ya está, ya está, caído. El displicente doctor Rainer Sturm, hijo legítimo de la ferocidad y el sueño, de la poesía y el instrumento de tortura. Rainer Sturm, vencedor; Minouche Seefeige, consagrada como absoluta repartidora de premios y castigos.

Llegó el paraíso y el vuelo. Él a medida que regresaba la iba besando, exhausto, enamorado, agradecido. Se durmió primero encima y luego al costado de ella. Había sido su primera mujer. Había dormido junto a cien de ellas y Minouche era la primera. La que logró el milagro. Parecía toda una gran mentira, aunque fuese así, era una mentira deliciosa, imponente. Acababan de sonar en sus oídos todas las músicas, desde Mozart a *Alte Kameraden.* Todo, todo. Había presenciado de Miguel Ángel a Brueghel el viejo. De Goethe a la picaresca. Mariscal de campo y pistolero; poeta y dueño de prostíbulo. Un dios griego y un Casanova africano. Había dejado de ser el hijo del perro sanguinario con todos sus complejos.

Ella se quedó pensando largo rato. Estaba satisfecha. Muy satisfecha. Había sentido todo lo superior y eterno que es ser mujer. Lo miró a Rainer; le pareció un caballito de juguete. El mejor muñeco para volver a la infancia.

* * *

Muy cansados, pasearon ese mediodía, comieron algo frugal. Conversaron como dos esposos. Corrigieron el lugar de los muebles y objetos. Miraron regalos. Se habían prometido durante la tarde hablar sólo del próximo film. Fueron hasta el escritorio común, uno frente al otro. Se miraron. Él tuvo un pequeño temblor. Ese rostro lo iba a devorar; se le ocurrió. Ella se había puesto de nuevo bella, pero tenía algo en los ojos. De pronto, eran ojos avizores, fríos, herméticos. Él demostró interés por todos los detalles del film que ella comenzó a exponerle, pero se fue alejando poniendo su cabeza en la noche anterior, en su triunfo, en lo exquisitamente bello de alcanzar el cielo. Lo había alcanzado. ¡Lo había alcanzado! Pero ahora por qué esa mirada de ella. Era tal vez la que había puesto en el momento supremo del amor. Él no había mirado en ese momento supremo el rostro de ella. No, cerró sus ojos, como en un sueño. Si él, en esos instantes, la hubiera mirado tal vez nada se habría consumado. Ahora, ella debería mirarlo de otra manera si quería remontarse otra vez al cielo con él.

Minouche calló y lo miró sonriente, pero decepcionada:

–No me escuchas…

Él sonrió, avergonzado:

–Es que todo fue demasiado. Nos tendríamos que tomar vacaciones y vivir sólo para nosotros.

–Sí, claro, pero tengo las fechas encima. En esto me juego el todo por el todo.

–Los dos nos jugamos... –dijo Rainer sin pensar en lo que estaba diciendo.

–¿Por qué? –inquirió ella, alarmada.

–No, digo, porque todos saben que te apoyo y me van a hacer coresponsable...

–Pero vos me apoyaste porque te gustó la idea, no por mí... –dijo ella, con un rapto de sospecha y de rabia.

–Por supuesto que sí. Vos fuiste la que me impulsaste desde el primer momento... después vino nuestro encuentro. El film es de alguna manera tu vida... y todo viene mezclado en nosotros –dijo Rainer con su mejor rostro y con voz casi inaudible de pura suavidad.

Ella se conformó y prosiguió el análisis del texto que le había alcanzado Dorothea Thumser:

–No está mal, no está mal... pero es demasiado alemana. Demasiado construido. No lo siente al tema, no lo siente. Es brillante pero muy compuesto, matemático, vacío. Falta el profundo dolor, la nostalgia...

–Eso vas a tener que infundirlo en las imágenes –trató de suavizar Rainer.

–Y en los diálogos... vos me vas a tener que ayudar mucho, por lo menos en los diálogos.

Él se asustó. Meterse en un problema tan judío. Se volvió a repetir lo tan repetido: ¡qué imaginación tiene la realidad para lo cruel! El hijo de Otto Sturm componiendo imágenes de... Sintió que debía cortar allí. Que él no debía meterse en la obra. Ya se lo había dicho. Pero ahora no podía, ella lo hubiera tomado como un insulto, como una humillación. Además, no comprendía bien por qué ella quería aparecer en el film mucho más judía de lo que había sido. Por ejemplo, ponía en boca de la protagonista una canción de la niñez que ella no había cantado jamás, porque su niñez tenía mucho más que ver con el ambiente argentino de clase media alta. Ponía una escena en la sinagoga con ella adolescente escuchando al *Kantor*, cuando si ella estuvo alguna vez en la sinagoga fue por casualidad, o por curiosidad. ¿Por qué esa búsqueda de ella ahora? Justamente lo contrario de lo que buscaba él: olvidarse de todo lo pasado, abrirse al mundo, llegar a ser un ciudadano multicultural, multicultural, esa era la palabra más usada por los intelectuales alemanes, multicultural, pero en el fondo les sangraba el corazón por la pérdida inexorable del mundo que habían conocido con sus padres.

La fue acompañando en la lectura del libro, oía sus comentarios. No, repetía Minouche, no estaba de acuerdo con el guión de Dorothea Thumser. No, quería algo bien judío para luego hacer la confrontación con lo alemán. La niña judía en la Argentina que cuando se vuelve grande quiere conocer la tierra donde vivieron sus padres y todos sus antepasados, desde el siglo XVI. Eso era lo que quería ella, Minouche. Dorothea había resuelto todo a la Hollywood. No, no, no.

Él trató de escabullirse, con el mejor tono:

–En esa parte no puedo ayudarte porque yo pasé una niñez muy alemana en Buenos Aires.

Ella fue aumentando su nerviosismo. Se sintió aplastada por la responsabilidad que se le venía encima. Se conformó diciéndose que a toda la gente creadora del cine le pasó eso en la primera vez. Se dio cuenta, por otra parte, lo frágil que era su amistad con Rainer. ¿Qué los unía? Lo de anoche que parecía la llegada a un paraíso tropical lleno de colores, sofocaciones tormentosas y el mar que los llevaba y traía de playa en playa, ¿no había sido acaso nada más que la salvación de un náufrago, y que ella había obrado nada más que de bote salvavidas? Esto de ahora, la lectura del guión ¿no era otra cosa que hacerle pagar a él que ella lo hubiera justificado, haberle dado la coartada para seguir en carrera? Anoche, una especie de plenitud desesperada y ahora, todo parecía quebradizo, una conversación de conveniencia. Ella aquí y él en la China; o mejor dicho, él paseándose por entre las ruinas de la Alexanderplatz en 1945 y ella abriéndose paso entre una multitud que se lo impide, hacia la consagración. ¡Basta! Siempre las mismas obsesiones. ¡Basta, basta!

Habían entrado como en una esfera de mutismo. Minouche se dio cuenta que no podían seguir esa comedia forzada. Plegó el cuaderno y dijo:

–Bueno, basta, estoy cansada, todo lo voy a hablar y discutir previamente con Dorothea.

Él se sintió aliviado y para no seguir con pensamientos culpables y reproches íntimos, le dijo en voz alta:

–Te invito al teatro. Dan *La familia Schroffenstein* de von Kleist. Ya la vi, pero quisiera verla otra vez. Han cambiado los actores.

* * *

Después del teatro fueron a cenar.

–Qué enredado todo. ¿Eso es lo que te atrae de Kleist?

Él se sintió desafiado, en su salsa. Von Kleist, un maestro. Quiso ser didáctico para con ella. Y tal vez repitió lo que muchos entusiastas de von Kleist se han dicho para poder explicar a ese genio rebelde que se tenía lástima a sí mismo por ser un humano.

–Acordáte de estas dos palabras sublimes: verdad y pureza. Eran sus búsquedas –le dijo él tratando de darle la clave–. La felicidad sólo se puede recibir como recompensa de la virtud. La carta de amor de un adolescente es pureza. El campesino que cuida de la semilla para que dé el fruto y la harina, es puro. El único paraíso es el amor, aunque se tenga que vivir casi constantemente en el infierno. Nada tan poco complicado.

Quedó pensativo y la llevó a la acción de *La familia Schroffenstein*:

–Los dos amantes de esta noche lo saben: Ottokar le dice a Agnes, en el colmo del amor, a pesar de que pertenecen a dos familias que se odian hasta la muerte:

Tu alma
yacía abierta ante mí, como un bello libro,
que primero captura tiernamente el espíritu,
luego lo conmueve profundamente,
para retenerlo después inseparable,
junto a él.

"¿Recuerdas? Dos familias enemigas hasta la muerte, pero los amantes saben lo que es el amor y por eso desafían el destino. Dos familias... que pueden ser dos pueblos...

Minouche lo miró; él estaba extraño, como si hablara en metáforas; como si él fuese Ottokar y ella, Agnes. Como si trasladara el problema a judíos y alemanes.

Minouche se dijo: "habla como alguien de fines del siglo XVIII". Pero le siguió el juego para poder llevarlo a la realidad, para que no se escapara de ser Rainer. Por eso, ella, en voz baja, le dijo toda su verdad:

–Sí, pero Agnes y Ottokar eran víctimas del destino, los dos inocentes. ¿Qué pasa cuando uno es víctima y el otro victimario? ¿Puede haber alguna vez una relación verdadera entre ellos sin que las sombras de la memoria la destrocen? En vez de unirse para investigar los crímenes del pasado, recurren al amor. Eso es muy fácil, es huir hacia adelante.

Lo dijo bien, penetrante, con inteligencia, sin demagogias. Quiso significarle a él que no le hablara con metáforas. Ottokar y Agnes –los protagonistas de la obra que acababan de ver– parten desde la inocencia, pero luego deberían haberse preguntado por qué sus familias son enemigas.

Tal vez Rainer quería aprovechar a los amantes inocentes para corporizarlos en Rainer y Minouche. Partir de la adolescencia y no bajar del paraíso. Minouche, en cambio, quería la relación así, como eran, en el mundo real. Ella lo tomaba a él como al hijo de quien era. Con su pecado original. Él tenía que demostrarle a ella que con su amor iba a sepultar al perro sanguinario asumiéndose como su hijo, asumiéndose como alemán, miembro de un pueblo que había sido capaz del Holocausto. Ahí, con ella, tenía la gran oportunidad de redimirse. Qué gran oportunidad le daba la vida a Rainer, pensó ella, sintiéndose protagonista en un encuentro donde la clave era ser honesto. Redención a través del encuentro frente a frente. De ahí iba a resultar el amor, un amor diferente, un amor de grandeza y de profundo respeto entre los dos.

No necesitaron hablarse. Él se sintió avergonzado de sus huidas desesperadas. Se lo había pasado huyendo y ahora esta mujer le cortaba el atajo. Y lo obligaba a marchar con ella. Ya no iba a ser posible refugiarse en las figuras siempre heroicas de Kleist, siempre más allá de la realidad.

* * *

En ese diálogo tal vez ya había comenzado el fin, apenas comenzado el encuentro forzado por el destino; el choque capaz de llevarlos a la ternura, pero al despertar sin salida. Era subyugante para él verla a ella tal vez por primera vez avizorar lo profundo y él sentirse un personaje de Kleist. Pero algo se había quebrado. Esa noche se separaron, cada uno se fue a su vivienda solitaria.

Ya solo, con los fantasmas de su vivienda de solitario pensó profundamente en ella y la disculpó por su falta de paciencia. Comprendió que era el estrés y la inseguridad que a ella le daba Dorothea Thumser como guionista. Esa noche durmió poco, quiso escuchar una vez más la música del *Palestrina* de Pfitzner como para entregarse definitivamente a lo suyo. Percibió como si se acercara a la locura.

A la mañana siguiente llegó a la oficina disconforme consigo mismo. Eran las oportunidades en que trabajaba mejor en todo lo burocrático. Volver a la realidad. Sí, señores, soy el hijo del perro sanguinario, y qué, todos en este país somos hijos del perro sanguinario así que ¡a disimular, señores!, a estrecharnos la mano y a seguir surcando por el mar en un buque cada vez más seguro, en ya casi un acorazado, formando la flota con los antiguos vencedores, bajo la bandera de los antiguos vencedores. Sentirse hermanos de ellos y triunfar con ellos. Todo lo demás era estupidez, pamplinas, eso de la culpa. Fue al baño y recurrió a su vocabulario argentino cuando se miró en el espejo: "andá, hacéte carmelita descalzo, boludo", frase que una vez escuchó de un grupo de argentinos durante un festival de cine.

Salió compuesto y le sacó la lengua a una de las empleadas.

Poco después de llegar la llamó a Dorothea Thumser, la guionista y la hizo venir.

Allí le dijo que la relevaba de seguir trabajando con Minouche. Dorothea no le hizo ninguna pregunta. Lo miró aliviada y se apresuró a decirle:

–Te lo agradezco infinitamente. No era un tema para mí. O por lo menos no es un tema para que lo realicemos Minouche y yo juntas. Es un tema muy enfermo y yo me considero sana.

Él la corrigió en seguida:

–No, Dorothea, de enfermo el tema no tiene nada; ponte en la situación de ella.

Pero no dejó de gustarle la fuerza medio silvestre de Dorothea. Y le manifestó su gratitud porque no se sentía menoscabada. Le pidió disculpas, sí, por haberse equivocado él. Tendría que haberla conocido mejor a Minouche antes de pedirle su colaboración a Dorothea.

De inmediato llamó a Andrzej Novick, un judío polaco que vivía desde el '48 en Berlín y que había sido colaborador en varios films de Janus Zygadlo, el mejor de los directores polacos que sabía hacer films en Varsovia sorteando toda huella de realismo socialista.

Lo citó en el París. El polaco lo escuchó atentamente sin mostrar ningún sentimiento y al final le dijo que sí. "Esa temática me es conocida", le respondió entre triste e irónico.

Muy seguro pero nervioso, Rainer le habló a Minouche, para informarla del cambio. Ella, muy sorprendida, sólo atinó a preguntarle:

–Pero... cuánto cuesta eso... el presupuesto...

–No te aflijas –le respondió Rainer–, tratándose de Andrzej Novick, la televisión de Berlín no sólo lo va a pagar, al contrario, me van a felicitar.

Minouche le quedó profundamente agradecida. Hasta se le asomó una lágrima y pensó en el esfuerzo de Rainer para allanarle todas las dificultades, principalmente su actitud contraria a la guionista.

* * *

Fue ella esta vez la que lo invitó a regresar al domicilio conjunto y le llevó una botella del mejor champaña, el que él más apreciaba.

–Te agradezco, Rainer, todo lo que haces por mí...

–Lo hago por mí, Minouche.

Se dieron un beso. Se miraron los rostros, había ternura, alegría. Los dos creyeron que también había amor.

Pero no pasaron de allí. Minouche puso a Satie, su piano siempre creador de ambiente. Se tomaron las manos y siguieron mirándose. Pero a medida que iba cayendo el sol, se iban entristeciendo. Ella de pronto tuvo que liberarse de sus manos, en su rostro había visto al perro sanguinario, ahora sí que lo veía. Pero disimuló. Rainer se dio cuenta de todo. Sólo pudo mirar el vacío. Nuevamente pasaba a ser un personaje de Kleist. O una imitación del propio Kleist, sin proponérselo. Como siempre lo iba a ser.

* * *

Porque no había nada que más lo asustase que ese camino hacia la muerte que había iniciado Kleist apenas ya al nacer. Como Hölderlin, que había marchado hacia la locura desde que había aprendido a caminar. Rainer, ya cuando aquella fiesta en su casa en Tegel, apenas llegados de la Argentina, en 1939, con tantos uniformes, había contraído su culpabilidad, había nacido con el pecado original. Se había dejado acariciar por todos los asesinos. No lloró. Se quedó mirándolos, hasta casi con beneplácito. Esas caricias lo iban a acompañar toda su vida. Aun cuando ahora lo acariciara una mujer que él había aceptado sólo para borrar, borrar.

Todo se había estropeado así, de pronto. Eric Satie seguía haciéndolos ganar tiempo para retardar la despedida. Se quedaron juntos, sí, como dos prisioneros en la misma celda. Minou había acariciado al propio perro sanguinario. Él comprendió definitivamente que ése no era el camino para liberarse. Lo único, pensó –mientras la música de Satie seguía desgranándose hacia la nada–, era presentarse. Decir delante de todos: soy el hijo del perro sanguinario. ¿Presentarse ante quién? si todos ya estaban muertos, los culpables, las víctimas, los jueces, toda esa generación había desaparecido. Se encarnó en Eichmann y dijo ante el tribunal de Jerusalén: soy Rainer Sturm. Culpable desde que tenía nueve años. El pecado original. Me acariciaron, sí, a mí, las manos que firmaban la orden de creación de las cámaras de gas. Su condena fue el gesto del juez que hizo una señal a la guardia que sacara de en medio a ese tipo que quería ser condenado para liberarse. No, la condena que tenía ya estaba dada y era definitiva. Para siempre sería el hijo del perro sanguinario Otto Sturm. Por los siglos de los siglos.

Fue despertándose y ya no oyó a Satie sino sólo la respiración de Minouche. Le alzó los pies y la acomodó bien en el sillón para que siguiera durmiendo. Él se fue al balcón. Berlín, profundamente de noche. Nadie se sentía culpable, ni la ciudad. Se oían voces lejanas de algún borracho o de muchachos exaltados.

Pensó entonces en las tareas que le esperaban ese día. Tenía mucho que hacer y resolver cosas importantes. Volvió a convencerse por enésima vez que ese era su mejor remedio, envolverse en burocratismos intelectuales, sentirse importante, como todos los días. Saber que otros dependían de él, de su sonrisa, de su gesto. Pensó en la película de Minuoche. Fue a la cama y se durmió profundamente.

* * *

La conversación con los dos senadores socialdemócratas se desarrolló llena de humor de salón y de respuestas acomodaticias dichas con expresiones al tono, a la moda, al momento. Los representantes del partido gubernamental, además de pedir por algunos protegidos del partido, se refirieron con elogios al proyecto "con" Minou. Él los corrigió, galante, diciéndoles que era el proyecto "de" Minou. Risas casi a carcajadas y benevolencia mutua. El senador Wald dijo lo de siempre, poniendo cara importante:

–Esos proyectos son necesarios. Los alemanes deberemos repetirnos una y mil veces esa temática. No olvidar, para no volver a cometer errores trágicos.

Palabras cien veces repetidas en discursos políticos y de actos de inauguración de algo que tuviera que ver con el pasado próximo. Desde el presidente al último concejal.

Pero no todo iba a ser tan fácil. Por supuesto, el reportero de turno: ¿por qué, para qué y con qué motivo una suma tan grande para una directora de cine principiante?

Las respuestas, brillantes como siempre, proveniendo de Rainer. Tenían cierto aire profundo, cierto aire de bondadosa apertura, cierto tinte intelectual, humanista. No necesitaba expresar parrafadas contra el nazismo ni hablar de la culpa colectiva. Iba a lo profundo: el valor de la vida humana, el hombre en el breve espacio de tiempo, y siempre terminaba con algo de Goethe. Esta vez dijo, con cierto tono emocional, que "nosotros no aprendemos a conocer a la gente. Cuando ellos vienen hacia nosotros debemos salirles al encuentro, para experimentar qué es lo que les pasa".

Pero nada profesoral, entre sonrisas y su mirada eternamente nostálgica, como tratando de aparecer sabio y humilde.

* * *

El semanario *Die moderne Zeit* había publicado su ensayo sobre "Teatro y sociedad". Nada mejor que su pluma, se lo dijo por teléfono su amigo Erlo Esslingen. Minouche se quedó admirada cuando lo terminó de leer. Lo reeleyó y de inmediato lo llamó:

–¿Cómo escondes todo lo que sabes? ¿Por qué nunca conversas conmigo de todo eso que tanto sabes? –le dijo ella con voz celosa.

–Porque tanto tenemos que decirnos, Minou-Minou, que no nos alcanza el tiempo –contestó muy contento Rainer, aunque su voz sonó a algo artificial, sí, algo de respuesta de circunstancia.

Minouche le hubiera querido decir: "¿por qué no te dedicas a escribir en vez de ser funcionario?". Pero se calló justo en el momento en que iba a abrir los labios. Se acordó con un poco de picardía que tal vez podía decírselo después del estreno de su film, cuando ya podía ser ella por sí misma. Sí, sí, ella se tenía mucha fe aunque Andrzej, el nuevo guionista, le había dicho como único comentario al conocer el tema: "a esta película la van a aplaudir todos los diarios pero no va a ir nadie a verla". A ella no le cayó bien esto y le había respondido de inmediato: "yo la hago para Nueva York, Buenos Aires e Israel".

–Ahí van a ir a verla los viejitos de la colectividad –le retrucó más sardónico aún Andrzej.

Por supuesto, Rainer en su ensayo sobre el "Teatro y sociedad" había tomado como eje a Heinrich von Kleist. Pero Minouche reparó en algo que nadie se había atrevido hasta ahora a comentarle a Rainer: ¿por qué había pasado por encima, sin mencionarlo, al teatro durante la época nazi?

Esperó el encuentro de la noche siguiente para preguntárselo.

Lo hizo con mucha cautela. Y lo hizo, en definitiva, porque sabía que Rainer necesitaba cierta crítica para no engreírse con su omnipotente cargo de hacedor del cine berlinés.

–¿Vas a seguir con una segunda parte, en el ensayo de teatro? –se lo dijo como al pasar, mientras ponía en el jarrón las flores recién compradas.

Él reaccionó de inmediato, pero todavía sin darse cuenta de por qué ella le hacía esa pregunta.

–No, no, además la gente le ha dado más importancia de lo que tiene. Es nada más que una especie de síntesis para el debate. Voy esperar, eso sí, a que alguien escriba al periódico para contestarle. Nunca respondo a las cartas pero esta vez, sí.

–No, te pregunto porque me hubiera gustado oír tu opinión acerca de Mefisto, Gründgens, esa figura dual durante el nazismo. O por qué Emil Jannings colaboró con el nazismo mientras su pareja en *El ángel azul*, Marlene Dietrich, fue opositora a muerte al fascismo.

Al ver enrojecer a Rainer y notar su esfuerzo para encontrar una respuesta, Minouche se arrepintió y adelantándose dijo, nerviosa:

–Pero, claro, son temas a discutir, otra vez me lo contás, ahora quería hacerte algunas consultas con respecto a la financiación del film, porque tengo mañana que dar algunas respuestas de producción.

Rainer recibió esto todo como un impacto y vio el peligro. Temió por su propia reacción. Él se conocía. Era capaz de decir: "adiós" e irse para siempre. Entonces usó la diplomacia a la cual se había acostumbrado desde que decidió hacer una vida como todos –los culpables y los no culpables en ese país–, una vida común y también de éxito a pesar de su apellido. Cara de piedra, sonrisa, pensar en el paso hacia adelante. Levantó los brazos como para abrazar a Minouche y con la máxima calidez le lanzó la propuesta.

–Minouche, querida, he estado estudiando tu agenda y entre

el 1º de setiembre y el 15 vas a estar libre, ya terminada la preproducción, discutido el cásting. Justo el tiempo para pensar. Pensar imágenes. Qué te parece si nos vamos a Grecia, a la isla de Hydra. No te había dicho nada, tengo allí una casa. Es mi pequeño paraíso íntimo. El mar, la playa, la sombra bajo la vid. Algo tan hermoso que no te imaginas. Y además otra sorpresa: lo voy a invitar a Andrzej para que puedan discutir todo lo que quieran sobre el guión. Mejor dicho, sobre cada escena: todavía puedes modificar los diálogos, acortarlos y por qué no, modificar hasta los lugares de filmación, por supuesto, lo menos posible.

Ella lo quedó mirando. Pensó. No le gustaba la presencia de Andrzej entre ellos.

–Aceptado. Pero por qué no mejor una semana allá, contigo, solos, y otra semana aquí, con Andrzej.

–No es lo mismo. Allá Andrzej se va a aflojar, se va a abrir, va a tener otro tono. Ustedes se van a poder perder en la playa conversando, discutiendo. Y seguir a la noche, vino mediante. Aquí sería como ir a la oficina.

–Bueno –dijo ella, ya manejando la situación–, siete días a solas con vos y otros siete días con vos y Andrzej.

Rainer sintió un repentino miedo y quedó mirándola, pero luego aceptó el desafío. Tal vez eso lo ayudaría a hacerse más fuerte. Sí, un experimento. Guardar distancias. Tratar de vencerla acostumbrándola a él: esta mujer me va a dar fuerza, mucha fuerza, ya sea empezándola a querer de veras, es decir acostumbrarse y acostumbrarla o comenzar la lenta indiferencia, el tanteo sonámbulo de un condenado y una triunfadora.

* * *

Andrzej llegó al aeropuerto con una actriz muy joven, de rostro colegial e inteligente. Se obtuvo un pasaje de último momento y pudieron viajar los cuatro.

Todo salió bien. Luego comenzaron a pasar los días como le

gustaban a Rainer. Se levantaba temprano, iba hasta la aldea a pie. Compraba verduras, fiambres, frutas, algo de carne. Vino, por supuesto. Él amaba todo eso. El sol, el clima templado y brillante. La tranquilidad. Claro está que pensó en los filósofos griegos y sus discípulos. Venir aquí y dejarse llevar por los colores y el sol. Comenzar la dulce y lenta marcha hacia el olvido, lo eterno. Luego regresaba en mula, por la escarpada subida y se ponía a hacer el desayuno para los cuatro. Preparaba la mesa en el patio, lleno de frescor y colores. Y después golpeaba las manos. Poco a poco aparecían así los huéspedes. Hasta que llegaran se acodaba en una de las columnas que soportaba la galería y recitaba a Goethe, sí a Goethe, relictos de la escuela secundaria; es que no había mejor poesía que esa, perfecta, pletórica, desbordante, suave, bondadosa hasta que caía en la leyenda de la muerte, nada tan triste, nada tan cruel, nada tan deprimente. Esa mañana primero recitó en voz alta el *Ganimedes*, esa leyenda del bellísimo príncipe troyano raptado por los dioses. Lo hicieron inmortal para que le escanciara el vino a Zeus. Según la leyenda, fue un águila que lo raptó o el mismo Zeus que se transformó en águila para llevárselo. Era justo la figura para cantar en ese paisaje, en ese color del cielo, con ese vino. Pero de esa alegría lujuriosa, no supo por qué, Rainer pasó a decir en voz más baja "El rey de los alisos", el diálogo de la muerte entre el padre y el niño mientras cabalgan hacia la nada. No había nada más triste, no había mejor definición de la vida. La única defensa desesperada era el amor, por eso, en esa mañana luminosa, volvió a la voz alta y a recitar "Cercanía de la amada" que comenzaba con aquello de:

Pienso en ti, cuando el brillo del Sol
me viene desde el mar...

¿Por qué, él mismo se preguntaba, se sentía tan feliz y abierto en Grecia? Es que por ahí no había pasado la sombra de Otto Sturm. Si este hubiera llegado con las tropas nazis en el '40, él, Rainer, treinta años después no hubiera comprado la casa ni hubiera recitado poesías de Goethe en el patio. O sí. Pero siempre le molestaba cuando algún huésped o algún griego viejo se ponía a hablar de la ocupación alemana de Grecia en los cuarenta. Aunque más de alguna vez se enterneció pensando que aquellos soldados que llegaron desde las nieblas del norte, algunos de 18 años, pudieron pasar así algunos días al sol y en la playa. Para después ser muertos y quedar allí podridos entre las rocas y las orillas. Muertos para siempre, sin conocer el amor.

Después del desayuno, Minou y Andrzej se iban a caminar. La amiguita de este último, Senta, se iba a la playa, y Rainer se quedaba a leer. Historia del cine, biografías, algún tratado de estética y otros de ciencias de la comunicación. Aunque muchas veces, del bolsillo de su camisa sacaba un pequeñísimo tomito de Epicuro, *Acerca de la felicidad* y lo leía en voz alta.

"Si tú luchas contra todas las percepciones, no tendrás nada a lo que puedas referirte cuando quieras juzgar aquellas percepciones que te parezcan falaces."

Había abierto el librillo en esa página, había leído el párrafo, y lo había vuelto a cerrar. Se quedó silencioso. Movió la cabeza como si de pronto se hubiese quedado sin esperanzas y dijo en voz alta:

–No entiendo nada, ya no entiendo nada. Entonces, qué. Mentirse, mentir, ser superficial.

Se puso el sombrero de paja y salió apresurado, a buscar a alguien. A unos doscientos metros los encontró a Minou y Andrzej. Se habían detenido en el medio del camino y discutían. Cuando lo vieron venir a Rainer, pararon de hablar y esperaron, curiosos.

Rainer no pudo hacer otra cosa que invitarlos:

–Vamos a tomar unos buenos vinos, bajemos a la playa.

* * *

Andrzej era un cínico culto. Los vinos que fueron a beber allí cerca de la playa para gozar y olvidar la vida diaria que habían dejado lejos, se convirtieron en escenario para una discusión áspera, dura, amarga. Amarga, sí, calificativo exacto. Todo sin sentido, la agresividad latente, sin salida. Además no se tenía por qué discutir a esa hora luminosa. Las voces fuertes de los otros dos causaron el silencio de Rainer. No debía meterse. Porque él iba a cargar finalmente el resentimiento y las dudas de los demás. Más tarde llegó Senta, la actriz joven, con su cara de adolescente, y quiso intervenir pero sus preguntas no fueron respondidas. El incitador fue Andrzej. Le gustaba provocar. Siempre comenzaba con la autocrítica para incitar a los demás a ser antijudíos y sorprenderlos in fraganti. Dijo esa vez, después de la primera copa de vino, que le jodía que otros judíos en Alemania hicieran lo que él. Dejarse mimar por la mala conciencia de los alemanes. Él se consideraba un "viejo" de 52 años, que sólo esperaba una muerte más o menos piadosa, dormirse, por ejemplo, dormirse "en pleno vuelo". "No quiero ni luchar ni tener ideales –dijo al azar–, pero me molestan todos aquellos que no luchan ni tienen ideales y además, son jóvenes."

La provocación iba dirigida directamente a Minou.

–Yo los admiro a ustedes, los alemanes –agregó Andrzej esta vez hacia Rainer–, porque ya no pueden luchar por nada. Lucharon y perdieron para siempre. Ahora les queda sólo un largo atardecer de cánticos de arrepentimientos y peregrinaciones a todas las latitudes del mundo a pedir perdón. Cada vegetal que planten, es para pedir perdón; cada animal que protejan, es para pedir perdón. Los que reventaron más pólvora en el mundo y lanzaron el acero para matar y romper, hoy pretenden guardar la ecología. Los padres destruyeron, los hijos piden perdón y pagan.

Todo fue lanzado en tono bajo, en lenguaje con un aura semireligiosa, como si intentara un diálogo de víctimas y verdugos, aprovechadores e idealistas.

Senta, la actriz, acostumbrada al lenguaje cínico-científico del '68 le dijo suavemente a Andrzej:

–¿Estás preparando ya el próximo guión, no? Interesante. Los estás provocando para que te lancen ideas. Déjalos en paz, pobres. Los oigo y podría titular esto como "diálogo entre amigos casuales en las playas de Hydra a fin de obtener nuevas situaciones para un film programado".

–Mejor vamos a hacerlo más largo, como se estila ahora en los títulos de las obras de teatro: "Repentino diálogo no socrático judeo-germano en las playas griegas gracias al milagro alemán" –le retrucó Andrzej, contento.

Sólo rió Senta Görtz. Rainer guardó silencio desde que Andrzej había propuesto el tema. Minou lo miró a Andrzej con profunda rabia, su odio hacia él iba tomando matices de repudio.

–Mejor no hablemos nada –dijo Minou–, mirémonos las caras, aprendamos. En tu mesa de luz, Rainer, tienes *Sobre la felicidad* de Epicuro. ¿Por qué no tomamos por allí, derecho y nos dejamos de dar vueltas sobre nuestras cargas?

–No, no –dijo Andrzej–, no, faltaría al contrato, yo quiero meterme en el film y no pasarla bien. –Se puso de pie. –Quiero provocar nuevos argumentos para decir nuestra verdad en el film y no un guión más sobre los que se fueron, los que se murieron, los asesinos y las víctimas.

Buen actor ese guionista Andrzej. Excelente. Quería hacer hablar a ese Rainer y por sobre todo a Minouche, que formaban esa pareja para él tan juntada, tan artificial, tan dolida, tan cínica, tan interesada, tan inhumana, tan prostituta. Oportunistas sobre las cenizas.

Lo que había pensado cuando la noche anterior los vio retirarse tomados de la cintura hacia su cuarto, le había explotado ahora. Se los quería decir pero, claro está, con rodeos. Los quería dejar desnudos frente a frente. Él, Rainer, un hombre débil, lloroso, romántico, que no podía quitarse la nebulosa de los recuerdos, acorazado en su profesión de funcionario del arte. Un profesional duro que tenía que enfrentar la constante prueba de la competencia y de los serruchadores de piso. Una escafandra para cubrir todo aquello que seguía gustándole del pasado. Seguía llorando la derrota. Andrzej estaba seguro que Rainer seguía preguntándose sin saberlo: ¿cómo hacer para volver atrás, a la infancia y de allí reiniciar la vida en el paraíso pardo?

Hubo un silencio. Y Andrzej, con toda alevosía, no cejó de provocar:

–Yo me vine a vivir en la tierra enemiga porque aquí me dan de comer en la boca y me corrompen hasta la médula de los huesos. Saludo al anciano que mató a toda mi familia, hablo con... (aquí se detuvo, vio que iba a ser demasiado directo, buscó y rebuscó para decir lo mismo, dominar aún más a Rainer y ponerle el pie en la nuca el polaco) el hijo del carnicero que se quedó con todas las joyas de mi tía abuela; las compró en un remate en Cracovia. Primero tenían opción para comprarlas los funcionarios nazis de ocupación, luego los militares, y si quedaba algún resto, los polacos católicos. Voy hasta la librería de la familia que imprimió todos los libelos antisemitas del '39 al '45, en Berlín, sí, ahí en Wannsee, y que hoy posee una librería selecta en ese barrio selecto y le pido: "necesitaría una edición bilingüe del Talmud, en hebreo y alemán porque quiero poner algunas frases ya que soy judío y le voy a iniciar juicio al Estado alemán". El hijo del antiguo dueño me sonríe, me hace media reverencia y me contesta: "ahora nomás me pongo en contacto con alguien que me dará los datos correspondientes, señor, déjeme su teléfono que en cuanto tenga el libro lo llamaré sin falta". Lo miro fijo, me hace otra reverencia y salgo. Cuando regrese en estos días voy a ir a la librería porque estoy seguro que ya está allí el Talmud esperándome. Me lo va a entregar el propio hijo del nazi librero. Lo voy a tomar con las manos, lo voy a hojear detenidamente, el tipo me va a esperar pacientemente aunque tenga a otros clientes, y luego lo voy a cerrar con fuerza y le voy decir: "ahora métaselo en el culo, nazi hijo de puta, métaselo en el culo". Y me voy a ir. Y estoy seguro que se va a poner rojo y me va a hacer una reverencia.

Minouche lo miró desconsolada a Rainer como diciéndole:

"este se volvió loco, a quién me trajiste para mi film". Rainer siguió tomando su vino y pidió otro. La única en reaccionar fue Senta.

–Te entiendo, Andrzej, te comprendo. Pero eso está sólo en tu imaginación. Comprendo todo tu odio. ¿Qué otra cosa podemos hacer que pedirte perdón?

–No, la pregunta es por qué me quedo, sí, por qué me quedo en Alemania y no los mando a todos a la mierda o salgo a la Kurfürstendamm y mato a cinco o seis viejos y cinco o seis viejas, y estoy seguro que los jueces me van a dar dos meses de prisión en suspenso porque se trata de un acto de emoción violenta. Ni siquiera así. Mientras se van muriendo los ya casi cadáveres me van a pedir perdón. ¡Y no quiero! ¡No quiero que me pidan perdón y me engorden! ¡Quiero que me digan judío de mierda para yo poder pegarles un tiro!

Rainer se paró, la tomó del brazo a Minouche y los dejaron solos a Andrzej y Senta.

–Lamentable –dijo Minouche.

–No, es siempre así, está imaginándose el guión para tu film, y como ya ha escrito tanto sobre el mismo tema, abre estas discusiones para provocar nuevas ideas, nuevos argumentos. Es un provocador inteligente. Y con sus provocaciones vive como un rey.

–Me parece algo cínico lo que dices... ¿a vos no te llegó al alma todo lo que dijo?

–Sí. Me imaginé una sala de juicio. Están juzgando al asesino de toda una familia. En la sala, entre los espectadores, está el único sobreviviente de la familia asesinada. Justo enfrente de él están la mujer y los hijos del asesino que va a ser condenado a muerte. Esa familia quiere mucho al asesino porque ha sido un buen padre de familia y nunca les dejó faltar nada. Entonces el familiar de las víctimas los mira a ellos, uno por uno. Y estos bajan la vista. ¿Qué pueden decir? Comprenden su dolor pero quieren que se salve el culpable de ese dolor. Y el juez lo condena a muerte al homicida y se lo llevan. Y ya no hay consuelo para nadie, para nadie. Los hijos sensibles se acordarán para siempre de la mirada de despedida de ese padre que ellos quisieron tanto pero tampoco ya podrán olvidarse nunca del rostro del familiar de las víctimas. Y no habrá ya consuelo, ya no habrá arreglo. En la calle, de pronto, se encontrarán frente a frente los hijos del asesino y el familiar de la familia asesinada. ¿Qué se te ocurre? ¿Qué salida le das a ese drama absoluto?

Rainer esperó unos instantes pero Minouche no respondió. "No hay solución –prosiguió Rainer–, un hijo del culpable caerá de rodillas, el otro le alargará la mano al hijo de la víctima como pidiéndole que tenga piedad y acepte su mano espantada y sugerente de bondad. Y el tercer hijo del culpable huirá a la carrera y correrá hasta quedar exhausto y sentarse a llorar en un banco de plaza. La madre de ellos, la esposa del asesino, seguirá caminando sola, inconmovible, no se dará por vencida, no le será infiel al marido. La hija callará pero no aceptará que nadie hable mal de su padre, se cerrará. Nunca desmentirá ser la hija del asesino.

Minouche no sabía qué decir ni qué pensar. Pero se dio cuenta que ahí estaba el gran tema de discusión. Ahí podía estar el gran tema del film, o de otro film, pero eso sí, polémico como lo presentaba Andrzej y como lo aceptaba Rainer.

Luego caminaron en silencio. Minouche previó que la estada en Hydra iba a ser muy fructífera. Tal vez desgarradoramente fructífera. Lo admiró a Andrzej. Admiró la profundidad de Rainer. Casi diría, la paciencia infinita de Rainer Sturm.

Pero intuyó que el tan seguro funcionario de la cultura estaba derrumbándose, estaba abandonando todo cinismo.

* * *

Andrzej durmió toda la tarde. Senta se fue a tomar sol a la playa. Rainer y Minou se acostaron, se besaron, se acariciaron largamente. Una especie de adolescencia, sin trasfondos ni dudas. Él se fue adormeciendo y ella se levantó y se puso a trabajar en la fresca galería. Volvió a sus personajes. Les tuvo miedo. ¡Cuán superficial había hecho todo! ¿Pero por qué no se lo dijo Rainer de entrada? Aquella vez le expresó su beneplácito, casi como alguien que preveía un buen negocio, pero ahora ella misma notaba que él había disimulado, para favorecerla, o para usarla. Siempre esa duda.

Andrzej se levantó de muy buen humor y trabajó hasta la cena. Media hora antes le presentó el escrito a Minouche. Esta se puso contenta. Nada de todo lo de la manaña, nada de subjetividades. La acción del guión se deslizaba ahora entre recuerdos y profundas nostalgias. Todo muy suave, sin reproches, pero que dejaba un sabor épico, inocente, contra la perversión de los crueles, de los que aprovechaban el poder para saciar sus apetitos de resentidos, de crueles.

Quedaba como un poema con un fondo épico y de gran ternura. Apenas cuatro páginas pero que ya delataban todo. Estilo y final.

Minou se puso tan contenta que le dio un beso en la mejilla a Andrzej y con toda la boca sonriente le dijo:

–Sabes lo que eres tú, Andrzej, un judío de mierda.

Los dos se rieron a carcajadas y Minou agregó: "tenías necesidad de decir tantas porquerías esta mañana".

–Sí, tenía necesidad, tenía necesidad de cagarme en mí mismo y en el mundo entero.

Después de la cena los cuatro quedaron largo bajo la penumbra de una noche llena de sonidos lejanos, y sombras generosas, hospitalarias, acogedoras. Los cuatro hablaban en voz baja.

Pero sin ninguna duda, Andrzej dominaba la situación. Él era quien le había impreso un ambiente coloquial al encuentro de esa noche. Había comenzado en ese tono que tenía mucho de secreto, para que las sombras no oyeran. De pronto subió el tono. Rainer sintió como un escalofrío, Minou se dijo: "aquí comienza el segundo acto, este está completamente loco". Sí, no podía ser de otra manera, o era un actor fantástico o era absolutamente todo cierto lo que decía.

Senta le había tomado la mano a Andrzej. Andrzej, con delicadeza, se la separó, la guió sobre su falda para que no molestara, como depositándola en un lugar neutral, para que no se contagiara de sus virus de locura. Y lanzó la provocación.

–Porque en esta película no vamos a decir absolutamente nada, nada, pero nada, de la verdad.

–No –lo atajó Minou–, es la vivencia de una adolescente que empieza a recorrer el camino que se vieron obligados a hacer sus padres.

Pegó una carcajada dolorida, Andrzej. Una carcajada que sonó brutal, desesperada, provocadora.

–¿Y quién le pagó el viaje de regreso a la curiosa adolescente? El gobierno alemán. ¿Lo decimos?

–Eso es una pavada –dijo con algo de asco Minou, sintiéndose aludida.

–No, ahí está todo, todo, todo. Está nuestra corrupción extrema. Yo soy el gran corrupto. Acepté todas las indemnizaciones alemanas. Todos los años encuentro algún pretexto para exigir otra cosa, y acepto vivir en Alemania en la tierra donde se les quitó la vida, gota por gota, gota por gota, a mis padres, a mis hermanos, a mi hermanita. ¿Entiendes? A mi hermanita, de apenas cinco años. ¡Zack!, en la nuca. ¡Así! Cinco años tenía. Se debe haber bamboleado, bam-bo-lea-do. Toda mareada, descogotada. Cinco años.

Rainer también empezó a creer que Andrzej se había vuelto loco. Siempre lo había creído un cínico a pesar suyo. Pero esta eterna repetición ya no era cinismo, o era un cinismo muy crudo, brutal para con Minou. A él, Rainer, ya todo le resbalaba y los reproches le servían para mirarse al espejo y ver cómo de atrás lo miraban a él. Su propio aguante ante los insultos y reproches le parecía a él el mayor de los cinismos. ¿Pero por qué esta destemplada dureza con Minou? ¿No sería que no quería trabajar para la película y no sabía cómo desligarse de la obligación?

Minou lo miró a Rainer para que dijera algo. Pero Rainer no

pudo, ni tuvo fuerza para abrir la boca y decir, por ejemplo: "bueno, vamos a tomar un coñac".

Sólo Senta tenía la fuerza de quien no se siente aludida, ella no tenía nada de culpa pero no le costaba pedir disculpas y perdón. Y dijo refiriéndose a Andrzej y Minuoche:

–Pero el dinero que recibes está bien recibido, le pertenecía a ustedes.

–No, no. Nosotros el único derecho que tenemos es poder gritarles en la cara "asesinos". Pero no cobrar tres mil cuatrocientos marcos con dieciocho centavos por mes por el asesinato de mi hermanita Myriam. Y los verdaderos culpables de todo esto tan cínico fueron ustedes, Senta, los de tu generación que quieren arreglar todo con dinero. Y nosotros que lo aceptamos.

–No me digas eso a mí –le dijo Senta apenas abriendo los labios.

–Cállate. Sólo tienes que callarte. No opinar porque no sabes nada e ignoras todo. Eres amorfa para esta discusión. No tienes pasado. Te lo pagaron en cuotas los asesinos y los hijos de los asesinos. Eres nieta, las manos limpias, no te alcanzan las generales de la ley. No tienes nada que hacer aquí ni escuchar siquiera.

Aquí Andrzej se paró y a los gritos le dijo a Minou:

–He ganado mucho dinero y ya he decidido lo que voy a hacer el resto de mis días: me voy a Tel Aviv y voy a abrir un lupanar para alemanes. En el centro de Tel Aviv: lupanar sólo para turistas alemanes. Con las más hermosas mujeres judías. Y a los nazis y neonazis les voy a dar entrada gratis y servicio gratis. Es mi sueño. Lo voy a cumplir.

Minou pensó otra vez que estaba borracho o que tenía un ataque de histeria. Y ahora le tocaba a Rainer. Andrzej lo miró como si recién notara su presencia y, muy agresivo, le espetó:

–Y sé que Rainer va a venir. Y en vez de andar seduciendo chicas judías del campo, vas a poder allí tener a todas y en cada momento, vas a ser cliente perpetuo.

Senta se paró y le dijo:

–No aguanto más a locos. Me voy a bailar, ¿vienes Minou?

Minou se levantó vacilante, le dio un beso a Rainer y se fue del brazo con Senta.

Rainer tomó su copa, como ausente. Se quedaron los dos hombres. No hablaron. Estuvieron más de una hora en silencio, bebiendo. Luego, Rainer pagó y se pararon los dos, y regresaron juntos a la casa. Se despidieron ya en las puertas de sus cuartos.

Rainer abrió de par en par la ventana. Miró el cielo y hasta que no fijó su vista en cada una de las mil estrellas no se acostó. Horas enteras. Minou no había regresado.

* * *

Rainer se levantó temprano, desayunó solo y se fue a caminar por la playa. Allí nomás, cerca, las vio. Venían las dos caminando lentamente, metidas en una conversación que parecía muy profunda o muy sentida.

Se sonrieron. Rainer le pasó el brazo por los hombros a Minouche. Eso bastó para que Senta comprendiera.

–Me voy a dormir –dijo.

Minou le confió a Rainer, con voz de secreto, que se habían divertido mucho esa noche. "Como sólo saben divertirse las mujeres", agregó. "Me imagino que vos y Andrzej habrán discutido hasta el amanecer."

–No. Caminamos juntos pero sin hablar. Para qué. Ya estaba todo dicho.

–Le tuviste miedo. No estaba nada dicho. Todo lo que dijo era discutible, salido de una mente enfermiza. Que se vaya a Israel y se encierre en un manicomio.

–No. Es un verdadero judío. El más judío de todos los que conocí. De día se comporta como un pecador y por la noche comienza a oír los rezos y los cánticos de la sinagoga. Un judío que siente dolor. Que piensa que ellos están aquí para salvar a la humanidad. Unos se hacen comunistas, los otros se esclavizan en la ciencia, los terceros se hacen ricos robando a los goys. Todos con una misión.

Minou se irritó.

–Hay judíos absolutamente normales, como yo. Que quieren vivir, amar, trabajar. Ser como todos. No pertenecer a ninguna logia. Libre, libre. Todo lo demás es enfermo. Que las escrituras, que Jehová, que los ritos, todo para encerrarse, por temor a la vida. Y vos, ¿sabés lo que sos vos? Un germano salvaje con lanza y casco con cuernos que se ha convertido al judaísmo y llora para que lo dejen entrar a la sinagoga. Arrepentirse. Arrepentirse para esperar el momento en que tenga otra vez la oportunidad de matarnos a todos. Rainer, el simulador.

Valiente la judía, la mujer. Rainer no le contestó. Después de un largo silencio ensayó una explicación de sí mismo:

–No quiero discutir, Minou, eso me pasa por no ser actor, por aguantarme todas las locuras de los locos y la herencia de los destructores. Yo no estoy para discutir. Escucho.

–Tu silencio no es nada más que lavarse las manos. La única posición de los que no se juegan para poder seguir avanzando en silencio.

Rainer se indignó. Se sintió desnudo, descubierto. Como si cien testigos lo esuvieran señalando con el dedo. Pero lo que más lo sobresaltó fue la claridad, la inteligencia de esa mujer. Qué intuición. Eran las reservas de la mujer que salían a la luz. Esas que temían los hombres. Lo más terrible para un hombre es cuando una mujer le pega. Es cuando el hombre no es capaz ni de huir ni de contraatacar. Sólo cubrirse la cara. ¡Cómo había sabido pegar!

Pero lo desarmó más aún todavía. Lo tomó de los brazos y lo acercó.

–Te estoy queriendo cada vez más –le dijo la mujer en voz cálida–, quiero protegerte, niñito. Me di cuenta cuándo te hacés el fuerte, el ejecutivo rápido y sin concesiones. Tu rostro te traiciona. Quien mire bien tus ojos azules se da cuenta que eres un niño desamparado y triste que necesita a su mamá o a su hermana.

Rainer la dejó hacer. Estaba todo dicho; sabía que después de esas palabras, en él se iba a ir levantando un muro. Se dio cuenta que lo querían ayudar. Y eso no lo iba a permitir, jamás. Él quería curarse solo. Así, como cuando le tocaba estar enfermo. En la cama, cubierta la cabeza. En un rincón oscuro, como los perros.

* * *

Los días siguientes fueron absolutamente normales: todos olvidaron todo o se hicieron los que olvidaron. Andrzej y Minou se dedicaron a discutir escena por escena. Senta a pasarse crema por el cuerpo, a tomar sol y a comprar regalitos. Rainer a dar largas caminatas, cansadoras; cada vez caminaba más ligero. Pero le hacía bien; Minou envidiaba ese hermoso tono cobrizo que iba adquiriendo la piel blanca de su amado. ¿Su amado? No, su amigo, se corrigió.

Las siestas las dormían juntos, desnudos. Era hermosa esa sombra entre las gruesas paredes que daban frescor. Rainer le tomaba la mano. Ella, con la otra, lo acariciaba y lo investigaba, llegaba a todos los rincones de su piel y de su excitación, recorría sin éxito toda su interioridad. Terminaba durmiendo igual que su manso amo. Rainer estaba cambiando. Se distanciaba, se iba entristeciendo. Ella sentía ese distanciamiento tenue, apenas perceptible. Y lo seguía más, tenía miedo que se le fuera escurriendo. Que se les escapara entre las manos y saltara como un pez y se zambullera en el mar.

Él mismo se dio cuenta que estaba cambiando. Tenía necesidad de Minou. Ganas de nada. Necesidad de Minou y ganas de nada. A veces se despertaba y la besaba en los labios largamente. Pero sí, se apoderaba de él como una resignación. La besaba para atraerla pero no para retenerla. Como si se fuera alejando de la vida. En un primer momento tuvo miedo por su trabajo. Ya no le importaba como antes. Tenía ganas de una soledad que lo llevase al punto de partida, a escuchar a Pfitzner, sí, se acordó del *Palestrina.* O de ponerse a caminar pero no por las playas griegas sino por la Selva Negra, por el Tirol. Si se enterara la "escena" berlinesa, estallaría en carcajadas. Si por lo menos se imaginara caminando por la Toscana. ¿Pero por la Selva Negra y el Tirol?

Sí. Ir a refugiarse en un hotelito de los Alpes austríacos. Su paisaje más querido.

Y por eso a medida que se distanciaba de Minou más se refugiaba en ella. Se aseguraba en el sueño tomándola de la mano. Ella era la que podía inyectarle fuerza. Salvarlo de esa extraña melancolía que a veces le cerraba la garganta y lo hacía sonreír lejano.

–Andrzej es muy buen guionista –dijo ella en voz alta, porque por el movimiento de su mano se dio cuenta que él ya no dormía–, es un profesional, sabe todos los trucos y dónde hay que dar la puñalada sentimental.

–Por eso te lo recomendé –dijo él con esfuerzo–, está un poco loco, va a terminar suicidándose en la vereda de una sinagoga.

–Tiene cargos de conciencia.

–No. Delirios. Delira, porque es un hombre bueno, pero débil. Cree en el pecado y en responsabilidades. Pero le gusta hacerse el decadente, llegar hasta la obscenidad. Hubiera sido un buen rabino, o un buen *Kantor*, o un miembro de un coro religioso.

–¿Y vos? –le preguntó ella, de pronto, curiosa y provocativa.

–Creo que ya te lo dije. Un poeta en el romanticismo. Werther. Sí. Werther. Me hubiera enamorado de ti y tú me habrías contestado que no, que te ibas a casar con un judío, como manda la ley, y yo me hubiera suicidado.

Se rieron. A Minou le gustó la respuesta. Pero no pudo seguir. Andrzej golpeó la puerta y gritó:

–Vamos, señora directora, que ya todos los personajes están esperando el café en la terraza. ¡Vamos, no tanto dormir ni tanto amor!

Cuando Minou salió y se oyeron sus pasos que se alejaban, Rainer se desmintió casi en secreto:

–¡Qué iba a ser un poeta romántico! Yo estaba destinado a ser jefe de la Juventud Hitlerista. Un Baldur von Schirach más clásico. Encabezar las columnas e ir cantando por los caminos:

¡Adelante! ¡Adelante! ordenan
las sonoras trompetas.
¡Adelante! ¡Adelante! la juventud
ningún peligro reconoce.

Alemania, tú eterna, luminosa,
aunque tengamos que caer.
¡Adelante! ¡Adelante! ordenan
las sonoras trompetas.

Rainer volvió a repetir las estrofas y se dijo: "aunque tengamos que caer". Siempre la muerte, es lo que buscaban, es lo que buscábamos y buscamos hoy los que fuimos inyectados por esa droga. La muerte. Se trataba de hacer bella a la muerte, heroica, pero nunca pudieron borrar el olor a cadáver.

* * *

Entre las parejas hubo un arreglo: todos se iban a quedar las dos semanas. La proposición partió de Minouche que tuvo ciertos presagios, ciertos miedos de quedarse sola con Rainer. Durante el resto de las dos semanas no hubo ni discusiones ni autorepresentaciones. Todos se portaron correctamente, según dijo ya en el aeropuerto, con sorna, Senta, a quien le hubiera gustado un poco más de pólvora, como al principio.

Sólo en una oportunidad, Andrzej durante el desayuno se desbocó un poco y dijo, como pensando para sí mismo:

–Ese idiota, ese idiota. Ustedes se imaginan ese judío de mierda de Jessner. Cuando se sintió perseguido por los nazis le fue a pedir protección nada menos que a Emmy Goering, la esposa de ese gordo con uniforme de opereta. Y eso la salvó después en 1945, porque él testimonió cuando la juzgaron que ella había salvado a judíos. Qué me importa que haya salvado a cinco judíos si se dedicaba a hacerle el té a Hitler mientras este mataba a millones. ¿Por qué ese agacharse y besarle los pies justamente a la esposa del verdugo? ¿Me entienden lo que digo?

Pasó la mirada por los rostros de Minou, de Senta y apenas por el de Rainer.

–No, no te entendemos –le dijo Minou– porque yo y vos hubiéramos hecho lo mismo en la misma circunstancia. Nadie puede saber cómo hubiera reaccionado cuando está en peligro la vida. No tenemos derecho a criticar a ningún judío porque salvó su vida.

–Yo no me hubiera vendido por mi vida –dijo Andrzej, provocativo.

–Vos, el primero de todos... y yo también –agregó Minou y cambió de tema.

–Tienes razón –contestó con rabia para herirla definitivamente–, vos y yo estamos viviendo con el dinero que nos dan los asesinos.

Rainer se sintió más culpable que nunca. "Les pagamos a las víctimas para que ellos acepten y así humillarlos de nuevo."

–Empezamos mal –finalizó Minou–, no me interesan las piedras, me interesa el camino. Ahora, Berlín. Mi primer film.

Rainer se paró y le dio un beso en la mejilla. Le pareció tan fresca y nerviosa como una estudiante antes de rendir el examen final.

* * *

En Berlín los tragó el trabajo. Rainer trabajó como nunca: entrevistas, preparación de viajes, discusiones con la gente de cultura de la ciudad, recibir a directores de allende los mares, a actores, actrices, que, de paso, venían a saludarlo. Y todos los trabajos administrativos.

En todo fue el mejor actor. Fuerte, rápido, culto, simpático. Como antes. Se compró dos nuevos trajes, camisas, hasta un sombrero. Minou le dijo que tenía muy buen gusto, que lo admiraba y que tenía que aconsejarla a ella cómo vestir. Pero casi no hubo tiempo para caricias. Minou estaba muy nerviosa con los preparativos de la producción y los ensayos con los artistas. Los artistas la miraban un poco con sorna. Eso de ensayar algunas escenas semanas antes de comenzar. Y bueno, aprendiza.

Pero si bien Minou dormía poco con Rainer o por lo menos tenían pocas horas para dedicarlas a ellos mismos, notó algo. Esa especie de tristeza que en Rainer había comenzado en Grecia, iba en aumento. Lo veía, eso sí, muy disciplinado en su trabajo. Pero a veces lo sorprendía mirando el vacío, absorto. O mirando por la ventana algún punto fijo.

Tres semanas después de llegar, Rainer cayó en cuenta que su hermana no lo había llamado ninguna vez. ¿Se habría enojado definitivamente? Le hablaría y la invitaría a alguna confitería de la Kurfürstendamm.

* * *

Pero Erna se adelantó. Lo llamó ella por teléfono, a la oficina. Su voz parecía juvenil y había hasta alegría en la forma de comunicarse. Le dijo a Rainer con tono misterioso:

–Te voy a dar una sorpresa. Tenemos visita... de Buenos Aires.

Él sintió un poco de temor. Creyó entrever alguno de esos personajes amigos de su padre de allá o que habían huido en el '45 para la Argentina.

–No me digas. ¿Quién es? –preguntó, tal vez demasiado incisivo.

–Es una mujer, no te asustes.

–¿Ah, sí?, ¿quién?

–Hertha Hermann.

–Ah, ¿está aquí… y a qué ha venido?

–No a pasear, le ha pasado algo muy grave. Te quiere ver, naturalmente. Pero para ese tema, lo que le está ocurriendo, quiere verte en tu oficina. ¿Qué te parece si te venís a cenar mañana a casa y recordamos los tiempos viejos, allá en Buenos Aires?

–No, las invito a comer afuera…

–No, no es lo mismo, así podemos charlar bien. Afuera no es lo mismo. Te preparo tu comida preferida: *Sauerbraten mit Kartoffelklösse.*

–Ah, así, sí, voy a cualquier lado.

Rainer sintió un poco de pena al notar los esfuerzos de su hermana por atraerlo.

–Voy, voy, por ti, por Hertha, y por la cena.

Cuando colgó volvió a pasar por su mente aquel pasado de la niñez. Hertha, mayor unos seis años que él, era la más brillante de todas las chicas, era la que llevaba el banderín en la BDAM, de la Liga Alemana-Argentina de Muchachas, que no era otra cosa que la rama femenina de la Juventud Hitlerista. Se casó en los años duros de la derrota con Hans Hermann, el líder de la Juventud Hitlerista en la Argentina, el más entusiasta, el más joven, el más viril, el más nacionalsocialista. No fue a la guerra porque el gobierno nazi prefirió mantenerlo en la Argentina por las valiosas informaciones que enviaba. Con el cierre de las empresas alemanas, en el '45, todos quedaron sin ocupación. Para poder sobrevivir, Hertha y Hans instalaron una pensión para jóvenes del interior que venían a estudiar a Buenos Aires, hijos de alemanes de Misiones, de las colonias del campo santafecino, de la provincia de Buenos Aires. Hertha y Hans tuvieron dos chicos, Horst y Gerhard. Les iba bien con la pensión. Tenían buen nombre en lo que quedaba de la colonia alemana. Pero una vez hubo una denuncia policial contra Hans. Dos de los chicos lo denunciaron por abuso sexual. A la denuncia se sumaron otros más. Y Hans, sin salida, se pegó un tiro.

Para Hertha fue un golpe tremendo, y para la derrotada colonia alemana, también. Hertha, ni nadie, hubieran imaginado nunca algo así de Hans. El hermoso líder de la Juventud Hitlerista. Campeón de gimnasia y atletismo.

Ella se fue a Córdoba. Le consiguieron trabajo y vivió junto a sus hijos. Que hoy ya serían más que adolescentes. Hertha. Rainer la recordó con simpatía en aquellos años de la infancia. Fue un admirador eterno de ella. Claro, la última vez que la había visto fue en el '39, cuando los Sturm se embarcaron para Alemania y ya nunca más habían vuelto. La tragedia de Hertha le había llegado a través de Erna, quien mantenía contacto aún con algunas mujeres de aquellos tiempos de Buenos Aires. Pero a Rainer no le gustaba mucho volver a verla ahora. Era regresar a todo aquello que él buscaba si no ignorar, por lo menos olvidar.

Pero no tenía salida. De no ir a la cena, Erna no se lo hubiera perdonado. Nueve años apenas tenía él cuando Hertha, de 15, los fue a despedir al puerto.

* * *

Fue como volver al pasado. Comprobar una vez más que habían vivido en una ideología aislada, superficial. Brillante pero vacía. Vacía. Tonta. Y cruel sin saberlo. Mundo lleno de oropeles, de esculturas griegas, de cabelleras rubias y ojos azules. Pero tonto. Lleno de capataces y de peones aseados y bien rapados. Y de mujeres bellas pero incultas, vacías, que sólo sabían cantar en coro y repetir sin sentido bellísimas poesías plenas de inocencia romántica.

Nunca comprendería Rainer esa mezcla de pureza y crueldad, de felonía e inocencia. Hertha. ¿Y ahora? ¿Qué pasaría con ella, después de la tragedia con su marido?

La vio y la sintió vieja. Tenía un rictus amargo en su antes sonriente y cálido rostro. Tuvo que escuchar de su voz cansada y resignada una serie de críticas a la situación del país de donde provenía, la Argentina. Sonaba todo a derrota, a la queja de alguien que ha perdido el paraíso y jamás va a volver a encontrarlo.

La conversación cayó en el tema de los antiguos amigos. Que los Venzmer, que los Hünefeld, que los Dolich, que los Böhm y los Hennig... Rainer se enteró así que quien en su niñez fue su mejor amigo, el Roberto von Hünefeld, se había ido a Sudáfrica y al hermano de este, a quien llamaban el "Lule", lo habían matado en una reyerta en un bar de Santiago de Chile. Rainer sintió una profunda pena por no haber podido hablar alguna otra vez con ellos para precisar en el recuerdo los borrosos detalles de la niñez. Pensó en los rostros, pero no quiso más y se metió en la conversación para cambiar de tema. Hertha era una sombra de antes. Sólo quejas, suspiros. Por eso volvieron a buscar el pasado, era el único consuelo, la única manera de sostener una conversación, de ver desde lejos las luces del paraíso. Así se enteraron de la tragedia de muchas familias: suicidios, locuras, miseria. Resultados de la guerra perdida, tan perdida. Maestros de las escuelas alemanas que tuvieron que ir a trabajar al puerto para sobrevivir; empleados en firmas consagradas que después vendían cualquier clase de baratijas. Habían dejado las quintas de Belgrano por estrechas casas en Florida o en San Fernando. Se había perdido todo, todo, todo. Muchos de los hijos habían dejado los estudios. Además, los nuevos, los que llegaban huyendo: o eran antiguos nazis que no hablaban del pasado o eran aquellos para quienes el nazismo se había acabado con la pérdida de la guerra y ahora había que mirar para adelante, nada de política, conseguir algo para ganar dinero, para gozar un poco de la vida. Del ideal a lo práctico. Querían olvidar, divertirse, ver mundo, vivir la vida. Acabar con lamentaciones, recuerdos, y frases hechas.

No podía ser una conversación de tres. Alcanzaba para las dos: Erna y Hertha. Y nada más. ¿Qué hacía él allí? ¿Por qué había venido? ¿Había venido a ver el pasado una vez más, para verlo muerto definitivamente? Allí ya no estaba la vida. Todo eso había acabado para siempre. O no. Por lo menos nada podía morir definitivamente mientras viviera él.

* * *

A la mañana siguiente, como habían quedado, lo llamó Hertha Herrmann por teléfono. Quería contarle lo que en la noche pasada no había querido hacerlo porque el relato hubiera destruido el encuentro. Rainer pensó más de una vez que Hertha era el personaje clave para preguntarle. Ella sabía todos los detalles de las vidas de su padre y de su madre en la Argentina. Justo ahora se le presentaba la oportunidad. Iba a dejar todo el trabajo, llamaría a la oficina para anunciar que esa mañana no iría. Sabía que la vida da pocas oportunidades. ¿Pero, para qué Hertha lo quería ver? "Por algo muy grave", le había adelantado Erna. Sintió temor. Aunque estuvo decidido a enfrentar cualquier contingencia. Lo más importante de todo era saber.

Pero todo fue muy diferente de lo que había pensado.

Hertha vino esta vez a pedirle ayuda. Lo que le relató parecía imaginado por un Dios perseverante en su perversión. ¿Por qué Hertha debía pagar todas las culpas del mundo? Primero el marido descubierto como abusador de menores, él, el incólume, el mejor alumno de Baldur von Schirach en la Argentina. Él, casado con una *BDAM-Führerin* y con dos hijos, él, era nada más que un enfermo en busca de saciar sus apetitos perversos. Ella, con la vergüenza máxima de ese pasado, de esposa, y a la vez llevando la carga de ex nazi. ¿Ex?

Lo primero que dijo ella cuando estuvieron solos fue: "otra vez me ha golpeado la suerte".

–Ayer no quise hablar nada de lo ocurrido. Quería tener la alegría de reiniciar la amistad como cuando los vi por última vez, y todavía la vida estaba en orden. Cuando todavía teníamos algo o mucho por qué luchar. Primero la derrota. Después lo de mi marido. Yo fui madre de dos hijos que nacieron con apenas un año de diferencia cuando nosotros teníamos la pensión para jóvenes. Cuando a él lo llevaron preso, tuvo que dejar todo y me marché con mis hijos, Horst y Gerhard a Córdoba. A mi esposo yo no sólo lo quería sino que también lo admiraba mucho. Nunca pude creer lo que dijeron de él. Él no quiso verme más hasta que me llegó la noticia de que se había suicidado. Se mató en un pequeño hotel apenas le dieron la libertad condicional. Crié a mis hijos con mi trabajo y fueron dos alumnos sobresalientes. Vivían para estudiar y su única diversión era ir a hacer gimnasia los domingos. Los crié en los viejos ideales de la disciplina y el vivir con lo necesario. Los dos terminaron el secundario con calificaciones brillantes. Horst obtuvo el primer puesto y por eso accedió a la beca del colegio alemán de Buenos Aires, el Goethe, para estudiar en Munich. Pero Gerhard, el segundo, comenzó con problemas mentales. Salía por la mañana al colegio y se perdía. Lo traían a últimas horas de la noche, no recordaba dónde vivíamos y comenzó a tener terror de salir. Tuve mucha paciencia con él, los médicos no sabían qué decirme. Gerhard no podía dormir de noche y se ponía a gritar. Tal vez no me quería decir los dolores o los fantasmas que lo perseguían. Hasta que una vez me dijo que iba hasta la librería a comprar unos lápices... Y no volvió más. Se arrojó a las vías cuando venía un tren...

Rainer escuchaba como si ya hubiera sabido todo. Veía a esa Hertha tan fuerte, tan iluminada antes, representante de la raza superior, ahora vieja, triste hasta el infinito, definitivamente vencida, contando esas historias de la impotencia humana. Recordaba a la Hertha aquella, cantando al frente de todas las chicas, con un ímpetu irresistible como si fuera sembrando semillas. Una vez la había visto envuelta en la bandera de la cruz gamada, al frente, marchando con toda la sonrisa. Como si supiera lo que significaba la gloria. Con el sol en la cara. Y ahora eso, pero no era todo, faltaba lo peor. Ahora venía la historia de Horst, el hijo modelo, el primer premio del secundario, el que había sido capaz de ganar una beca para estudiar en la patria de sus padres. En Munich siguió sus estudios en forma brillante. Pero comenzó a interesarse por primera vez en la situación latinoamericana. La injusticia que habían cometido los colonizadores con sus habitantes naturales, la explotación de sus riquezas por pocos del primer mundo; conoció su bellísima literatura y su música. Hizo amistad en Munich con unos estudiantes chilenos exiliados quienes le pidieron que cumpliera una misión en sus vacaciones y ya que iba a ir a la Argentina a visitar a Hertha, su madre. Esa misión consistía en llevar a Chile dinero que ellos habían recogido en Europa para la resistencia contra Pinochet. Cumplió la misión, entregó el dinero a gente de la resistencia y de Santiago voló a Buenos Aires para visitar a su madre. El día anterior en la Argentina se produjo el golpe militar de Videla y habían subido al poder generales y almirantes que aplicaron esa misma noche el sistema de desaparición de personas. Un sistema represivo nuevo, de una crueldad inaudita, el producto más cruel y cínico urdido por la mente humana. Cuando Horst llegó a Buenos Aires desde Chile lo secuestró un grupo armado. Para Hertha, la madre, comenzó la desesperada búsqueda del hijo recién llegado. Y pese a todos los trámites que hizo, no pudo saber su paradero. "Ha desaparecido", era la única explicación cínica de todos los organismos oficiales.

Pero para Hertha había algo peor que todo esto. Se había enterado que su hijo estaba acusado de "comunista", y que había venido a Chile en cumplimiento de una misión de los "comunistas", según le dijo un oficial del ejército que las ofició de informante. A la palabra "comunista", Hertha la pronunciaba con voz muy baja y un dejo de asco.

Rainer cuando oyó esta última confesión de Hertha sintió al principio un profundo rechazo hacia ella. Notaba que la mujer superponía la ideología del hijo, del único hijo que le quedaba, al drama de su desaparición. Rainer se confrontó en ese momento con todo su problema. Eso era el nazismo, el veneno; primero la ideología, después el hijo. Para eso habían sido mandado millones de jóvenes a la muerte por un ideal patético. Eso era el nazismo y no las canciones ni su madre ni nada que él trataba de sublimar, en su fondo íntimo. En un primer momento tuvo ganas de tomarla de un brazo y echarla por la puerta gritándole: "¡Fuera de aquí, perra sanguinaria! ¡Fuera de aquí!".

Pero se sobrepuso. Tenía una gran práctica en todo eso, en las simulaciones diarias a las cuales le obligaba su alto empleo. O sonriente, o cara de piedra.

–Hertha, que tu hijo sea comunista no justifica su secuestro por la policía o los militares argentinos y su desaparición.

Pero fue peor. Se vino la andanada.

–Te lo dije porque yo sé bien quiénes le metieron esas ideas en la cabeza. Fueron esos chilenos en Munich que le dijeron: "¿naciste en Latinoamérica, no, y qué haces por la revolución?". Eran comunistas de Allende.

Hertha lo quedó mirando fijo, como para que la entendiera bien. Como para que entendiera con qué monstruos tenía que luchar ahora ella. ¡Por qué a ella! ¿Por qué tenían que pasarles a ella estas cosas, si siempre había sido fiel y cumplidora con sus ideales de orden...?

Rainer creyó estar ante una figura de la edad media, ante un Torquemada, alguien que le hablaba del diablo, las brujas y el pecado original. Pero cortó por lo sano y en voz muy suave, pero firme le dijo:

–Eso no es lo más importante ahora, Hertha. Lo único importante ahora es saber qué pasó con tu hijo y tratar de salvarlo, lograr que aparezca vivo aunque sea en una prisión o en un campo de concentración, no importa, pero vivo. Primero eso, para después luchar por su libertad.

Hertha lo miró en silencio.

–Claro, pero si sale me va a tener que prometer que dejará el comunismo –dijo firme.

Rainer la interrumpió abruptamente:

–En primer término te voy a poner en contacto con la gente de Amnesty International, a quienes conozco porque vienen siempre a los festivales, principalmente a ver los films del tercer mundo. Y después voy a ir a hablar con un diputado de los liberales para que te ponga en contacto con el Ministerio de Relaciones Exteriores. Tu lugar va a ser Bonn, todo lo que se pueda hacer lo vas a conseguir allá. Aquí en Berlín poco y nada es lo que se puede hacer, salvo movilizar a los organismos de derechos humanos.

Hertha no le respondió nada. Lo dejó hacer. Recogió las direcciones y los teléfonos y escuchó las llamadas telefónicas que hizo Rainer.

El joven Horst Hermann había obtenido la nacionalidad alemana, por el origen de sus padres. Esto podía movilizar al gobierno alemán ante la bestial dictadura argentina del general Videla.

Hertha se fue. Parecía una sombra autómata.

Rainer cerró la puerta. Se fue a servir algo fuerte. Se dijo: "tal vez ella vino a otra cosa y no a salvar a su hijo. A que yo también lo criticase al chico o que le tuviera lástima a ella. ¿A qué vino? A compartir toda su soledad. Es en el fondo una pobre víctima como yo de lo que bebió en su juventud. Ya está muerta. No podrá recobrarse jamás". ¿Recuperar a un hijo comunista? Rainer se lo imaginó soldado a Horst muriendo en el frente de Stalingrado, con uniforme alemán. ¡Qué orgullo hubiera tenido su madre por él, con su medalla! ¡Pero así, desaparecido y comunista, luchando por algo contra lo cual ella dio toda su juventud y hubiera dado su vida íntegra y la de sus hijos! La mujer sentía más vergüenza por su hijo comunista que por su marido pederasta.

"Ya nacemos todos locos –murmuró Rainer–, nos quieren obligar a rezar para que nos salvemos... es lo único que nos queda. Hundirnos en la oración. Ser místicos. El misticismo como única tabla para poder salvarnos en un mar lleno de tormentas." Pensó en el Príncipe de Homburg de Kleist. Comprendió al escarabajo de Kafka.

* * *

Minouche estaba fascinada escuchando al *Kantor* en la sinagoga de la Fasanenstrasse.

–Me estoy volviendo mística como Rainer.

Pero ella no había tenido ningún ideal en su infancia, salvo amistades, regalitos y modales. Ahora estaba conociendo un mundo distinto. Le gustaba, sí, casi la apasionaba aproximarse más a lo judío. Aunque no iba a establecer relaciones muy estrechas con los judíos religiosos ni con los que participaban y se encerraban en su isla religiosa en pleno centro del enemigo. No, ella quería ser internacional pero manejarse como judía en ese medio. A veces pensaba que eso era oportunismo puro y se sentía una superficial. Me voy a realizar en el cine. Allí voy a discutir las ideas. Le interesaba Andrzej como personaje, y por supuesto Rainer. Observarlos, estudiarlos. Morris, desde Francfort, le envió a varios jóvenes judíos llegados de Venezuela, México y Uruguay y que habían estudiado cine. Minou no pudo reprimir un sentimiento de inseguridad y de rechazo. Como si vinieran a disputarle un pedazo de tierra que ella estaba labrando con humillaciones íntimas pero con fuerza.

–Piénsenlo bien antes de quedarse –les dijo–, este es un país racista. Yo quiero hacer este film y después me radicaré en Israel o volveré a mi país, la Argentina, cuando se acabe la dictadura militar.

Pero los jóvenes se sonrieron y le contestaron:

–No, ahora Alemania no es racista. Es ideal para los judíos vivir aquí. No nos interesa la guerra ni la miseria. Israel es guerra. América latina es miseria, violencia.

Minou se dio cuenta que no todo era tan fácil. Y cambió sobre la marcha, les aseguró que de ser posible les ofrecería algunas ayudantías en el film. "Van a aprender muchas cosas en la práctica", agregó, amable.

* * *

Pese a todo, Minou y Rainer comenzaron a necesitarse. A encontrarse todos los días en el departamento de la Schloßstrasse, al cual ellos llamaban con humor "el departamento matrimonial", a diferencia de los otros dos que los llamaban los "departamentos de solteros".

Ni siquiera se hablaban por teléfono antes. Era una prueba. Y un juego lleno de suspenso. Minou era siempre la primera que llegaba y mientras preparaba quesos y fiambres para el *Abendbrot*, la cena, esperaba con ansia de novia adolescente que en la cerradura de la puerta del departamento entrara la llave. Y lo mismo ocurría con Rainer. Con expectativa abría la puerta y cuando veía luz se ponía contento como un chico. Pero sí, disimulaban. No caían en los brazos sino que se daban un beso casto. Les bastaba que los labios trasmitieran gozo a los ojos de los dos. Murmuraban algo neutro como: "¡hola!" o "¡qué tal!". Pero sí se tomaban las manos y se quedaban así unidos mirándose.

Ella ponía rock italiano o tangos argentinos. Conversaban hasta medianoche, de todo. Casi siempre eran sesiones de mutua información, con mucho humor e ironía. Luego se iban a dormir. No intentaban nada, pero sí las manos juntas. A veces dormían abrazados.

Andrzej pidió esos días una reunión a Rainer porque quería animarla a Minou a hacer un film íntegro, con toda la problemática de los alemanes, los judíos, Israel y el Holocausto, los intereses, las traiciones, los complejos, el negocio.

–Eso es muy difícil –intentó Rainer–, no, eso lo puede hacer un productor independiente, pero no nosotros, que dependemos de los amos de la cultura y de los juegos de los políticos. Debemos respetar la versión oficial.

Rainer le contó esa noche a Minou su respuesta a Andrzej.

–Yo no quiero entrar pateando el tablero –lo apoyó Minou–, voy a meter sólo poesía en el tema. Con nostalgia, sin acusaciones. De por sí ya el público se va a dar cuenta cuál es el problema. Andrzej es muy talentoso. Ha escrito en pocos días diálogos fabulosos. Pero se pasa. Por eso me gustaría que me ayudaras a darle un parate. A hacerlo entrar en razones.

–No, Minou, eso no lo haría nunca. No soy yo quién para inducirlo en lo que debe hacer, eso lo tienes que hacer tú.

La respuesta sonó a algo intempestivo. Minou se crispó y entre irónica y rabiosa le espetó:

–No te querés comprometer, si a vos también te cabe el problema. Como alemán. Como a todo alemán.

Rainer respiró. Otra vez, se dijo. No se sorprendió por la repetición del reproche. Lo esperaba. En sí lo esperaba a cada momento. Aun cuando estaban tomados de la mano. La miró y le hizo un gesto como que aceptaba todo, para que se convenciera de que era tal cual como lo había pensado ella:

–Sí, eso. No me quiero comprometer. Soy un cobarde. Soy un alemán de la República Federal como lo eran en 1949. Me quedé en 1949. Agachaban el lomo. Se sentían culpables por antonomasia porque creían que iba a venir el salvoconducto en seguida. Que la guerra fría iba a borrar Auschwitz.

Minou comprendió que Rainer había aprovechado su reto para encerrarse. Lo sabía: ahora se lanzaría a la actividad de funcionario de siempre y por las noches se iba a encerrar en la melancolía. Minou se dio cuenta que la amistad no iba a ser larga, no podía ser larga.

Ella estaba nada más que curando a un enfermo y cobrándole la herencia en vida, aprovechándolo. Y no sabiendo si lo hacía por rabia a sí misma o por odio a ese Rainer, se jugó: se levantó, tomó sus cosas, pegó un portazo para que la oyera todo el edificio, y se fue a su departamento de soltera.

Rainer quedó tal cual. Sentado, mirando a la pared. Nada pasó por su cabeza. Pero se dio cuenta que estaba perdido. Que desde que había conocido a Minou no quería ser más hipócrita. Ir a poner coronas con el alcalde de Berlín en la sinagoga de la Fasanenstrasse; aguantarse los discursos de los funcionarios de siempre, todos los 20 de julio, aniversario del atentado contra Hitler, con su pésame y su automortificación... Siempre había una oportunidad para arrodillarse y decir lo malo que somos. No, eso no lo iba a ser más. Y ahora sí, tuvo la fuerza y lo dijo en voz alta: "soy nada más que un nazi". Y su cabeza se sintió clara, como atravesada por una brisa fresca que quisiera volver a 1938, a marchar, a cantar, a besar a su madre después de las excursiones de quince días con la *Hitlerjugend* en las Sierras de Cordoba.

Minou era demasiado normal, demasiado vital. No, no podría ser esa amistad, esa amistad no era otra cosa que un hombre pidiéndole perdón todos los días para que lo vieran los demás. Ella necesitaba un hombre libre. Un hombre. No ese diario moqueo lloroso.

Rainer volvió a lo de siempre, el tenerse lástima a sí mismo. Después se paró y tuvo una idea fulminante: dejar todo y dedicarse al comercio, a vender algo, a tener una mujer normal y varios perros, en cualquier lado menos en Berlín. Sí, en Baviera o en Tirol, donde el paisaje no le podía reprochar nada.

Podría ser, sí podría ser.

Se movió hacia el tocadiscos y buscó, arrebatado, la tercera sinfonía, la renana, de Schumann. Sí, en esa sinfonía estaba todo lo necesario para vivir o no vivir. Vivir o no vivir. Lo repitió en voz alta como si las dos cosas tuvieran el mismo significado. Comenzó el movimiento *lebhaft* y la sintió a la sinfonía desprolija, como la sinceridad. Era su música sincera, nada más necesitaba para expresarse. Se sintió caminando por el bosque y los sonidos le caían como colores. Vio el Rhin como la primera vez, cuando se lo mostró emocionada su madre. Volver a ser uno, se dijo, sin pasados ni intereses, sentirse liberado. No encontrar a nadie, esa felicidad. Todo ese Schumann era para él, todo estaba allí, los amores, las muertes heroicas, el llegar a la aurora cuando la noche todavía estaba colgada, mirándolo. Las lluvias de primavera, eternas y alegres, sí, mojado por una lluvia de primavera, él joven, joven. Sí. Y ya le llegaban los recuerdos sin imágenes. La llegada al mar sin puertos. Navegar así por un río con un solo remo y llegar al mar y desaparecer, perderse, ir detrás de las bandadas. Vio a su madre con dos canastas de ciruelas maduras.

Se quedó ya sin imágenes. Siguió escuchando, sólo escuchando. La música lo llevó al dolor. Sentía sólo dolor, ya no oía sonidos ni veía colores. Sin imágenes, en la oscuridad. Dejó que la música lo trasladara, lo embotara, le borrara la memoria y la conciencia. Su paraíso. La oscuridad y la música de Schumann. Equivocada pero generosa, no le pedía permiso. La había compuesto para él. Y él era ahora Schumann. El Rhin. El salto.

Cuando terminó la sinfonía se fue durmiendo poco a poco en la oscuridad. Fue como haber bebido un elixir. Schumann es mío se dijo, sólo lo podemos escuchar nosotros, comprenderlo nosotros. "Nosotros", se dijo y lo repitió. ¿Quiénes eran nosotros? Los alemanes que habían perdido todo, menos eso. Escuchar solo, sin nadie y sin sombras, a Schumann. Llegar a la normalidad del olvido mediante esa música tan... La normalidad del olvido, esas palabras se la había oído a un historiador judío quien las había pronunciado como un reproche brutal contra todos los alemanes que estaban escuchando su discurso.

A nadie le había gustado esa frase. A él sí. La normalidad del olvido. Volver a la normalidad. ¿Y por qué Minou? Estaba mirándolo.

* * *

A la mañana siguiente se emperró en el trabajo. La secretaria, Elke, le dijo que habían traído una carpeta para él. De parte de Heiko Haussen, su amigo y ministro de Cultura de la ciudad. Importante.

Haussen lo llamó antes que Rainer hubiera abierto el paquete. Le dijo que se trataban de los originales de un libro genial, que se iba a editar en húngaro y que un amigo del autor –un judío muerto en 1947– había traducido algunas páginas.

–Es un material formidable para algún film –le dijo–, espero que te guste.

Rainer no reaccionó, no se dijo: "otra vez, por qué a mí me mandan todo esto", sino que comenzó a hojear el original, como si cumpliera su misión de funcionario cultural.

Ya desde la primera imagen, quedó prendido. No podía escapar. Esas imágenes no las podía aguantar. Dos le quedarían para siempre. Cuando el autor describe cómo los nazis juntaron a los judíos en la calle principal de Großwardein, una pequeña ciudad de Hungría, para trasladarlos a Auschwitz. Y todo el vecindario salió a verlos: "La gente fina salió al borde de la acera, jugaban como acróbatas con sus bastones, a los judíos nos miraban sonrientes o arrugaban la nariz como si pasara el carro de la basura con la cochambre de la ciudad. En la terraza de la confitería, periodistas, actores, prostitutas y sus observadores chupaban con pajita sus refrescos o bebían sus cervezas y brindaban entrechocando ruidosamente las copas. Un sacerdote católico de rostro manso, con rizos rubios, con aspecto de pederasta, que estaba parado con cinco muchachos de pelo corto, con camisas limpias y pedorreras, en la esquina, señaló con su bastón al sastre Grünzweig de setenta y nueve años, y dijo: 'miren al judío, parece un mono orejudo'."

Rainer paró de leer. Todo quedó destrozado en su interior. Si hubiese sido un chico o una mujer hubiera llorado a los alaridos. Pensó en el sastre Grünzweig. No pudo seguir. E hizo lo que nunca acostumbraba en la oficina. Sacó del último cajón del escritorio una botella de whisky y se tomó un trago. Luego lo repitió. Fue hasta la ventana.

Salió. Dijo apenas:

–Vuelvo enseguida.

Vio la ciudad. Berlín, la gente. Miró a uno por uno. No, eran otros rostros los culpables, no, buscó algún viejo, no los encontró, estos eran rostros nuevos. Se miró a sí mismo en el cristal de una vidriera. Y volvió.

Trató de hacer otro trabajo, contestar algunas cartas. Pero esos papeles ahí, al borde del escritorio, lo atraían como si allí estuviera la solución y la explicación. Todo lo que había buscado en su vida y contra lo que se había defendido en su vida, de pronto estaba allí.

Por eso volvió a leer los papeles.

De pronto no pudo más. Cerró la carpeta, salió y le dijo a una de las secretarias:

–Guárdela usted, bien.

Es que el último párrafo lo había conmovido hasta los límites. El autor Béla Zsolt describe el grito de la hija de doce años de un fabricante de textiles, quien cuando vuelve del colegio los increpa a los padres: "¿Por qué sois judíos? ¿Por qué? ¿Y ya que sois judíos por qué os atrevisteis a concebirme a mí?".

La hija tenía razón. Los padres tenían razón. Los únicos que no tenían razón eran los bestias del poder, los verdugos. Bellacos, asesinos, mierda pura.

Los verdugos, se repitió Rainer. Es lo mismo que si él a los doce años le hubiera preguntado a sus padres: "¿por qué sois verdugos, y si sois verdugos por qué me habéis dado la vida?". La niña desesperada y él con esa carga eran las víctimas. Pero se dio cuenta que la ecuación no daba. Ella = él. Porque los padres de la niña judía estaban allí, malditos sin haber hecho nada de malo, mientras que él era hijo del verdugo que le había impuesto esa desesperación a la niña. La verdadera ecuación era que la niña judía era víctima de los verdugos, de los Otto Sturm, y él era hijo del verdugo Otto Sturm. Directo. La misma sangre. Se estaba volviendo loco. Tiró la carpeta al suelo y se dijo: "basta, ahora me voy a gozar la vida, a emborracharme de vida, a revolvernos en el placer con aquella niña de doce años que hoy es ya Minou. Basta. Ser como todos. Ser como todos los hijos de los asesinos nazis. Como Niklas Frank el hijo del verdugo de Polonia Hans Frank, que maldijo públicamente a la figura de su padre ahorcado en Nuremberg, y se decidió a ser un hombre normal. Basta de complejos, tristezas. ¿Soy un enfermo, o es que me sigue gustando aquello?".

La pregunta se la hizo al abandonar su despacho y salió hablando solo. Las dos secretarias lo miraron asustadas. Él saludó con sonrisa forzada y se fue a caminar a cualquier lado.

* * *

Si él le daba los originales de ese desconocido a Andrzej, este haría una obra de arte. Pero la hundiría a Minou y su producción. No, ahí Rainer decidió que le hablaría al ministro socialdemócrata para decirle que este año no iba a poder ser pero sí el próximo.

Al día siguiente al llegar a la oficina, estaba Andrzej esperándolo:

–No va, no va. Minou quiere una película para señoritas, para niñas tristes y enamoradas como bobas. No sabe nada del Holocausto. De vivir bien en Buenos Aires a filmar sobre el Holocausto a Berlín. Es un disparate. Y los culpables son ustedes, los alemanes. Por qué no hacen un film sobre los alemanes antinazis que murieron guillotinados o muertos a rebencazos en Buchenwald. Dejen que las películas de judíos las hagan los judíos de Estados Unidos.

Rainer previó que se le podía caer la estantería encima.

–Andrzej, hay que ayudarla.

–No tengo por qué ayudar a nadie, a mí no me ayuda nadie, vivo cometiendo errores vendiéndome y tengo ahora que ayudar a alguien a venderse.

–Todos finalmente nos vendemos.

–No todos.

Finalmente, el paso atrás.

–No te preocupes, Rainer, lo hago por ti. Voy a seguir.

–¿Por mí? –Rainer se sorprendió con disgusto.

–Sí, porque eres la víctima de todos nosotros. Del pasado que no elegiste y del presente que tienes que pagar hora tras hora.

Rainer, al verlo irse, se dijo: "es el cínico heroico, pero el único que dice la verdad; aunque no es consecuente con ella".

Las palabras de Andrzej no lo ayudaron, al contrario, lo sumieron cada vez más en el pozo sin salida. "Me comprende pero todos los días me tira una palada de tierra para enterrarme, aunque de tierra fresca."

* * *

Hasta que no comenzó la filmación, los dos no se vieron. Pero en la primera escena llegó Rainer. Se quedó lejos, viendo los preparativos. Minou cuando lo vio no se puso nerviosa, hasta le agradeció su gesto. Se saludaron de lejos.

En la primera escena ella mostró fuerza, convenció a los dos actores con instrucciones precisas. Todo salió bien. Buen augurio.

Mientras se preparaba la primera continuación, ella le dijo al pasar, en voz alta:

–Al mediodía almorzamos juntos.

Rainer le sonrió y accedió con movimiento de cabeza.

En la mesa del restaurante cercano, antes del pedido, Minou le tomó la mano y se la apretó.

–Todo esto te lo debo a ti. Estoy muy contenta. Esta tarde haremos la escena de la llegada de mis padres a la Argentina. (Y para ponerse y ponerlo en ambiente, se repitió, como repasando el guión.) Llegaron con dinero porque mi padre tenía depósitos en Alemania pero también en Alsacia. Lo de Alemania lo perdió casi todo, pero lo de Alsacia le sirvió para poner su casa de venta de puntillas. Y vivir en San Isidro, en la costa. Allí pasé mi infancia. Y mis mejores amigas fueron chicas alemanas, pero de la nueva camada. Hijas de los que llegaron para hacerse cargo de las nuevas empresas, después de 1952. La contracara de los nazis de antes. Esta va a ser una escena mía, completamente mía. Así como mi padre amaba a Alemania yo amo a la Argentina.

–Como yo, ciertas cosas, ciertos paisajes –le dijo Rainer.

Minou se puso nostálgica, seria, triste.

–...quiero mucho a ese país.

Rainer la veía bonita, la veía con fuerza, la veía creadora. Sí, quería seguir siendo su amigo, a pesar de todas las circunstancias y las contras.

–Mañana, la escena de la sinagoga la haremos en la de la Fasanenstrasse.

–¿Pero representa la sinagoga en la Argentina, no?

–Sí... siempre me acuerdo de la sinagoga de la calle Lavalle, no había semana que no le tiraran una bombita de alquitrán o hicieran estallar un explosivo, los nacionalistas.

Los dos se acariciaron el rostro. Ella lo besó.

–Me esperan días de locura, Rainer. ¿Podemos vivir juntos todas estas semanas? Te necesito.

–Me gustaría sentir tus emociones –le dijo él.

–A mí, escuchar tus consejos, o por lo menos tus opiniones. ¿Vas a venir seguido a las filmaciones?

–No, pero trataré de ver en los campeones las escenas filmadas.

Esa noche Minou llegó tarde al domicilio común. Pero él la esperaba con música de Schumann y champaña. Ella quitó a Schumann y puso a Kurt Weill.

Minou, muy nerviosa, sorbió la copa casi entera. Y luego se recostó en el hombro de Rainer.

Hablaron poco y se sintieron muy juntos. Estaba naciendo algo así como una necesidad de aproximarse, de quedar atrapados por la piel.

–Tengo ganas de llorar –dijo ella.

–Por qué.

–Porque sé que vos sufrís demasiado.

–Tenemos que olvidar nuestras diferencias. Seamos de pronto hijos de aquí y de ahora, sin pasado.

–Mira, esperemos a que termine el film. Porque todo el día en el tema con el film no podría jugar en dos frentes. Después, Rainer, después... podemos irnos al mar pero un mar sin sol así vamos a necesitar abrigarnos entre nosotros.

Rainer sonrió.

–Probemos.

–Vas a tener que ser muy paciente conmigo estas doce semanas. Pero no me dejes sola.

"Por qué Dios te habrá hecho judía y a mí alemán", pensó Rainer buscando una explicación racional. En ese momento hubiera tenido ganas de salir corriendo, no volver a ningún lado, tomarse un tren y volver a la Argentina. A Crespo, en Entre Ríos, con la familia Schramenn, con su amigo Hans Peter, de su misma edad, y con la bella Úrsula, dos años mayor que él. Montar un caballo y perderse entre el verde y el horizonte azul. Tal vez así encontraría la explicación definitiva a todas las paradojas.

* * *

Y se fueron conociendo a fondo. Todas esas semanas de filmación. A veces él salía de la oficina a media tarde y veía el final de la jornada, o llegaba tarde a su trabajo porque antes pasaba por el lugar donde se desarrollaba la filmación. Pero lo mejor eran las noches. Ella llegaba rendida, todos los días tenía otro humor. A veces, radiante; a veces histérica. Le contaba todos los detalles, todas las dificultades. Lo besaba con pasión, con ternura, con ganas de protegerse de algo.

Rainer era el observador. A veces iban a cenar juntos con algunos actores o con la actriz que hacía de Minou. Allí quedaba expresada siempre la inexperiencia de Minou como directora. Le decía, por ejemplo:

–Tienes que poner cara más de crédula, me entiendes, de piba, de adolescente. –Y a la media hora le decía: –a vos te falta un poco más de seriedad. La protagonista es joven, sí, pero no tonta, siempre un poco más de timidez reservada, de profundidad.

Era cuando intervenía Rainer y trataba de que la actriz encontrara un camino en la jungla de idas y venidas.

Después ella le quedaba agradecida. Se entregaba a él. Dormían juntos y ella le regalaba su cuerpo desnudo que él, vestido, sólo acariciaba. Y eran todas caricias puras, que ella ya sabía apreciar.

Le gustaba todo así aunque alguna vez se despertaba y deseaba un hombre, como se decía ella, sólo un hombre, nada más que un hombre, y no este querube de cera.

Otras veces, se dormía sublimada por la poesía de las manos de Rainer. Abría los ojos y estaban los ojos azules de él mirándola, acariciándola con la vista. ¿Se amaban? Se amaban. Aunque eran distintos, muy distintos.

Él se miraba en los ojos oscuros de Minou. Eran otro mundo, un mundo desconocido. Todos los días ella se levantaba bien descansada, había dormido bien, los nervios habían desaparecido. Era la magia de él, no, era su bella tristeza, era la poesía de su mirada, inocencia, un niño triste.

En todos esos días ella no encontró nada demoníaco en la mirada de él, como lo había sentido en las primeras entrevistas y en los primeros abrazos. No, todos esos días era un ángel. Habíase despojado del demonio que parecía seguirle como una sombra.

Rainer, amor mío. Era un compañero. Su compañero.

Él la miraba sonriente mientras le servía el café. Los pancitos frescos los había buscado él mismo. Y siempre había flores en la mesa del desayuno.

Si él no fuese tan débil, si tuviera la fuerza de un adolescente, ella lo eligiría como compañero de toda la vida. Y se lo dijo, a riesgo de llegar tarde a la filmación:

–¿Sabes lo que eres? Un creador que no crea nada. Tienes que ponerte a escribir. Poesía, o novela, o comenzar por la biografía de tus románticos. O música. Tienes todo el espíritu para ello. Y nada. En una oficina. En un cargo de la cultura, sí, pero no otra cosa que un burócrata.

Así, suelta de cuerpo.

Él se quedó con el pocillo a la altura de los labios, asustado.

–Sí, ahora me voy y lo pensás. Por lo menos, en el futuro me vas a hacer los guiones para mis films.

Rainer, superado el susto, se puso a reír con una sonora carcajada. Pero como si lo hubiesen sorprendido desnudo mirándose al espejo.

* * *

Les gustaba mirarse en el rostro del otro. Día tras día, cuando despertaban. Noche tras noche, cuando llegaba el momento del lecho. Se habían enamorado perdidamente, como decían los novelistas de principios de siglo. Pero la duda siempre estaba presente. No iban a llegar a ningún puerto, a ninguna orilla, a ninguna playa. Esa amistad sólo les serviría para demostrar lo débil que era él y la capacidad de reponerse de ella, con un par de lágrimas y el morderse los labios. Pero no por superficial. Porque tenía sentido de la realidad. Con ese hombre no se podía ir a ninguna parte. Estaba vencido. Lo sostenía el armazón, la fuerza que le habían dado en la niñez la madre y después la hermana. Hasta había llegado a ser casi un triunfador. Un hombre que decidía en la cultura del cine de Berlín. Pero no era para ser un mandamás de oficina. Habría que haberlo encerrado en un altillo y dejar que soñara, que escribiera una línea por día.

Pero basta, se dijo Minou. Ahora tenía que prestar toda su atención al film. Esta relación tendría que haberle sucedido en otra oportunidad, cuando era adolescente, por ejemplo, o cuando ya, como triunfadora, tuviera ansias de algo muy profundo, manso. Pero igual, tuvo como un temor, sintió que Rainer se le estaba yendo como agua mansa por entre los dedos, y se iba a ir, ir.

Andrzej llegaba bien por las mañanas, pero al atardecer ya no sabía ni lo que decía.

–Whisky, señores, el elixir, todos debemos tomar una botella de whisky diario para ser buenos y profesar el amor libertario. Bajar del monte Sinaí ya con el mundo ordenado de pura pasión y grandeza, y al amor, al amor...

–Sí, sí –le decían los técnicos.

–Está bien, está bien –le decía Minou.

Sólo algún actor lo abrazaba y se iba con él al monte Sinaí más cercano.

Pero antes de desprenderse de él, Minou tenía que aguantarle frases como: "es la película más superficial que he hecho en mi vida. Por fin, por fin, ya respiro mi próximo triunfo en Hollywood. El Oscar a la mentira y la conveniencia, como todos los Oscares". Y le sacaba la lengua.

Ese era el momento de Minou de buscarlo a Rainer y encontrar otra cosa, apoyo, ánimo. Aunque sospechaba que Rainer pensaba lo mismo que Andrzej, pero por lo menos no se lo decía.

Mañana iba a ser su gran escena, la fiesta del *purim*, con chicos traídos de todos lados de la colonia judía de Alemania. Iba a venir también gente de la Fasanenstrasse. ¿Cómo decirle a Rainer que no viniera? Se iba a formar un ambiente extraño, de disimulado repudio, o no. Minou no quería tener problemas en plena filmación, bastante complicada iba a ser la escena. Filmar todo delante de Rainer con autoridades judías le pareció una provocación. Pero ¿cómo decirle a Rainer que no viniera?

No se atrevió a decírselo. Le mintó. Le dijo que al día siguiente no iba a haber filmación. Sólo algunos ensayos. Un pretexto estúpido porque por razones de preproducción muchas veces se pasaba por la oficina de Rainer para requerir ayuda. Pero no se le ocurrió otra cosa.

Ese atardecer estuvo Minou desusadamente cordial y cariñosa. ¿Sería porque ella había percibido algo de tristeza en los ojos tan azules de Rainer?

* * *

Desde lejos, Rainer lo vio todo. Ya al llegar notó algo extraño por la cantidad de buses que habían llegado. No vino por idea propia. Lo había llamado Andrzej para decirle: "no te pierdas lo de hoy, si lo viera Goebbels volvería al seminario". ¿Por qué Minou le había mentido? Si había algo que Rainer no podía soportar era la mentira. Se lo había enseñado su madre y en eso había sido severísima. Jamás mentir. (A veces, casi siempre cuando viajaba en tren, Rainer se ponía a pensar y se preguntaba, como si interrogara a su madre: ¿no hay otras cosas peores que mentir, por ejemplo saber que el padre de sus hijos es un torturador y asesino y sin embargo seguir a su lado, besarlo, acariciarlo?) Cuando llegaba a ese extremo de sus cavilaciones, Rainer se levantaba de su asiento y caminaba precipitadamente hasta el bar del tren y pedía algo fuerte, mientras trataba de distraerse con el paisaje.

Pero igual, la mentira de Minou lo había puesto inmensamente triste y le había formado como una barrera frente a ella. Era mentirosa.

Cuando ella llegó a la noche y él le vio el rostro amigable, no pudo más y le reprochó su mentira.

–¿Por qué me mentís? ¿Por qué me dijiste que no había filmación? ¿Soy el idiota de la compañía, soy el nazi al que hay que currar? –se lo dijo todo en el mejor argentino como se lo estaba volviendo a enseñar ella. Había decidido no hablar más alemán con Minou, le iba a hablar sólo en argentino. El idioma que contenía todos los términos para hablar a calzón quitado; desnudos, con el cual nada se podía esconder.

Minou al principio se asustó, pero el miedo mismo la hizo reaccionar y le gritó:

–A mí no me vas a tratar así. No soy ni un soldado ni tampoco tu esposa. Te mentí porque sos un débil, un mantequita que enseguida se derrite, se deprime, se pone a lagrimear. Lo hice por vos, para no verte sufrir.

–¿Qué querés decir con eso, que yo sufro porque haces una

escena judía? ¿De dónde has sacado eso? ¿Quieres seguir el juego a los que viven del reproche? Yo soy yo y el pasado es el pasado y no tengo nada de culpa. Mentirme significa que me crees culpable. ¡Basta! Seguí sola con tu negocio. Sacáme todo el jugo que puedas. Seguí así. Eso es lo único que te interesa.

Rainer buscó sus cosas, las metió desordenadamente en un maletín y sin despedirse se fue a su departamento de "soltero".

Minou se quedó con rabia: lo había hecho por él, tal vez se había equivocado, pero en ella no hubo mala intención. Una protección sin sentido. Para darse fuerza dijo en voz alta:

–Este tipo es más sensible que la mierda. Es un enfermo, supersensible, así no se puede vivir ni hacer nada. Si muevo un ojo, porque lo imito al padre, si me peino es porque le recuerdo a la madre; si me quito la pintura, me estoy burlando de la hermana. Váyanse todos al carajo. Es que se siente traspasado de culpa y ahora la culpa de todo la tengo yo.

Como si fuera poco, justo habló Erlo. Preguntó por Rainer. Minou le dijo que había salido sin decir adónde iba. Erlo Esslingen le preguntó entonces si sabía si él volvería a la noche.

–No, no creo, tal vez nos encontremos mañana en la filmación, o no.

Erlo sospechó algo por el tono cortante de Minou. Le agradeció. Se notó que caviló sobre esto último porque volvió a llamar:

–Minou, ¿estás sola, ahora? ¿Puedo pasar por ahí en diez minutos y conversar brevemente contigo?

Lo único que faltaba, ahora, pensó Minou, encima este pesado que lo quiere a Rainer más que yo. Pero le picó la curiosidad y le contestó:

–Sí, está bien, puedes pasar.

Erlo estuvo allí, puntual, a los diez minutos. Minou tenía curiosidad por conocer a quien Rainer consideraba su mejor amigo. Tal vez en Erlo había un interés especial en ser el mejor amigo de Rainer pero no era sólo interés. Tenía por Rainer una enorme admiración intelectual. Le repetía que debía escribir, aunque fuera una página por día, aunque fuera nada más que autobiográfico. Él consideraba el ensayo sobre von Kleist de Rainer como lo mejor que se había escrito sobre el poeta. Pero Rainer insistía en no publicarlo. Cuando Erlo fue testigo de la relación entre Minou y Rainer presintió una catástrofe. Y vio, además, el peligro que todo lo que había construido Rainer desde su cargo de hombre de la cultura berlinesa caería hecho pedazos porque, sin querer, Minou sin proponérselo lo iba a precipitar en la pesadilla que hasta ese momento había encubierto y olvidado. Por eso, la caída de Rainer del cargo de responsable de toda la industria del cine podía ser una pérdida definitiva para todo el círculo que lo rodeaba.

Tiene algo de noble pero no tanto, pensó Minou cuando se vio, al abrir la puerta, ante Erlo Esslingen. El diálogo comenzó con mucho prolegómeno. Iban a ser apenas diez minutos y fueron dos horas, sin moverse de sus sitios.

–Minou –empezó Erlo–, lo aprecio mucho a Rainer, y por él he venido. Y no creas que tengo algo contra ti. Todo lo contrario, me atraes mucho y al principio me dije: "ella es lo que Rainer necesita".

–Es lo que Rainer necesita –le repitió con rabia Minou–. Yo soy la medicina, no un ser humano con su personalidad. No, Rainer es el Señor con mayúscula, y yo he venido a servirlo.

–No, Minou, no es así. Lo único que tú eres fuerte, sana y él, en las últimas semanas, está dando muestras de depresiones, de búsqueda de aislamiento, de salirse de la vida que había resuelto trazarse con toda fuerza y talento.

–Quiere decir que yo tengo que desaparecer. Si desde que llegué yo el hombre está enfermo, me voy, y se cura.

–No, todo lo contrario. Tú tienes la fuerza de curarlo de ese shock que pareciera haber recibido. Debes tratarlo bien; es un tipo maravilloso. Mejor lo trates, mejor te vas a sentir y más lo vas a querer.

–Rainer es un enfermo y yo no soy su enfermera. Es como

proponerse querer a un bibelot. No tocarlo demasiado ni siquiera hablarle fuerte porque se puede romper. Ahora se acaba de ir enojado, parecía que se iba a romper como un cristal. Tal vez la culpa fue mía pero no lo hice intencionalmente. Lo hice precisamente para cuidarlo. Además estoy justo con mi primer film, estoy con los nervios de punta y todavía él viene a hacerme este teatro. Él es Hamlet y yo el mercader de Venecia.

–No, Minou. Sólo te pido que lo trates bien.

–Como la mamá.

–No, no, ustedes están enamorados, él mucho más de ti que al revés. Te pediría que ahora lo vayas a buscar, le pidas perdón y lo traigas para aquí. Nada más. Él tiene una bondad a toda prueba y te lo va a agradecer toda la vida.

Lo agradable de Erlo Esslingen era su franqueza, su forma directa de decir las cosas. Minou sentía que él le daba importancia. Después de hablar puramente de los sentimientos, Erlo pasó a explicarle el aspecto materialista que tenía su pedido.

–Mira, Minou, el cargo que tiene Rainer es elegible cada cuatro años. Hasta ahora lo han votado todos los partidos porque Rainer ha sabido conformarlos a todos, con talento, con argumentos. No hay nadie mejor que él para ese puesto. Pero, cualquier debilidad, cualquier muestra de que no anda bien, cualquier señal que lo haga discutible, las fuerzas que quieren subir y están al acecho van a atacar. Y le van a iniciar una campaña sobre su padre. No contra él, pero van a mencionarlo. Tú en ese sentido tienes que hablar con la organización judía y con las iglesias. Todos saben que tú eres más que la amiga de él. Se corrió la noticia como un reguero de pólvora. No debemos perder ese cargo, Minou, ni tú ni yo ni todos los que lo apoyamos, ni Andrzej, que también está con él.

Finalmente, Minou fue abandonando un poco su estado de bronca por la forma en que la había tratado Rainer y le dijo a Erlo que ella iba a hacer lo que podía. Pero que Rainer debía comenzar a tratarse con un psiquiatra. Erlo le expresó su agradecimiento y le dijo que contara con él, que él también la iba a ayudar para que Rainer volviera a ser el de antes.

Cuando se fue, Minou tuvo la impresión de que, a pesar de la amistad y del verdadero aprecio de Erlo, había también la intención de mantenerlo a Rainer por interés personal. Pero de cualquier manera, quedó impresionada por la rapidez, la claridad y la elegancia con que había sabido expresarse, sin herir a nadie, buscando una solución. En sí a ella no le había reprochado nada pero sí, apelado a su responsabilidad.

* * *

A Rainer le dolió mucho haberse comportado así con Minou. Le dio pena el imaginarse a Minou humillada. Como nunca, sintió eso de tener complejo de culpa. La había tratado muy mal. Con la misma crueldad que le venía por herencia. Pensó en volver y pedirle perdón. Pero tuvo miedo que ella lo rechazara definitivamente. Trató de pensar, de ganar tiempo. Caminó sin rumbo. Se paró en librerías. En una de ellas, con gran anuncio: *El proceso de Auschwitz*, de Hermann Langbein. "Una documentación, en dos tomos." Su primera intención fue entrar y comprarlo. Pero tuvo temor de ser sorprendido por alguien que le dijera: "¿cómo, justo usted, ese libro?". Y huyó, apretó el paso, mirando para otro lado, para llamar la atención sobre lo que pasaba en la calzada y no en las vidrieras. De pronto, como si lo estuvieran esperando, a pocos metros, en la iglesia evangélica de Kreuzberg, el anuncio de la "Cantata de Bach para el segundo domingo de Pascuas". Johann Sebastian Bach. Sí, entró como el viajero del desierto que encuentra un oasis. La cantata "Soy un buen Pastor". Escuchó desde el último asiento y aunque nadie estaba de rodillas él quiso escucharla así, como en una iglesia católica. De rodillas. Podía entender mejor la música y entrar en el ambiente que deseaba. Compenetrarse de su culpa inducido por esa música celestial, por esas voces de ángeles y apóstoles, así comprendería por qué la necesidad de lo cristiano. Esa música lo iría invadiendo, lo iría consolando. Le daba el clima que él amaba; ese sentimiento de devoción para poder seguir adelante a pesar de los pecados. Devoción y misticismo. Éxtasis. La voz del tenor lo hundió en el encanto de sentirse a la entrada de un gran templo, solo, sólo en compañía de la virgen María. Creyó que ella le alargaba la mano para que se la besara. Así retuvo la imagen mientras se deslizaban los sonidos de los oboes y las voces del coro. Se imaginó que lo estaban esperando y que él, ya de monje, ingresaba a sus filas.

Cuando la gente salió, tuvo la necesidad de seguir solo, de sentirse solo en la protección del templo.

Salió como transformado. Como si se hubiera propuesto desde un principio ir a ese concierto, como si una mano lo hubiese arrastrado. Tuvo miedo otra vez de encontrarse con Minou. Era demasiado pronto, se dijo. Pero le hablaré por teléfono.

Cuando llegó, debió tomarse algunos tragos. La mano le tembló cuando marcó el número.

–Quiero pedirte perdón, mi querida Minou.

Lo dijo sin aviso previo.

–Rainer, querido Rainer –escuchó del otro lado.

Luego hubo un largo silencio.

–No supe lo que decía, soy un irresponsable, un caprichoso.

–Querido Rainer, sos como sos, igual que yo. Te quiero mucho, muchísimo.

Otro silencio marcó la indecisión. Hasta que Minou le propuso:

–Por qué mañana, a la noche, después de las tareas, no nos encontramos en el Kulisse, nuestro lugar de encuentro, donde descubrimos más que el amor.

Sí, debía ser así. Él tenía la necesidad de dormir mucho, de recomponerse en el anodino trabajo de oficina, para después sí, llevarle claveles o rosas y los brazos abiertos apenas la divisara.

* * *

Ella ya estaba. Había ocupado una mesa en un rincón. Él se portó como un caballero de los años treinta. Se detuvo en medio del restaurante con su enorme ramo de camelias y abrió los brazos. Todo el mundo miró. Los mozos detuvieron su quehacer. El cajero abrió la boca. Ella se precipitó sobre él y lo abrazó fuerte; las camelias quedaron en medio de los dos cuerpos.

Para él fue como si hubiera sido la primera vez. Ella no había sentido hasta ese momento algo tan profundo. Se entregaron el uno al otro. Rainer estaba profundamente enamorado de ella. Ella vivía una irrealidad. Tal vez el amor que sentía por Rainer era pura admiración. Lo admiraba. Admiraba su profundidad, sus dudas, su sensibilidad.

Primero bebieron en silencio y se miraron con apenas una sonrisa. Después encargaron la cena. Entonces él dijo algo que de inmediato se dio cuenta que era inconveniente:

–¡Me gustaría tanto contarte de mi niñez en Belgrano! –le dijo con candor.

Ella lo miró extrañada. Él cambió rápidamente:

–No, pero me va a gustar más hablar de lo que vamos a hacer cuando termines el film. Nos vamos a dar una vuelta alrededor del mundo en cuarenta días o nos vamos a encerrar en un hotel de Venecia durante cien días.

Se rieron. Comieron tomados de la mano, sólo con tenedor.

–Y después, al regreso, haremos un film sobre esa experiencia. Yo lo voy a escribir y tú lo vas a filmar.

–A ti te va a representar Oskar Werner.

–Y a ti, Hanna Schygulla.

–¡No, cómo me va a representar una alemana? Vamos a buscar a Israel una bien judía, media árabe, como soy yo.

–No, tú pareces más bien rusa, rusa de Moscú. Tienes la cara ancha y los ojos achinados. Y de altura pareces una cosaca.

Rieron y se siguieron mirando a los ojos. Finalmente bebieron un licor, en silencio y ya con las cuatro manos tomadas con toda fuerza, imposible de desunir.

–Y nos vamos a vivir juntos a la Patagonia, allí entre los lagos y las montañas –dijo ella, y se apresuró a agregar: –y adoptaremos chicos: un alemancito, un israelí, uno de Belgrano, el otro de Villa Crespo, un bolivianito, un africano.

Él se entristeció. ¿Acaso quiso hacer alusión a su impotencia?: si a ella le había demostrado que no era tan así. Ella fue con la única mujer con la que... Sí, una sola vez. Pero pudo.

Se quedó frío. Ella lo notó en las manos de él, que parecieron, de pronto, pertenecer a un cadáver. Y cambió de improviso, con toda rapidez:

–O nos vamos a vivir yo a México y tú al Caribe y nos vemos una vez en primavera y otra vez en verano. ¿Qué te parece?

No, no, pero ya estaba otra vez la depresión. Inaguantable. Lo voy a llevar a la cama para acariciarlo como sólo lo pueden hacer las mamitas. Insoportable. Ahora se me va a poner a hablar de von Kleist, pensó.

* * *

Las flores quedaron olvidadas en la mesa. Fueron a tomar un taxi. La marcha fue sin palabras, del brazo. Este hombre está perdido, es susceptible a todo, está enfermo, se dijo Minou mientras el silencio de él tenía algo de vergonzoso, de doloroso.

Cuando llegaron, él la acompañó hasta la puerta del departamento "matrimonial" y después le besó la mejilla y se despidió.

Ella lo vio irse, lo acompañó con la vista: ahora se va a suicidar, o a emborracharse o a llorar. Lo mejor es que se fuera a lo de su hermana, se dijo al borde de la desesperación y la rabia, Minou. El amor no lo había salvado, al contrario, había acabado con ponerlo frente al espejo de su realidad, de su alma carcomida por todos los cánceres. No tiene fuerzas. De pronto, el andamiaje con que se había protegido todos estos años, se había derrumbado y él estaba allí, a disposición de quien quisiera enterrarlo.

Minou no le habló durante todo el día siguiente. Pero sí lo llamó a Erlo Esslingen. Él era el único que podía ponerlo en vereda, por lo menos conseguir que fuera el de antes.

Por eso resolvió decirle todo, sin problemas:

–Rainer está verdaderamente enfermo. No sólo se siente perseguido por la sombra de su padre... además... es impotente.

Erlo se sorprendió, abrió bien grande los ojos. Cómo esa mujer podía decir eso así, sin tapujos.

–Te lo digo así, directo, porque no quiero cargar culpas. No lo voy a abandonar, pero él se va ir haciendo el desahuciado, el abandonado, y yo voy a pasar a ser la bruja que lo usó y luego lo abandonó. Para mí su impotencia sexual no representa nada. Hemos pasado, igual, momentos muy hermosos. Pero es él el que tiene el problema y lo refleja en los otros. Yo no lo voy a abandonar, pero quiero que lo sepas. Eres su amigo de confianza. De mí se puede apartar en cualquier momento. Tengo temor que se abandone o se retire del todo. Está en el camino de eso. Erlo, me tienes que ayudar, tú puedes hacer mucho más que yo, porque yo en el fondo soy la enemiga, a la que quiere amar, asir, endiosar, pero siempre sigo siendo la enemiga, o lo que es lo mismo, la víctima. Y él, el victimario. Yo en todos estos días me voy a dedicar sólo al film, no tendré tiempo para él. Me gustaría que te ocuparas de él, que ocuparas mi lugar. Él te presta mucha atención. Sin saberlo, tú lo ayudaste a mantenerse, hablándole del trabajo, de sus capacidades, de lo últil que es él para esta sociedad, en fin, a tener fuerza.

Erlo se dio cuenta que no iba a ser nada fácil. Minou había sido el explosivo. Siempre lo escondió, pero Rainer era un ser profundamente enfermo. Con mucha fuerza, sí. Porque no se dio al alcohol ni a la droga ni a la desesperanza. Para él sus fuertes fueron su carrera como funcionario del cine –metido en ese cascarón ideal para soñar y tener la curiosidad de seguir adelante– y esa personalidad atrayente. Él, siempre tan parejo, tan cuidadoso, de pronto se lanzaba a una carrera sin meta, cada vez más alocada. En silencio, para adentro. Una especie de cáncer que lo iba devorando todo y ya estaba llegando al corazón.

* * *

Erlo fue a visitarlo a la oficina y los dos juntos salieron a caminar. Pero se detuvieron en el primer café. No se podían tratar esos temas caminando, había que mirarse profundamente a los ojos.

Erlo le dijo a Rainer, no bien se sentaron, que lo veía muy cambiado. Que su amistad con Minou tendría que haberlo predispuesto a la alegría, a la juventud, a ir en búsqueda de más cosas en su profesión. No había por el momento otra persona con tanto conocimiento y tanta sapiencia sobre el cine, su historia, su organización, las temáticas que interesaban en ese momento, saber descubrir el talento artístico. ¿Qué pasaba? Si se dejaba estar, los enemigos –que no eran otros que los que deseaban ese puesto– iban a comenzar a conspirar. Debía tener en cuenta que él, Rainer, era resultado de un acuerdo entre los tres partidos: los democristianos, los socialdemócratas y los liberales. Pero que, al no responder a ninguno de los tres, debía cuidarse y mostrar cada vez más su capacidad.

Rainer lo miró como si esperara esa andanada de razones.

–Erlo –le contestó–, es que a veces me pregunto qué papel estoy jugando. Me quiero dedicar por fin a escribir, a investigarme a mí mismo. Quiero hacer la historia de mi padre.

Erlo no se esperaba eso y guardó silencio.

–No es el momento, Rainer –le contestó Erlo–. Sobre la tragedia familiar puedes escribir cuando seas viejo, cuando se ha pasado definitivamente todo este clima de reproches, de ataques, de cargos de conciencia.

–Quiero saber la verdad. Sé quién fue. Pero quiero averiguar hasta el último detalle.

–Mira, Rainer, toma como ejemplo a los otros hijos. Mira al hijo de Martin Bormann: tomó los hábitos, fue como misionero al África, hizo méritos por su sacrificio y su vocación solidaria y luego volvió, dejó los hábitos y vive una vida como un hombre que no tiene por qué cargar con la culpa del padre. Él era apenas un adolescente, un niño aún, y tú todavía eras tan chico como él cuando ocurrieron todos esos hechos. Mira al hijo de Speer, dijo: hoy es uno de los más grandes arquitectos de Alemania, muy superior a su padre. Mira al hijo del *SS Panzermeyer* que en un libro mantuvo un diálogo ficticio con su padre, mostrándole todos los errores de su ideología.

–Sí, pero Niklas Frank aborreció públicamente de su padre, lo dijo con toda la voz, contra ese asesino del pueblo polaco.

–Por eso –dijo Erlo, sintiéndose trastabillar en sus argumentos– cada uno reacciona como le manda su propia conciencia. Tú reaccionaste estudiando, metiéndote en la cultura, dirigiendo una política de cine abierta, sin censuras, todos los directores de cine del mundo han podido mostrar sus películas en el festival, hasta los de Cuba, por quienes tú te jugaste. Siempre con argumentos, nunca por oportunismo.

Rainer miró largamente hacia la calle.

–Es que estoy muy enamorado, Erlo. Muy enamorado. Y no puedo ignorar todas las sombras que rodean a esta pasión que tengo por Minou. Me parece una violación lo que estoy haciendo. Me aproveché de mi cargo para poseerla.

–Poseerla no es el término, ella es muy independiente. Nadie se aprovecha de nadie entre ustedes dos. Porque podríamos imaginarnos lo contrario, que ella se aprovechó de ti para hacer su primer film.

–Ojalá fuera cierto, me lo merecía. Venía a cobrarse algo de todo lo que le debo.

–No, Rainer, no, no le debes nada. No te hagas el heredero de la historia. Arroja esos complejos de culpa. Podrías estar ahora redactando el diario neonazi y diciendo que Auschwitz es todo mentira. Y sin embargo en tu gestión no hay absolutamente nada de eso. Siempre has amado la vida.

–Estudié por miedo. Estudié huyendo de todo. Siempre traté de imitar a los burócratas brillantes, que saben maneras para comer, que saben seis idiomas, que tienen dinero y son apreciados. Me pueden comparar a un banquero, o a un secretario de Estado, o a un embajador en Estados Unidos. Vacío, puro vacío. Nada. Nada. Tú me hablas del hijo de Bormann. Pero por lo menos él se hizo misionero en los lugares de más peligro de África. Pagó con sus mejores años ante la sociedad la herencia de su padre. ¿Yo qué hice? Soy el burócrata más fino de la literatura.

–Literatura, y sí. El arte. Abriste las puertas del arte al pueblo. No te refugiaste en la selva con animales salvajes. Le hiciste frente a la nueva sociedad. Que no te puede reprochar nada.

–Soy el hijo del perro sanguinario, Erlo. Y viene una muchacha judía y me abre su corazón. Y yo la trato de igual a igual.

–Bien, porque son iguales. Dos seres que se encuentran y no se preguntan nada. ¿Por qué tienen que preguntarse? ¿Cuáles son los pecados de ustedes? Saber amarse, saber buscarse, no tener recelos. Un amor maravilloso, Rainer. Ella y tú han sido capaces de todo, de lo que no fueron capaces diplomáticos, políticos, parlamentos, historiadores, iglesias. Sigue con ella, Rainer, disfrútala en todo su amor y muéstrale que estás por encima de egoísmos, pecados originales y culpas colectivas.

–Puede ser, Erlo... puede ser. Pero quiero dejar el cargo y dedicarme a escribir, quisiera aislarme por un año o más... tal vez Minou me acompañe...

Erlo vio venir la catástrofe. Y fue sincero.

–No, Rainer, no puedes dejar así tu cargo, piensa en los demás, en tus amigos, que quedarían desamparados. Al irte, seríamos reemplazados todos, tabla rasa.

Rainer recién allí se dio cuenta que en Erlo también había otro interés. No lo tomó a mal. Pero se sintió prisionero de los otros. Y quería ser libre, por primera vez libre.

* * *

Erlo le pidió a Minou que no lo abandonase a Rainer, que fuera a verlo, que insistiera. Minou casi se puso a llorar respondiéndole que estaba en lo más difícil del film y ahora justo le tocaba todo eso. Pero le prometió que lo iría a ver esa noche. Aunque después "le iba a pedir licencia hasta que terminara el film".

Esa noche, Minou se detuvo en la puerta antes de tocar el timbre del departamento de Rainer. Se oían desde afuera los sonidos de la novena de Bruckner. "Va a ser difícil", se dijo, al escuchar la música. Pero se armó de la mejor sonrisa y arregló las flores del ramo que traía.

Cuando salió Rainer, ella ensayó un muy suave:

–¿Qué tal?

Rainer se conmovió. Cuando ella le alcanzó las flores, él le retuvo la mano. Así quedaron en la puerta, mirándose a los ojos. Él, desbordante de cariño, ella con algo extraño en la vista, como si estuviera ante un enfermo.

Finalmente ella lo tomó de la cintura y lo entró. Se dejaron caer en el sofá. Él le besó repetidamente las manos.

–Te enojas siempre conmigo –le reprochó ella.

–No me enojo. Me pongo triste, porque tienes demasiada vida, demasiado rápido andas y no me esperas.

–¿Qué podemos hacer?

–Hablarnos, hablarnos... acariciarnos...

–No, volviendo a la normalidad. Vos a tu trabajo y yo al mío, con toda fuerza, con toda la fuerza de la juventud, poner contentos a los demás y no tenernos lástima y lástima. En vez de ponerte contento por nuestro cariño, te apagas, te retiras, andas como un sonámbulo. Yo necesito amor todas las noches, dormir contigo y que me acaricies diez horas seguidas. Y después, con toda la fuerza, volver a la vida, a las obligaciones.

–Minou, no tengo más interés en el trabajo burocrático, quiero dedicarme a mis escritos, a vivir de mi cabeza y no de los impuestos que pagan otros. Libre, libre.

–No, vos querés encerrarte, decirle no al mundo, cerrar la

puerta para siempre y espiar desde adentro. Te propongo que volvamos a vivir juntos. Yo en dos semanas termino el film. Nos damos dos semanas de vacaciones entre nosotros. Y después vamos a discutir qué hacemos. Pero tenlo por seguro que yo no me quiero encerrar, recién salgo a la vida y quiero hacer cien films, uno detrás de otro y tener cien amantes, todos juntos.

Rainer sonrió: mira si los cien son como yo, pobre Minou.

–No, voy a buscar en los otros lo que no encuentro en ti pero voy a seguir amándote como a mi preferido.

Rainer volvió a sonreír y le dio un beso en la mejilla.

–Te prometo que en quince días, justo en quince días, un día después que termines el film, te voy a tocar el timbre.

–Con un ramo de camelias.

–Con un ramo de camelias.

* * *

Esa noche, cuando Rainer volvió del trabajo se encontró con un sobre grueso en el buzón. Lo abrió: una carta de su hermana Erna y un libro de hojas bien amarillentas que reconoció en seguida. Sin leer la carta ya suponía de qué se trataba. Había sido el libro más querido de su niñez. *Horst quiere ir con los soldados.* Abrió la primera página. Allí estaba la dedicatoria: "A mi hermano Rainer, en tu undécimo cumpleaños, tu hermana Erna". En la tapa en colores un niño, así como había sido él, rodeado de soldados todos sonrientes. En ese momento sonó el teléfono. Una Erna que no podía esperar más para saber el resultado de su hallazgo. Le explicó: en una vieja caja que había salvado la madre y que había guardado tía Agnes había encontrado papeles familiares y algunos libros. Entre ellos, ese, el que era tu libro preferido cuando tenías once años, ¿te acuerdas? Rainer no se conmovió para nada pero disimuló y le agradeció a su hermana un recuerdo tan querido. Dejó todo lo que se había propuesto hacer esa noche y se puso a leer línea por línea el que había sido su libro preferido en la niñez. Cuando leyó el prólogo del autor, el teniente primero Albert Banenary, se dio cuenta de toda la estupidez que llevó finalmente a la muerte. Estupidez, se repitió, ni siquiera maldad, estupidez. Bravuconada, superficialidad. Leyó: "Jóvenes: este libro os describe la vida de soldado, cómo se desarrolla ahora, desde que la Reichswehr, el ejército de soldados profesionales voluntarios, ha vuelto a ser un ejército del pueblo, un ejército de jóvenes conscriptos. No hemos tenido que cambiar mucho, porque el ser militar alemán permanece eternamente igual en su pensamiento y en su quehacer. Tengo la esperanza que vosotros encontraréis alegría en el libro y que este prenderá para siempre la ardiente llama del: 'Yo quiero ser soldado'".

Línea por línea, porque quería darse cuenta cómo fue engañado, cómo fueron engañados todos con los conceptos vacíos, cómo habían caído todos con la promesa de vestir un uniforme y llevar un arma. Quería gustar de nuevo el veneno para darse cuenta cómo había sido usada su inocencia. Las palabras que el autor pone en boca de los niños: "Horst vio sobre le mesa de costura de la madre, el retrato del padre de la primera guerra, como teniente de aviación: '¿Padre, volverás a ser soldado?'. El padre sonrió con tristeza: 'Ya no, ya soy muy viejo, ahora les toca a los más jóvenes'. Horst lo miró con enorme admiración: 'Padre, yo quisiera ocupar tu lugar. Quiero llegar a ser oficial como tú'. Y el padre le contestó: 'No me podrías dar una alegría más grande'".

Y después esta escena, donde se mezclaba el lenguaje duro y las amenazas de disciplina: "Por falta de lugar los chicos del cuarto grado tienen que concurrir a un cuartel donde se les imparte la clase normal. Pero, claro, allí, en el patio toman contacto con los militares". En la escena se muestra a un teniente primero con rebenque en mano junto al director de la escuela, los chicos están formados: "'Chicos', les dice el teniente primero, levantando la fusta: 'Escuchadme bien: Os hemos tomado aquí como huéspedes. Estudiar y trabajar debe ser nuestra tarea si queremos apoyar a nuestro Führer en la reconstrucción de nuestra Patria. Y eso lo queréis vosotros también, ¿no es así?'. 'Por supuesto, señor teniente primero', respondió el coro. 'Bueno, entonces aquí no se aceptan los mariquitas. En los recreos podéis hacer lo que os viene en ganas. Aquí hay lugar suficiente. Pero una cosa os digo: nada de meterse en los establos para molestar a los caballos. Si uno de ustedes recibe una patada, él mismo debe pagar las consecuencias y además corre el peligro de recibir de mi parte –y aquí enarboló el látigo– una buena por el traste. Pero para que la curiosidad no os vuelva locos, yo mismo os mostraré los establos'". Todo el libro se desarrolla así: los militares mostrando lo que es el coraje y el riesgo, y los muchachos pagándoles con su admiración y queriendo ser igual a ellos. Todo llega a su culminación cuando con sentimiento religioso, militares y alumnos se paran frente a la placa de bronce que dice: "En la guerra mundial 1914/18 cayeron por el káiser y la Patria del regimiento de húsares de Magdeburgo 16 oficiales y 427 suboficiales y soldados". Para qué, para qué, se oyó la voz de Rainer deslizarse con dolor y rabia. Volvió a tomar el libro y recorrió sus páginas, pensó en sus manos de niño, que lo tomaron como un devocionario. Pero nunca, nunca, lo amó del todo, lo obligaron a amarlo: su padre, su hermana Erna y... su madre, más que todos su madre, que le habló muchas veces con entusiasmo de que quería verlo de oficial del ejército o de la marina. Aquí trató de borrar su pensamiento. ¿Cómo ella le pudo decir eso? Sí, él amó ese libro esencialmente porque su madre lo había incitado a leerlo. Pero sentía como un trasfondo que su mismo ser rechazaba, esa virilidad vacía y más que tonta, para imbéciles. ¿Por qué tuve que pasar por esto?, se preguntó más de una vez esa noche. Es decir, su destino estaba ya diseñado para que fuera un fracasado. No pudo ser oficial del ejército, la guerra se perdió antes. No pudo cumplir con el sueño de su madre. ¿Pero por qué si la madre lo quería tanto, al mismo tiempo deseaba que fuera alguien que podía perder la vida tan fácilmente? Misterio de las madres. No comprendería nunca ese doble sentimiento de las madres de soldados. Fue una de las primeras veces que Rainer pensó en su madre con algo de reproche. Sufrió inmensamente que hubiera sido así, que a ella le gustase lo militar, también para su hijo.

* * *

La noche llegó por fin. A altas horas se había acabado de filmar la última escena. Minou estaba fuera de sí de pura euforia. Ella había dispuesto que el film se llamara *Monique*. Se originó de inmediato una fiesta, alegre improvisada, con corridas, grititos, abrazos, besos. Se olvidaron todas las rabias, las envidias, las enemistades, las desobediencias, los orgullos. Allí todos eran iguales. El primero en los brindis fue Andrzej quien había prometido traer nada menos que al director ruso Vladimir Pironkov, un sol de talento y de presencia, que había realizado hasta ahora un solo film y había obtenido todos los premios europeos.

Se instaló la mesa con tablas y caballetes y corrió el vino, la cerveza, el vodka y algo más. Minou se olvidó de todo cuando le presentaron al joven director ruso. Su melena y sus ojos de león la transportaron al paraíso perdido. Brindaron. A la media hora, el ruso cantó en ruso y los dejó a todos estupefactos. Más vodka, más vino, más cerveza. Hasta que se fueron formando grupitos. Vladimir Pironkov quedó con Minou y con Andrzej. De ese lugar es de donde partían más carcajadas. Hasta que Andrzej comprendió que entre los dos jóvenes había clima para otra cosa, y desapareció. Minou tomó entonces la delantera, los reunió a todos para un último brindis y con la promesa de verse otra vez juntos el día del estreno. Hubo aplausos y vivas. Minou y Vladimir salieron muy despacio.

* * *

Al día siguiente Rainer se preparó mentalmente para esa noche con Minou. En la oficina se enteró que la fiesta había sido muy linda y que había estado nada menos que el director ruso Pironkov. Las secretarias le preguntaron a Rainer por que no había ido y Rainer contestó que no estaba para fiestas pero que esta noche, sí, le iba a dar los mejores augurios de éxito a Minou. Trabajó muy bien, presentó su simpatía de siempre por todos lados donde lo requirieron. Estuvo con senadores que le remarcaron a Rainer que él era insustituible en la cultura de la ciudad y que ojalá que en los otros rubros culturales tuvieran hombres como él, que nunca entraba en intrigas y siempre proponía cosas nuevas, siempre de éxito.

Ya a la tarde, Minou concurrió al despacho de Rainer para finalizar algunos expedientes y hacer varias liquidaciones de la producción. Lo vio muy bien y lleno de fuerza. En cambio ella disimuló el cansancio. Con el ruso había sido una jornada agotadora. A la noche la había llevado a Berlín Este y habían estado en varios lugares de amigos rusos con baile, canto, besos, lágrimas y un largo programa más. Minou y Vladimir pudieron recién a la madrugada dar con el lugar para pasar unas horas plenas. Y fueron plenas. El ruso era un salvaje, pero tierno como un león amansado. Para Minou fue todo un encuentro y el ruso dio muestras de haberla pasado muy bien. El adiós fue con lágrimas y ternura, y diálogo apenas entre los labios muy cercanos. Recién al mediodía, Minou pasaba nuevamente el Muro por lo cual tuvo dificultades y multa ya que había traspuesto las horas permitidas. Pero Vladimir la acompañó y después de cabildeos y llamadas telefónicas el problema se solucionó.

Ahora estaba allí, con la contracara. Pero el rostro de Rainer le hizo olvidar los frondosos bigotes y barbas del cosaco. Rainer con un rostro cargado de tranquilidad aunque en los ojos tal vez, sí, había algo de tristeza. Minou se dio cuenta que iba a pasar una noche agradable, "culta", se dijo, en comparación con el tumulto de la noche anterior.

Rainer quiso saber primero sobre la fiesta pero luego se concentró sobre el film de Minou. Ahora venía el verdadero film, el que surgía en el laboratorio, o no, esas eran cosas que siempre se decían. Minou se sentía respaldada. Con un guionista como Andrzej, los actores de calidad, "asesores" de primera línea como Rainer y Erlo, con todo un equipo en las instituciones que respondía a Rainer, tenía mucho a su favor. Aunque estaban también los tigres sedientos de destrozar a dentelladas todo lo que sospechaban armado por las estructuras burocráticas. Claro, con el tema no se iban a meter, en eso estaba segura. Los judíos de la Fasanenstrasse la iban a apoyar porque ella les había dado injerencia y siempre los respetaba como interlocutores.

Durante ese encuentro con Rainer, pensó mucho. Tan es así que en varias oportunidades él se dio cuenta de que ella no lo escuchaba sino que lo estaba analizando. Minou se preguntaba: ¿seguir con Rainer? ¿No sería llegar a ser la enfermera de él? Primero fue su madre, luego su hermana de la que se pudo liberar a medias, y ahora ella, distinta, contrapuesta, absolutamente lo contrario. Pero se dio cuenta que no sería así, que Rainer no era absorbente, que le daría todas las libertades por un poco de compañía, por aparecer al lado de ella, por tener una amiga verdadera. Eso, ella iba a pasar a ser la verdadera amiga de Rainer Sturm. Ella le pidió esa noche que le dedicara por lo menos dos horas al día para ocuparse del film, para la discusión final sobre la obra, para acompañarla al montaje. Sabía que Rainer tenía una capacidad especial para enlazar *raccontos* con actualidad y paisaje con diálogos, rostros con palabras.

Fue esa otra noche suave y de armonía plena. Cuando los dos cuerpos estuvieron juntos enlazados por la caricia, Minou no pudo menos que sonreír recordando una y otra vez la tropa de caballos desbocados que se había lanzado sobre ella la noche anterior toda regada de expresiones rusas, lágrimas y juramentos realizados sobre sus propios labios por el índice del cosaco.

Recurrió a la explicación fácil y se dijo, acurrucándose aún más en la piel de Rainer: los hombres son locos. Y antes de dormirse, se confesó, para no sentirse pecaminosa: y las mujeres todas, *non sanctas.*

* * *

Las semanas posteriores que llegaron desde ahí fueron de muchos nervios para Minou. Pero contó con la tranquilidad y el consejo de Rainer. Erlo estaba contento de ver a Rainer recuperado, aunque no le tenía demasiada confianza y lo controlaba con visitas y llamadas telefónicas siempre disimuladas con temas de actualidad para que este no se diera cuenta que lo vigilaba en su permanente paseo por la cornisa. Erlo también la acompañó a Minou en el tratamiento técnico del film y fue cayendo en cuenta que pese a todos los parches y las ayudas iba a ser algo que no iba a pasar a la historia pero sí al pronto olvido. Y si ya no habían empezado las críticas al filtrarse la verdad era por el respeto que le tenían a Rainer. "Vamos a ver hasta cuándo puede durar y alcanzar esto", se dijo Erlo. Por lo menos hasta la noche del estreno, se respondió con un poco de miedo.

* * *

Tal vez haya sido el estreno de Berlín que más curiosidad despertó entre la gente del ambiente. Porque esa gente del ambiente daba por descontado que había sido un film de favor. Eso, más que la joven directora (nadie dijo la joven directora judía) se había dado maña para hacer caer en sus redes al bueno de Rainer y este no había logrado zafar jamás ni lograría hacerlo. Ella lo poseía; las cosas son así. Vamos a ver si por lo menos valía la pena gastar tanto dinero y poner a los mejores al servicio de una ópera prima de una chica.

Fue un estreno concurridísimo. Pero había más burocracia que otras veces, los senadores de todos los partidos estaban allí y uno por uno fueron a saludar a la directora, y a Rainer, en el *foyer*. Desde que se apagaron las luces hasta que se prendieron hubo una extraña tranquilidad, ni una tos. "Parece que están todos durmiendo", se dijo Minou. Después el momento esperado. El aplauso cerrado, algún grito de bravo, pero todo en seguida ahogado por las conversaciones, rápido, la ceremonia de la presentación de ella en el escenario, las flores y luego uno por uno los artistas. Todo bien. Demasiado bien. Rainer sintió un poco de frío en la espalda. Erlo se preocupó y se dijo que en el film tal vez todo hubiera podido ser un poco mejor. Se notaba el esfuerzo de Andrzej en algunos diálogos, el idioma poético de la visita de la protagonista a la antigua ciudad de sus padres, algunas alegorías, algún chiste en su lugar. Pero nada más. "No va a ir nadie", dijo, lapidario, Erlo, y se fue a conversar con algunos colegas para ver qué pensaban. Nadie abrió la boca, apenas palabras de circunstancia nadie quería decir nada y menos la opinión propia. Sí, está bien, está bien. Dejémoslo allí y vayamos al *party* por lo menos a tomar un buen vino.

Los periodistas rodearon a Rainer. Estuvo bien, muy bien. Pero usó estrictamente el molde. Dijo que el film ayudaba a la memoria, incitaba al debate. Que describía una de las tantas historias del Holocausto, era otra forma de mirar el pasado, que nos hacía recapacitar y amar cada vez más a la democracia y amar la democracia significaba cada día profundizarla. Además, dijo, en el caso de Minouche Seefeige, se trataba de una joven directora y también había que traer la forma de pensar de la mujer y al mismo tiempo de la juventud. Todo hasta allí había resultado brillante, pero vino lo inesperado. Algo que Rainer temió siempre. El periodista del *Blitzzeitung*, el diario sensacionalista, le preguntó que si él, que era hijo de un criminal de guerra, acusado de los peores crímenes en campos de concentración como SS, no sentía algo especial ante estos temas y si había apoyado al film no era acaso una forma de cubrir el pasado familiar. El rostro de Rainer se ensombreció. Era la primera vez que le reprochaban algo así en público. Quedó mudo. Sus ojos se posaron en los del periodista y le mantuvo fija la mirada. Se produjo un silencio embarazoso, tal vez lleno de vergüenza. Pero todos los ojos estaban dirigidos a Rainer. Y él tomó tal vez la peor de las resoluciones, dio media vuelta y abandonó el interrogatorio. Los periodistas se fueron alejando en silencio. El reportero que había hecho la pregunta de alguna manera se justificó atacando:

–Si no responde es porque tiene algo que esconder.

Rainer no quiso quedarse, salió, tomó un taxi y estuvo dando vueltas por toda la ciudad, ante la mirada por el espejo del nervioso chofer que creía que le había subido un loco. En el Tiergarten se bajó y comenzó a caminar en la noche.

Ahí se dio cuenta cómo había fracasado. En vez de ganar puntos con el film de Minou, había quedado como un oportunista. Desnudo como un oportunista. No, para qué sufrir humillaciones. Su camino era el aislarse y buscarse a sí mismo. Se había excedido. Como hijo del perro sanguinario sólo le quedaba un futuro: aislarse, más aún, escribir con seudónimo, irse a vivir allí donde nadie lo reconociera.

Además no tenía derecho de consolarse con el calor del cuerpo de Minou. Él era, por su mala conciencia, el que la estaba usando a ella. Haciéndole creer que con él iba a tener ventajas y que se le abriría una gran carrera. Minou era su biberón donde podía soñar con el seno de su madre. La iba a acariciar por última vez y se despediría de ella. Estaba derrotado, derrotado para siempre. Mañana podría leer su propia derrota en los diarios.

* * *

Minou estaba contenta. Le había gustado su film así visto con tanta gente importante. Los aplausos, el saludo posterior de todos. Cuando le contaron lo de Rainer, le dolió mucho, le hubiera gustado dejar todo y correr detrás de él. Pero Erlo la detuvo. Le dijo que no se diera por aludida, que no le diera absolutamente ninguna importancia al episodio. Que conversara con el público, que empleara todo el tiempo posible, que fuera amable, que explicara que se trataba de una autobiografía, de su propia vida. Cuando todo terminó, Erlo la invitó a ir en su auto y la llevó hasta el domicilio "matrimonial" de Rainer y Minou. No quería que ella estuviera a solas en ese primer momento. Pero cuando llegaron, Rainer no estaba. Llamaron por teléfono a su departamento pero nadie respondió.

–Esperémoslo aquí –le dijo Erlo–, te acompaño, no quiero que estés sola, son muchas las emociones de esta noche.

Conversaron sobre el film. Ella le pidió que fuera sincero y le hiciera críticas a los errores. Él no le dijo la verdad pero sí, para que le creyera, le marcó algunas escenas que tal vez estuvieran demás, principalmente sobre su niñez en la Argentina, que para el público alemán no llegaban. Pero en sí le alabó el trabajo y le preguntó si ya tenía otros planes.

–Sí –le dijo Minou–, y esto sólo te lo digo a vos. Quiero hacer la vida de Rainer, sin decírselo.

Erlo se asustó.

–Pero para explicar, para aclarar, para demostrar la grandeza de espíritu de él ante tanta adversidad –agregó Minou.

Erlo creyó que había llegado el momento de partir. No estaba preparado para eso. No sabía si disuadirla o rogarle que no lo hiciera. Pero decidió buscar mejores argumentos y huir. Eran demasiados problemas. Se despidió.

Rainer no llegó. Minou lo esperó toda la noche hasta que se durmió en el sillón.

A la mañana, era aún temprano, se despertó, se vistió apresuradamente y se fue a comprar los diarios. Para ver las críticas sobre su film; del episodio de Rainer se había olvidado en ese momento.

Pero, claro, las críticas recién saldrían al día siguiente, como era costumbre. Aunque lo que vio con alarma y desasosiego fue que todos los diarios traían un recuadro, muy breve, pero destacado, del episodio entre Rainer y el periodista del *Blitzzeitung*. Sólo este periódico le dedicaba el título del diario: "Apoya película sobre el éxodo judío, el hijo del perro sanguinario". Los demás, más neutrales: "Episodio en el cine Bristol"; "Insólito episodio con funcionario de la cultura". "Un pasado terrible, de nuevo presente." Ninguno de los diarios, ni el *Blitzzeitung* hacían comentarios, sólo traían la descripción del episodio tal cual había sido y que, ante la pregunta del cronista, Rainer no había contestado y se había retirado.

Minou se miró asustada al espejo, volvió a leer los diarios, y luego se desató en llanto. Lloró todo. El destino de Rainer, el destino de los judíos, y ahora esa realidad. ¿Cuál tendría que ser el camino, irse ella también, regresar a la Argentina, ir a vivir a Israel? Sintió necesidad de buscar a Rainer y abrazarlo. Sólo abrazarlo. Y sabía que no abrazaba al hijo del perro sanguinario. Abrazaba a ese hombre sensible, ya definitivamente derrotado.

* * *

Rainer se sintió liberado. Ahora era quien era. Nada de disimular, de sonreír, de aparentar. Ahora, como buen hijo de criminal de guerra, tendría que aislarse, vivir fuera del mundo. Que es lo que siempre deseó. Durmió bien esa noche. Pero cuando se levantó a la mañana se sintió distinto, más delgado, solo, abandonado. Eso le gustó. Había suicidado al anterior Rainer. Ahora, se dijo con ironía, tengo cara de poeta. Se rió ante esta ocurrencia. Tenía ganas de ponerse una mochila y recorrer paso a paso paisajes queridos. No había podido ser soldado como quería su madre pero sería poeta como siempre quiso él. Se puso la ropa más usada que tenía. Iba a salir al barrio a comprarse pancitos para el desayuno. Después llamaría a la oficina para decir que hoy no iría.

En la calle compró el *Blitzzeitung*. Estaba en primera, con su foto. Ahora sí, todo el barrio podría reconocerlo: el doctor Rainer Sturm era el hijo del perro sanguinario.

La primera en llamar fue Erna, su hermana. Indignada le preguntó si le había servido para algo ser benevolente y ponerse al servicio de los enemigos. "Enemigos", dijo. Como hacía cuarenta años. Le dijo que no se rindiera, que no pidiera disculpas a nadie. Que ella estaba dispuesta a ayudarlo en todo. Que era su hermana de siempre, que iba a estar de su lado. Rainer le respondió con monosílabos aunque al final le dijo con voz cálida: "Gracias, Erna".

Cuando estaba tomando el desayuno, lo sorprendió un timbrazo. Ya sabía. Era Minou. Minou traía pan y masas. Se miraron. Rainer le sonrió y le acarició el rostro. Minou se abrazó a él y lloró tanto como cuando leyó las noticias.

Desayunaron en silencio, pero mirándose con ternura. Minou comenzó nuevamente a secarse lágrimas.

Fue cuando él rompió el silencio:

–Cuando llegaste, mi primer pensamiento fue que contigo me iba a fortalecer en mi posición. Iba a demostrar mi amplitud. Era el detalle que faltaba a mi carrera. El promover este film de esta joven judía daba por tierra con todos los comentarios malintencionados sobre mi origen. Pero fíjate, y esto es filosofía pura: ocurrió todo al revés, eso precipitó mi derrota definitiva. Ayudó a desnudarme y ponerme en los carteles de la calle. Hoy soy pasto de las fieras. En un solo título me despedazaron. Acabo de aprender la lección definitiva. Tengo pecado original en esta sociedad. Los socialdemócratas me van a negar el voto; los democratacristianos me van a ofrecer otra función más bien de consejero, es decir, nada ejecutivo; los liberales van a decir: no tenemos nada contra él pero habiendo tantos candidatos para qué nos vamos a meter en discusiones interminables. La izquierda va a ordenar una investigación a fondo sobre mis orígenes y mis ideas. Los curas van a decir que ha llegado la hora de la *mea culpa* y de la penitencia. Pero para mí, no para ellos.

–¿Y qué piensas hacer? Yo creo que lo mejor es no responder. Seguir con la línea que has llevado hasta hoy –insinuó Minou, con miedo de desatar la catástrofe.

–No, Minou, el señor encargado de cine en la cultura oficial berlinesa se va definitivamente. Desaparece. Dice adiós a la sociedad. Renuncia con dignidad. No entra en las habladurías ni acepta dedos acusadores. No soy político. Ellos ya habrían cambiado todo para no modificar nada y seguir mostrando el rostro sonriente. Yo, no. Soy el hijo de los derrotados. Derrotados para siempre en la conciencia universal. No voy a negar la herencia. Pero tampoco voy a dejar que me usen para hacer blanco en el juego del circo. No soy el profesor Unrat.

–Ni yo soy Marlene –dijo Minou, con una sonrisa tierna y lejana–, pero sin querer ayudé a tu perdición, querido Rainer... por eso quiero ayudarte. Ahora estás sumamente triste. Pero no se puede dejar el campo así, sin luchar. Todos los amigos te vamos a ayudar. Tienes que responder a los diarios con todas las fuerzas. Con ese estilo que sabes emplear: con pruebas, con razones humanas, repasando todo lo que hiciste, todas las cosas buenas que han ocurrido aquí en la cultura desde que estás vos.

–No, Minou.

Esas fueron sus palabras definitivas.

Minou se dio cuenta. Se levantaron, se tomaron de la cintura y fueron lentamente hacia el balcón. Abrieron las ventanas y se quedaron apoyados en la balaustrada, mirando pasar la gente, el tránsito, el Berlín en su vida de todos los días.

* * *

Rainer ese día no recibió a ninguno del medio centenar de periodistas que lo quisieron entrevistar. Por la tarde resolvió sí, ir a la oficina a despedirse y al mismo tiempo entregar su renuncia ante las autoridades de la cultura de la ciudad.

En su oficina no lo querían creer. El personal apreciaba mucho a Rainer y su forma de ser. Nunca había tenido problemas con sus empleados. Fue a verlo al senador de Cultura y tuvo una larga entrevista con él. El funcionario comprendió bien sus motivos pero tuvo la delicadeza de preguntarle si él mismo no podía sugerir el nombre de su sucesor. Rainer aceptó decir un nombre siempre que se mantuviera en el mayor de los secretos. El senador de Cultura le había dicho: "nos gustaría que nos señale alguien como usted, neutral, que sólo le interese la cultura pero que además tenga su capacidad". Rainer sugirió el nombre de su amigo Erlo Esslingen.

El apretón de manos fue sincero y así terminaba la prometedora carrera del funcionario de la cultura Rainer Sturm. Tantos méritos para llegar, y había caído por un antecedente familiar. Mejor dicho, no había caído, él se había ido. Hubiera podido luchar, haber hablado de por qué tienen que pagar los hijos los pecados de sus padres. Pero él comprendió el valor del símbolo y no quería ser perseguido por las miradas de los pasillos oficiales: "mire, el que ahí pasa es el hijo del perro sanguinario Otto Sturm, el de Auschwitz, ¿se acuerda?: más de cien mil asesinados en la conciencia".

Esa noche fueron con Minou a cenar a la Kulisse.

Minou no sabía bien cómo reaccionar. Se sentía culpable de todo. De que Rainer hubiera perdido su cargo por su película pero además, ella qué hacía allí, ante la información de esa mañana. Si los dos no se hubieran enamorado o por lo menos iniciado una amistad tan íntima, en qué hubiera quedado todo, nada más que en un *affaire.* Una judía que se acuesta con un hijo de asesino nazi para llegar a ser directora de cine y un hijo de asesino nazi que se acuesta con una judía para lavar sus culpas familiares. Eso eran ellos. No; eran mucho más. Él estaba marcado por un pecado original; ella por una sospecha de oportunismo que no la iba a abandonar jamás. Cuando tuviera sesenta o setenta años iban a decir al verla pasar: esa triunfó porque se acostó con un nazi.

Minou no lo necesitaba ahora más a Rainer, y a Rainer ya no le importaba nada llevar sobre la frente grabado a fuego: "hijo del perro sanguinario". Ahora, entonces, ¿en qué quedaría la relación? ¿Iba a entrar en un estado de desesperación?

–Quiero seguir siendo tu amiga –le dijo Minou–, ahora más que nunca.

–Si no sirvo ni siquiera para el amor.

–Me gustan tus caricias, tus palabras, tu suavidad, tu tristeza, eres un poeta en todo. Te quiero. Quiero seguir viviendo contigo. Te necesito.

Rainer le acarició el pelo.

–Yo también necesito tu vida, tu fuerza, tus ojos que a veces tienen doce años y a veces son los de una gitana que adivina el porvenir. Me gustas porque estás llena de vida, porque quieres triunfar. Porque me traes fuerza y me llevas de la mano.

Esa noche durmieron juntos, pero no se tocaron, apenas si las manos permanecieron juntas.

La relación había empezado su faz más complicada. Caminaba hacia su fin. Pero para dar fin a tanto cariño se necesitaba mucha crueldad no por parte de ellos dos sino por parte del destino. O de ellos dos.

* * *

Las críticas al film de Minou fueron suaves. Es decir no se le encontró ningún punto negativo pero tampoco mereció elogios. Los críticos recurrieron al recurso habitual cuando no se quiere hablar mal de algo, o decir la verdad: contaron el argumento y dijeron que los actores estuvieron dentro de su papel. Pero Minou estuvo contenta igual. Su nombre se veía en todas las publicaciones y entraba, sin ninguna duda, en el mundo del cine. Pero lo que más la alegró fue que vinieran a verla los judíos de la Fasanenstrasse, no para hacerle ningún reproche por su amistad con Rainer sino para decirle que el film estaba invitado por diversas asociaciones de la comunidad judía de Estados Unidos y que se preparara a una larga gira. Había muchos judíos alemanes en Estados Unidos todavía de la edad de los padres de Minou y les interesaba el tema sobremanera.

* * *

El *Blitzzeitung* siguió con una serie de cuatro capítulos la historia del padre del ex titular de cine del gobierno de Berlín. Rainer se levantaba muy temprano para leerlo. Traían como documentación actas del juicio por Auschwitz. Lo calificaban a su padre como uno de los peores ayudantes de Himmler, si no el peor. Su espectacular huida de Polonia al término de la guerra, cuando era ya prisionero de los rusos, y finalmente su desaparición tal vez con rumbo a la Argentina, muy posiblemente con el grupo que entró a ese país con ayuda de Perón. Lo llamaban el mastín, el "perro sanguinario" porque acosaba a su víctima hasta apresarla y llevarla él mismo a la horca o a la cámara de gas. Él mismo la llevaba del pescuezo con la cabeza mirando el suelo y ahí nomás la entregaba al verdugo.

Rainer leyó varias veces los artículos de los diarios del día sobre su padre. Ya lo sabía todo, pero quería volver a repasarlo. Erna vino con los artículos. Le dijo que eran todas mentiras. Que su padre había sido un oficial decente de las SS y que sólo había cumplido con su deber. Y lo llenó de argumentos de lo que habían hecho los rusos con los civiles de Prusia Oriental, y los checos con la gente de los Sudetes, y los norteamericanos que habían fusilado sin juicio previo a los guardianes de Dachau y que en el campo de concentración de Remagen, sobre el Rhin, los americanos –"y de eso fuiste testigo y víctima"– habían dejado morir de hambre y de enfermedad a centenares de jóvenes soldados alemanes, muchos de ellos de 15 años, a quienes obligaron a quedar en la intemperie bajo la lluvia y con el agua hasta las rodillas.

–Lo que hicieron los demás no me interesa. ¿O quieres que empecemos a hablar de los miles de prisioneros rusos que murieron de sed en el verano del '41? Y los millones de civiles. No, me interesan saber cómo fueron nuestros propios crímenes, cómo fueron nuestros propios criminales, por qué a quien llamaban el *Bluthund* fue a nuestro padre.

–Eso lo dicen los periodistas.

–No, los testigos, los prisioneros de los campos de concentración.

–Y bueno, polacos.

–Sí, bueno, polacos, judíos, sí. ¿Y por qué no lo llaman *Bluthund* a otro y sí al coronel SS Otto Sturm?

–Te vas a volver loco. Te van a volver loco. Nuestros padres son nuestros padres. Yo estoy y estaré orgullosa de ellos –dijo Erna, más dura que nunca. –¿Qué vas a ganar ahora con reprocharte hasta el fin de los días lo que dicen que pudo haber hecho nuestro padre? Mira el hijo de Albert Speer, el ministro preferido de Hitler, cómo triunfa a pesar de todas las contras que tiene.

Rainer guardó silencio. Tal vez en algo Erna tuviera razón. ¿No sería pura comodidad la de él, de sentirse culpable por el padre, para desaparecer de todo ese medio? ¿O era para esconder su incipiente locura que él sentía que lo iba invadiendo? La pregunta se la hizo por milésima vez. La única realidad era que ya no podía sobreponerse. Lo tenía allí, al levantarse, y se dormía con la imagen de su padre con uniforme. Y su madre besando al hombre de uniforme.

Cuando fue a despedirse de sus empleados y a buscar sus cosas personales de la oficina, notó que sus ex subalternos lo miraban distinto, eran miradas escrutadoras, investigadoras. Seguro habían leído los cuatro capítulos sobre el *Bluthund* y su hijo, Rainer Sturm.

* * *

El escándalo los había unido, pero al mismo tiempo los había separado: ahora se sentían en la obligación de estar juntos. Minou no podía abandonar ahora a quien había sufrido un golpe tan de frente. Sin saberlo comenzaron a ser un matrimonio. Ella o él, o juntos, iban a hacer las compras, luego se encerraban a hacer sus tareas o a ver a gente con las cuales estaban citadas. Esto último sucedía poco con Rainer. Sólo se encontraba con Erlo. En cambio, Minou preparaba su viaje a Estados Unidos y se veía muy seguido con gente judía que le daba instrucciones o direcciones de amigos en la extensa gira por Norteamérica. Los judíos en ningún momento le hicieron a Minou alguna recomendación sobre su conducta durante el viaje. Esto le gustó mucho a ella.

Erlo había sido llamado por las autoridades berlinesas. Sin ninguna duda por sus antecedentes era el candidato obligado. Además, los políticos querían demostrar que no rompían definitivamente con Rainer y que aceptar su propuesta de nombrar a Erlo, era una especie de homenaje, de reconocimiento. Eso sí, no se le hizo a Rainer ninguna despedida ni recepción. Se dejaba todo así, no se quería más trascendencia pública.

Por supuesto cuando Erlo propuso al jefe de redacción del *Die neue Zeit* que él fuera reemplazado por Rainer, el jefe se alegró y hasta se entusiasmó. Volver a tener en el diario a una pluma como Rainer era todo un lujo. Y aceptó también que este escribiera sus crónicas sobre cine con seudónimo. Rainer no quería aparecer con su nombre ante la opinión pública. Rainer Sturm, nunca más. De él no se oiría jamás nada nuevo.

* * *

Minou debía partir un lunes al mediodía. Rainer le propuso ir a Weimar y pasar el fin de semana en la amada ciudad de Schiller y Goethe. Minou aceptó curiosa y entusiasmada. Fueron dos hermosos días. Como se propusieron, se encontraron en época, como para enamorarse a la manera del siglo XVIII. Rainer se lo pasó relatando las relaciones de Goethe con sus mujeres. Principalmente con la baronesa de Stein y con Cristiane Vulpius.

–Si tú fueras Goethe, ¿cuál de sus mujeres se parecería a mí en carácter e inteligencia?

–Ninguna –respondió Rainer con la verdad–. Ninguna fue así como eres tú. Tú hubieras sido la novia eterna pero al mismo tiempo independiente, nada exclusivista, buscando tu propio camino. A Goethe en vez de acompañarlo en sus paseos le hubieras lanzado un beso con la mano de tanta ocupación que tendrías. Somos muy diferentes, Minou. No nos une nada. Sólo las diferencias. Las contradicciones. Nos atraen nuestros destinos, porque somos polos opuestos.

Se detuvieron en el camino del parque que los llevaba a la casa de verano de Goethe. Minou lo miró con miedo ante ese pensamiento.

–¿No vas a poder superar nunca todo eso? –le dijo apenada.

–La historia la tienes tú, en tu mirada. Cuando me miras, me miran todas las jóvenes judías.

Minou lo tomó fuerte del brazo y lo obligó a caminar. Pero él insistió:

–Mira, justo cerca de esta paradisíaca ciudad estuvo el campo de concentración de Buchenwald. Los nazis mancharon hasta la historia romántica. La muerte estuvo aquí muy cerca, está muy cerca. Tendríamos que recorrerlo.

Minou reaccionó secamente:

–No vine a recorrer campos de concentración, Rainer. Quiero gozar de los días, de la armonía de esta ciudad, del amor que se respira en nuestra imaginación. No. Rainer. Me vas a poner triste para siempre. Siempre estamos en lo mismo.

–Sin embargo, más comparto estas conversaciones contigo, más tengo necesidad de interpretar nuestra tragedia. El poeta von Kleist lo hubiera sabido escribir. Yo me cohíbo. Y no es como piensas tú, que soy un enfermo. Todo lo contrario, quiero tener la fuerza de comprender todo lo ocurrido contigo, viviendo contigo, tomándome de tus brazos y diciéndote todos los días: explícame, Minou, cómo fue posible, y ¿por qué los judíos?

* * *

A Minou se le empezó a deslizar una sospecha desagradable el día en que se negó ir a Buchenwald. Que Rainer la estaba sometiendo a pruebas para luego escribir un libro sobre toda la relación de ellos dos. No tuvo fuerza de preguntárselo. Pensó hacerlo a su regreso, o mejor, sí, se lo iba a escribir desde Nueva York. Lo iba a deslizar así como una pregunta cualquiera. La tenía preocupada. Se sentía como si él todos los días la fuera desnudando ante los que serían los posibles lectores. Porque alguna herencia terrible debía tener, Rainer, de su padre. La noche de la despedida él la notó cambiada. Ella le dijo que estaba cansada y que no iban a dormir juntos. Él también le iba a decir lo mismo porque odiaba las cosas de prisa; antes no, cuando querían conocerse a fondo; no, ahora cuando ya se conocían él quería pasar con ella sólo aquellas noches que se habían iniciado bien, con alguna lectura conjunta, con alguna poesía que él solía seleccionar, o con una copa de champaña y una música de Bach o de Händel.

Después sí, era como ascender al cielo. Verla a ella desnuda, sus pechos con tanta fuerza, con vida, se decía él, como si dijeran: aquí está recién la vida. Y sus formas, tan curvas, tan redondas. Y por supuesto su rostro. Y nada más y todo eso. Para qué más si allí estaba toda una obra de arte para mirar y tal vez acariciar. Él también desnudo pero tapado hasta la cintura con la sábana. Ella, luego, verla durmiendo desnuda a su lado y él cubierto. Le atraía mucho esa escena, lo llenaba de sensualidad. Y era así como se dormía.

Cuando vino Erlo y estaban los tres sentados, juntos ahí en Berlín, en un ambiente cálido y de mucha amistad, ella se apresuró a decirle a Erlo:

–Ya cuando vuelva de Estados Unidos voy a traer esbozos de mi próximo film, del que te hablé.

Erlo buscó motivos para alejarse del tema. Rainer se mostró sorprendido pero nada preocupado, y no le hizo ninguna pregunta. Y ella se dio cuenta de su propia falta de ecuanimidad. Se enojaba porque sospechaba –apenas una sopecha– que Rainer estaba escribiendo algo sobre ella, pero ella con todo desparpajo le había confesado a Erlo que iba a hacer un film sobre la vida de Rainer.

Por qué sería tan apresurada, tanta prisa para qué. Había cumplido con su sueño de hacer su primera película. Había conocido a gente del ambiente y ahora, Estados Unidos, tal vez con muchas más posibilidades.

* * *

Rainer la llevó al aeropuerto. Habían concurrido también representantes de la organización judía de la Fasanenstrasse. Para evitar encuentros que podían ser desagradables, Minou lo dejó a Rainer resolviendo el problema del pasaje y fue a atenderlos. Rainer sintió ahí una vez más que no era un hombre normal y menos ahora, que ya no detentaba ningún cargo de influencia. Pero cuando terminó los trámites se acercó al grupo y, como eran cuatro o cinco, saludó a todos en general sin darles la mano. No hubo sonrisas. Y la conversación la siguió manteniendo Minou que fue el centro de la atención. Rainer se sintió avergonzado y pidió permiso para ir a comprar cigrrillos y algunas revistas para el viaje de Minou. Se detuvo tanto tiempo en los stands que de pronto vio aparecer a Minou apresurada diciéndole: "Ya han llamado al embarque". Se abrazaron, entonces, y se besaron largamente en la mejilla. Rainer se entristeció. Minou escondió alguna lágrima y ya estuvo la partida. Las manos, las miradas.

El regreso sería para Rainer como el comienzo de una nueva etapa.

* * *

A la mañana siguiente, a Rainer ya no le importó que lo vieran en la librería comprando los dos tomos del juicio de Auschwitz de Langbein. Pensó primero en ir a leerlo al café París pero no, quería leerlo él solo, sin que nadie lo mirara, más todavía, con la ventana cerrada y apenas una luz prendida. Se pasó horas. No atendió el teléfono. Marcó partes del libro e hizo anotaciones en un cuaderno.

Bebió algo y siguió leyendo. Pero la lectura amenazó hundirlo en la deseperación o en la incapacidad de reaccionar. Por eso, hizo un supremo esfuerzo para liberarse del magnetismo de esas páginas. Trató de ordenarse y de dar un sentido racional a todo lo que estaba haciendo y se dijo: no puedo empezar por el final. A la noche habló a la hermana y le preguntó si podía ir a visitarla. Erna le respondió que podía pasar cuando quisiera, que lo esperaba.

Cuando llegó estaba la cena preparada, tal cual la hacía la madre. Cuando Rainer vio la mesa preparada así, no pudo menos de sonreírle a Erna, agradecido.

Después de comer y de hablar de recuerdos (el presente no se tocó en ningún momento) Rainer le dijo que le gustaría ver todo lo que había salvado de la casa materna en libros, en folletos, en cartas.

–Si hay algo, y hay mucho, se lo debemos a la previsión de mamá, que en las últimas semanas de la guerra le fue dando cosas a la madre de Berthold Schneider. Primero ella y después él conservaron todo como algo sagrado y luego me lo devolvieron a mí, cuando ya lo de papá hacía años que había ocurrido y no se produjeron más allanamientos.

Los clásicos libros nazis, *Mein Kampf* en una edición muy bien encuadernada, *El mito del siglo veinte* de Alfred Rosenberg. Luego muchas publicaciones nazis de la Argentina de la década del treinta y antes. Y también de después del '46 cuando el neonazismo convirtió a Buenos Aires en su capital.

–¿Cartas? –le preguntó Rainer.

–No, cartas no, salvo alguna que otra cosa, pero más bien quedaron impresos del Club Alemán de Belgrano, o del Teutonia del Tigre. Pero cartas privadas, no. Todo eso lo destruyó mamá antes de mayo del '45.

Rainer volvió a tocar una y otra vez libros que reconocía haberlos visto en la biblioteca de la casa de Belgrano, y los fue poniendo aparte, a todo aquel que reconocía. Estaban viejos, amarillos, pero miraban hieráticos, olían a algo de teología católica: *Volk im Feld*, de Kleo Pleyer, era el más nuevo de todos. En la primera página la foto del autor, en uniforme de la Wehrmacht, con el epígrafe: "Caído el 26 de marzo de 1942 en un ataque en el Este". Recorrió rapidamente las páginas. En el capítulo "Sentido de la guerra" leyó: "La más importante meta guerrera es ganar la guerra". Se asustó, más, se espantó, cerró el libro y lo puso en su portafolio. Había sido todo tan torpe, tan necio, tan ignorante. Erna miraba los libros como una especie de textos de sagrario.

Sí, ese. Rainer se detuvo en *Das deutsche Buch*: cuántas veces se lo abrió su madre para que leyera a los autores "oficiales" Rudolf Binding, Hans Grimm, Siegfried von Vegesack. Sintió un deseo increíble de volver a leerlos, fueron ellos los que le inculcaron tantas cosas de las que ya no iba a poder desprenderse jamás, y por las cuales murieron tantos jóvenes, tantos adolescentes, y tantas muchachas perdieron sus amores y su alegría y pasaron a ser sombras obedientes o tacharon el pasado para toda la eternidad. Sí, ese era el libro que iba a leer antes de las actas de Auschwitz: *Das deutsche Buch*, con una hoja de roble en la tapa. Austeridad, disciplina, deber, tierra, comunidad, obediencia.

Ya después se agitó y comenzó a leer las tapas de todos los libros. Y allí estaba la colección del *Der Deutsche in Argentinien*, la revista de la comunidad nazi en la que tanto había colaborado su padre. Y por supuesto *Der Trommler*, la revista del partido nazi en la Argentina. Y *Der Weg*, la revista después de la derrota que quería levantar lo ilevantable, y que les llegaba de sus amigos de la Argentina.

Su hermana Erna no le preguntó nada de Minou pero sí a qué se dedicaría él. Rainer la tranquilizó diciéndole que estaba como crítico de cine en *Die neue Zeit*, más independiente y más tranquilo que nunca. Ella le pidió que la visitara más, que lo necesitaba. Que podrían recordar tantas cosas y que ella sabía mucho más que él sobre la familia. Esto despertó una enfermiza curiosidad en Rainer:

–Oh –le dijo–, entonces me parece que voy a venir todas las noches.

Erna previó el retorno, un gran triunfo para ella.

* * *

Rainer –tras su seudónimo– recibió muchas cartas en la redacción del semanario. Eran todas de lectores de sus críticas y escritos sobre cine. Querían felicitarlo. Sus notas –decían– tienen "mucha sensibilidad", acercaban el cine a la pintura y a la literatura. Además, su estilo tenía algo "antiguo", como si él se sentara ante las pantallas de los cines de la década del treinta o del cuarenta. Quebraba todos los juegos de palabras supermodernistas y hablaba como un hombre poeta que mostraba un amor increíble por las criaturas de la imagen. Varios colegas en la redacción se le aproximaron y hasta el mismo director vino otra vez a darle la mano y a repetirle: "estoy muy contento de tenerlo otra vez con nosotros después de tantos años".

Fue cuando Rainer se sintió seguro de hacer esa nueva vida. "Ahora voy a dedicar todo el tiempo a mí mismo. Quiero saber quién soy y si es cierto que soy un equivocado."

Iba a releer los libros traídos de la casa de su hermana. Pero se sintió atraído por los dos tomos de Auschwitz. Volvió a comenzar donde había dejado, sin saltear nada. Fue marcando ciertos párrafos. Y luego volvió a leerlos. No le importaba en sí cuántas cámaras de gas o cuántos judíos por día, o la rampa, o las formaciones ni los procedimientos. Pero sí, ciertos detalles. Por ejemplo, a un trozo lo leyó diez veces, cada vez más metido en el horror: "después del llamado de la mañana, los presos se apresuraban a llegar a las letrinas. Era una construcción de hormigón sobre el piso, con agujeros. De doscientos a trescientos prisioneros podían tomar lugar al mismo tiempo. El comando de letrina vigilaba que nadie ocupara demasiado tiempo el agujero. Los guardias golpeaban con palos para apurar a los detenidos. Pero para muchos no iba tan ligero. Y a algunos, por el esfuerzo, se le salía el recto. Cuando el comando de letrina venía a golpearlo salía corriendo o se ponía otra vez en la fila de los que esperaban. Papel no había. Si alguno tenía una chaqueta con forro, rompía un pedacito para limpiarse".

Esto, para Rainer, superaba toda la imaginación en cuanto a humillaciones. La crueldad con la necesidad. La crueldad con la necesidad, se repitió Rainer. No, esto es insoportable. Se levantó y gritó: me avergüenzo de ser cristiano, de ser alemán, de ser humano. Bestias, bestias. Yo soy una bestia. El hijo de la bestia que golpeaba a los judíos en la letrina. Bestia. Yo soy el jefe del comando de letrina. ¡Bestia! Se exaltó de tal manera que comenzaron a temblarle las manos. Se sentó, puso la cabeza entre las manos. Y luego, al borde del llanto puso el concierto Nº 1 de Bach a toda potencia. Así fue perdiendo el rictus en la cara. Otra vez podía creer en algún hombre, en la humanidad. La música de Bach lo iba a curar de la experiencia que acababa de vivir. No había otro antídoto. Se tiró en el sillón y escuchó atentamente cada sonido hasta olvidar completamente las letrinas de Auschwitz.

* * *

Al día siguiente, mientras desayunaba volvió a la figura de las letrinas de Auschwitz. Pero se dijo: "quiero saber qué leíamos cuando al judío se le salía el intestino grueso en las letrinas de

Auschwitz". Buscó *Das deutsche Buch* y se puso a leer una página del poeta Heinrich Lersch, uno de los niños mimados del mundo pardo.

Despedida del soldado

¡Creo en Alemania como en Dios!
Como a Dios, así te amo.
Mi gran pueblo, ¡con qué amargura
soportas la burla del destino!
Pero porfías, aunque explote tu corazón.
Sientes que tu lucha vencerá,
porque, alemán, escucha,
lo que canta tu corazón:
¡Creo en Alemania como en Dios!

¡Creo en Alemania como en Dios!
Él nos ordenó: sed humanos;
y agregó: ¡luchad por vuestra herencia!
Y no los defraudaré.
Ante Él, todos los pueblos son iguales.
Para Él, rico es pobre y rico a la vez.
¡Creo en Alemania como en Dios!

¡Creo en Alemania como en Dios!
A Alemania no la abandonaré.
Y está próximo para nos, el juicio final:
Dios está con nosotros;
en nosotros está Dios.
En la lucha cumplo su mandamiento.
Gocé la felicidad alemana
y hoy soporto sus penas.
Y todo lo rubrico con la Muerte:
¡Creo en Alemania como en Dios!

* * *

Minou fue muy bien atendida en Nueva York. Hubo un comité de recepción con todas mujeres que podían ser su madre. Amabilísimas, de inmediato hablaron alemán con ella, sin problemas. El film se dio ya desde el segundo día de su llegada en salones de actos de organizaciones judías de diferentes barrios. Una función a la tarde y otra a la noche, con final de preguntas y respuestas. Minou se dijo: "hice un film para ellos, para mi mamá y mi papá". En el diálogo que se iniciaba después de la exhibición del film se hablaba de las historias de cada uno, de las distintas ciudades de donde habían tenido que partir, y sobre todo de la Argentina, donde todos sin excepción tenían parientes: después de Nueva York y Tel Aviv, Buenos Aires es la ciudad judía más grande, le repetían en todos los lugares que visitaba. El titular del comité de recepción era un hombre joven, con unos cinco o seis años más que ella. Le habían informado que se trataba del profesor de Filosofía más brillante de todo Nueva York. Cuando pudieron tener un minuto solos, él la invitó a encontrarse a la mañana siguiente, a las 10, en su despacho de la Universidad de Columbia. Ella fue con mucho interés. Ese hombre tenía algo especial, sus ojos profundos y negros le hacían acordar a algún personaje de Alejandro Dumas, que ella leyó con tanto interés cuando era adolescente. El encuentro fue cálido. Hablaron de experiencias. Pero finalmente él quiso saber por qué ella se había ido a Alemania y no a Israel. Ella respondió casi como disculpándose: "fue por la beca, por la beca, que me salió para Alemania". Él le dijo que el film le había demostrado que ella tenía un profundo amor por todo lo judío. Y comenzó a hablarle de su último viaje a Jerusalén, de sus paseos por Tel Aviv, de sus emociones y vivencias. En los ojos negros de este hombre está toda la historia judía, se dijo Minou. En su nariz estaban los perfiles de todas las generaciones que pisaron Israel. Él relataba maravillosamente, pleno de anécdotas pero de un respeto admirativo cuando describía las diversas manifestaciones religiosas. Por eso: "tu próximo film tiene que ser ese: la llegada a nuestra tierra judía, tus impresiones, tu compromiso de quedarte allí, de no irte jamás, para respirar ese aire histórico y aprender esa sabiduría siempre presente".

Se encontraban todos los días. Cada vez había más interés mutuo, más calidez, más curiosidad. Él la acompañó a Chicago. Y allí, a pesar de que la esperaban en todos lados y homenajeaban "a la joven directora", encontraron el tiempo para todo. Un día lo tuvieron todo para ellos. Y se amaron. Ella lo consideraba a él un sabio, alguien que la trataba con extrema bondad. Y fue un amor íntegro, distinto al de Vladimir, el "cosaco", y parecido al de Rainer pero con todas las hermosas sensaciones de ser plenos los dos y ser capaces de la plenitud una y todas las veces. Consumar.

Fue el amor y que comenzaran a mostrarse como enamorados lo que concitó el interés de todos los de la comunidad que los conocían por referencias. Cuando terminó esa fase de la gira, él volvió de Chicago a Nueva York, pero ella lo llamó de todas las ciudades y mantuvieron diálogos hondos y bellos. Fue cuando resolvieron que pasarían unos días juntos en Boston. Fueron días definitivos. Ahora venía el tiempo de las definiciones y de las obligaciones. Este amor tenía algo de mágico. Y, sí, Sam tenía ojos de mago.

Fue en la noche del tercer día de Boston. En la cena él le contó historias apasionantes del pueblo judío: dolorosas, humorísticas, heroicas, religiosas. La transportó a otro mundo. De pronto hubo un largo silencio. Minou le expresó que sentiría mucha tristeza por la separación. Él en Estados Unidos y ella en Alemania. Él la interrumpió para decirle esta frase:

–¿Y por qué no los dos en Israel?

Minou lo quedó mirando, fascinada. Nunca se había imaginado una cosa así.

–Cómo... los dos en Israel.

–Sí, dejamos todo lo que tenemos y empezamos de nuevo en

nuestra tierra, allí donde realmente pertenecemos y no nos despedazamos espiritualmente en tierras ajenas, principalmente tú en la tierra enemiga, en la tierra de los asesinos.

Él le tomó las manos y su mirada tenía algo de ruego.

Esa actitud, esa escena le recordó a Minou fugazmente a Rainer. Esos ojos negros de Sam la observaban llenos de calor. Cuando Sam la miraba así, ella se sentía una flor abierta y a esos ojos algo así como una mariposa o una abeja. En cambio los de Rainer eran los ojos de un pájaro triste y siempre con ganas de volar y desaparecer.

–Estoy enamorado de ti –oyó la voz. Se apretaron las manos.

–Yo estoy fascinada contigo –le respondió ella–. Te quiero mucho. Nunca he sentido algo igual.

No quisieron seguir hablando. Terminaron sus copas en silencio, y luego se fueron a la habitación. Fue bello, más que eso, hubo amor y gozo.

Pero todo se complicó a la mañana, cuando hicieron un largo paseo. Vino lo inesperado. Aunque ella sospechaba que un hombre así, ya de treinta y cinco años, estuviese solo. Sí, él le confesó que era casado con tres hijos, todavía en la infancia. Pero que desde que la conoció lo había pensado bien, se iba a divorciar y se iba a alejar definitivamente de Estados Unidos. No soportaba más vivir fuera de Israel, él se debía allá. Si se quedaba, siempre lo iba a carcomer el reproche, iba a ser la mancha de su biografía, aunque hiciera todo por su pueblo, pero le faltaría eso. Cuando nació ya el primer hijo le propuso a su mujer irse a vivir a Israel; ella no aceptó. Por los hijos, dijo, le resultaba peligroso, además en Estados Unidos tenían todo: buen pasar, hermosa casa, él podía ir y volver seguido a Israel, no necesitaba trasladarse definitivamente con toda la familia allá. Era perder la tranquilidad y cambiarla por la primer línea del frente. Que esperara a que los chicos fueran grandes. Después ella sí, lo acompañaría.

A partir de ese momento, fue un matrimonio de conveniencia. Él vivía como un autómata. Le faltaba la hierba que sazonara su vida, que le diera un gusto, un aroma a más allá, una pátina de sabiduría. Quería ser sabio en la tierra sabia.

Minou seguía atraída por los ojos, los sueños y el sabio hablar de Sam. Pero sintió una sensación de malestar, de culpabilidad. No era lo mismo un hombre libre que un hombre con esa carga familiar.

Por la tarde siguió él con su ofrecimiento de viajar a Israel y allí quedar libres, de conciencia y de cuerpos. Libres. Yo para ti y tú para mí. Viviendo con pies descalzos pero pisando la tierra sagrada, la que los esperaba con sus miles de años. Él iba a dejar en muy buena posición a su mujer y sus hijos. Que no se preocupara. Que él llegaría libre, con las manos libres y el espíritu libre y la iba a amar hasta el fin de los siglos.

Se besaron en un parque. Fue la señal que Minou había aceptado. Y comenzaron horas que ella alguna vez se había imaginado: el amor debía ser así; riesgo pero confianza. Creer en el otro, sentir confianza en él, quererlo hasta el abrazo definitivo.

Ella quiso en un primer momento también relatar su vida. Rainer estaba en el medio. Pero no se atrevió. Alguna vez se lo contaría, se dijo, pero ya cuando estuvieran en Israel. Sino todo era posible que se rompiera en mil pedazos.

Esa figura de Rainer. ¿Cómo pudo ella...? Las circunstancias, sus ganas de triunfar, y... se lo dijo a sí misma por primera vez: había algo de morboso en la relación. Los ojos azules de Rainer la iban a perseguir siempre, pero no en Israel... no entrarían en Israel, quedarían en las regiones frías, definitivamente, como un mal sueño, un increíble y delicioso mal sueño... como un sueño no querido pero que de pronto se convierte en una pesadilla larga, suave, misteriosamente triste y nostálgica. Rainer Sturm. Tuvo ganas de acariciarlo, pero sólo para consolarlo.

* * *

En el viaje de regreso soñó, soñó y soñó. Los brazos de Sam no la abandonaron, ni su voz. La despedida había sido la de dos enamorados convencidos de su amor. Las manos alzadas despidiéndose pero sabiendo que siempre se iban a alcanzar.

Pero lo que Minou temía se produjo. En el avión, entre otros, estaba el último *Die neue Zeit.* Sí, lo hojeó con cierta prisa y nerviosidad. Sí, ahí estaba, un artículo de Rainer, firmado con su nuevo seudónimo: "Kaspar Ruhe" (Calma), todo lo contrario de Sturm (Tormenta). Hablaba precisamente de su film, de *Monique.* La trataba bien sin salirse de la verdad. Decía: "Un trabajo escolar. Y qué, ¿no es importante ver con ojos escolares todo el drama vivido? Hay inocencia, candor, nostalgia. Inocencia. Ojalá que esto cree un estilo. Darnos las cosas como fueron pero con ojos de niño. Ojalá que Minou Seefeige siga ese camino que tal vez sólo una mujer pueda reproducir. La inocencia y la fuerza frente a la tragedia. La voz cristalina frente al fragor de las voces de mando y el estruendo de los cañones. Y el humo de los hornos crematorios".

Rainer había sido muy bondadoso en escribir esto. Minou se había dado cuenta que el film era flojo y que interesaba sólo a cierta parte de judíos, por lo similar de la experiencia. Pero Rainer había sabido mirar el otro lado de las cosas y sólo su sensibilidad podía llevarlo a escribir con tanta bondad sobre su film. Los grandes diarios de Estados Unidos lo habían pasado por alto o lo habían criticado y clasificado de flojo. Los órganos periodísticos de las organizaciones judías, sin embargo, la habían recomendado como digna de verse.

¿Cómo hacer, ahora? Rainer sabía con qué avión llegaba ella así que era muy posible que la estuviera esperando. Cómo decirle, cómo actuar. Ella no quería jugar de mujer adúltera. Pero tampoco herir ferozmente a quien la esperaba. No. Iba a hacer las cosas bien. Lástima que no tuviera una buena amiga para contarle todo. Tenía amigos. Andrzej, por ejemplo, pero Andrzej era un loco que la iba a llamar ramera, lasciva, peliforra, mujer pública. Lo conocía y le iba a armar un escándalo y por supuesto defendería a Rainer. Porque era así, analizaba todo a través del absurdo. Para aparecer distinto. Era un artista. Tal vez, con Rainer, los únicos artistas de todos los que la rodeaban. No. Tendría que decírselo todo a Rainer pero despacio. El primer día ir aproximándose al desenlace y ya en el segundo día, la verdad. Ella iba a sufrir mucho, no por ella, que lo tomaba todo como una especie de liberación definitiva de esa relación tan enfermiza con Rainer, sino por él. Sabía que él iba a sufrir mucho, pero no lo iba a decir. Ni se iba a quejar. Ni iba a pedir el consuelo de nadie. Además, Israel. Un mundo nuevo sin descubrir. Y por fin la tranquilidad espiritual de saberse en lo suyo, de no vivir de prestado, de no ser tomada más como una abusadora. Israel, no otra cosa que la tierra prometida con el hombre sabio que la acompañaría en la vida. Y con el cual le gustaría tener hijos. Por lo menos dos.

* * *

Sí, allí estaba. Solo como siempre. La vio y sonrió pero no se movió. Dejó que ella se acercara. Ella lo besó en la mejilla, él en la frente.

–Te extrañé mucho –le dijo él en el taxi.

Ella rehuyó con un "Oh, tuve tanto que hacer, la actividad fue tan grande que no tuve tiempo para recuerdos" y riendo le tomó la rodilla y se la acarició.

–Bueno, ahora descansas un poco y esta noche, el gran reencuentro, en nuestra mesa preferida del Kulisse, ya la reservé.

Ella derivó la conversación a describir los actos, las audiencias y los reportajes, a quitarle a ese nuevo encuentro con Rainer todo aspecto emocional. Él en cierto momento la miró, curioso. Como si ella se hubiera convertido en una máquina informativa.

Llegaron a la casa "matrimonial". Se abrazaron nuevamente. Y él la dejó hacer y se retiró a su escritorio. Pero no se puso a trabajar. Se detuvo a mirar por la ventana cada detalle que se movía en la calle. Como si no pensara nada, como si no quisiera pensar en nada.

Ella aprovechó para hablar por teléfono con Sam. Fue un riesgo, pero no podía de otra manera. Sam estuvo como siempre: inspirado, con mucha fuerza de hacer juntos cosas futuras. La voz de él le dio a ella mucha confianza y también, decisión. Pero la situación la puso nerviosa y la llenó de culpa. Tenía que terminar ese juego. Tenía que decirle la verdad a Rainer.

Se durmió profundamente, en seguida, pero llevó en la cabeza la imagen de Sam.

Los suaves golpes en la puerta la devolvieron a la realidad. Allí estaba Rainer, con sus tristes ojos inquisidores.

* * *

Se hizo la ceremonia de siempre: primero el aperitivo luego la elección de un buen vino y la comida. Pero Rainer se dio cuenta que algo pasaba:

–Estás como ausente.

–Es el viaje –dijo ella.

–Te extrañé mucho. Te esperaba con impaciencia. Tengo tanto para decirte. Me ayudaste a encontrarme definitivamente conmigo mismo. Tu piel, el poder dormir contigo me dijo que el destino había querido que nos encontráramos. Que una generación después, los que habían sido enemigos, los que habían sido verdugos y víctimas, se podían conocer de la misma manera, en el amor, en la grandeza de los cuerpos y del diálogo. El destino ha querido que nos atara un sentimiento tan fuerte que ya sería imposible extirparlo.

Minou iba cobrando cierto temor del giro que le estaba dando Rainer a la conversación. "¿Por qué hoy tan directo? ¿Sospecha algo? ¿Por qué esta discusión filosófica, no ve en mis ojos que todo se ha acabado, que yo estoy enamorada, y que nunca podría vivir con él sabiendo que conmigo quiere purgar la culpa de los suyos?", se dijo.

Pero Rainer se aferraba a ella como un náufrago a la borda de un bote que se aleja:

–Vamos a ir a todos los conciertos de Bach, de Schubert y de Schumann. Los vamos a escuchar con los ojos cerrados. Van a ser nuestros oficios divinos. ¡Qué hermoso tiempo que pasaremos! Recorreremos todos los paisajes...

–De Alemania –dijo ella con cierta ironía pero prontamente se arrepintió del exabrupto.

–De donde sea –replicó Rainer–, paisajes donde haya mares, montañas, bosques y colores, muchos colores.

Ella comenzó a apenarse. ¿No estaba jugando con Rainer y al mismo tiempo con Sam? Pero Rainer estaba desatado, como un adolescente. Minou lo empezó a escuchar. Le estaba relatando todos los paseos que había inventado para ellos. Descubrir la región donde se había desarrollado el Werther, escena por escena. La casa de Lotte, la casa de él. El cementerio de aldea donde estaría enterrado el suicida. Visitar el lugar donde Georg Trakl había estado en su último combate y donde encontró la muerte y todos los lugares, casa por casa, donde vivió y soñó, y escribió sus poesías. Visitar la Tübingen de Hölderlin. ¡Hölderlin! Qué poco hemos hablado de él. Y comenzó en voz casi imperceptible:

A nosotros nos está dado
no poder descansar en ninguna parte.
Se desvanecen, caen
los hombres dolientes
de una hora a otra
a ciegas.
Como agua arrojada
de peña a peña...

Iba a proseguir pero Minou no pudo más:

–Rainer –le dijo–, no sé, estos últimos días me han hecho viajar, me han descrito tantos paisajes nuevos, me han hecho soñar tanto y ahora vienes tú y me quieres tomar de la mano y llevarme... llevarme a otras épocas.

–Será nuestro viaje de bodas, nuestro largo viaje de bodas, Minou. El viaje de bodas más largo que han tenido dos seres que se aman.

No lo había visto nunca así a Rainer. Tenía los ojos más azules que nunca y el cabello rubio se le caía sobre la frente. Sonreía. Sus labios invitaban a besarlo.

Minou no pudo menos que sonreírle. Se fueron del brazo. Caminaron despacio, en silencio. Al llegar, Minou le dijo solamente:

–Hoy quiero dormir sola.

Él la miró apenado, como a un niño que no le permiten ir a jugar.

* * *

Minou se despertó poco después y ya no pudo dormirse otra vez. Se reprochó que estaba engañando a dos hombres y a ella misma. En el desayuno le diría toda la verdad a Rainer.

Este se levantó antes, Minou se hizo la dormida. Él preparó el desayuno, fue a comprar pancitos y varias mermeladas, fiambres y quesos. Cuando estuvo todo preparado fue hasta la cama y la despertó muy suavemente:

–Mi niña –le dijo–, mi niña, ya es de mañana, niña... –la voz era muy suave y la mano le acariciaba el hombro libre.

Minou se dejó acariciar como si fuese la última vez y luego fue abriendo los ojos y le sonrió, con una sonrisa bondadosa, que él pagó con un beso suave en los labios. Se quedaron sentados en la cama, acariciándose con ternura.

Luego la esperó ya sentado a la mesa. Le sirvió café.

Desayunaron casi en silencio, pero se sonreían.

Pero vino lo terrible.

Minou le tomó la mano y mirando las flores de la mesa le dijo:

–Tengo que darte una noticia pero ante todo pedirte inmensamente perdón. No me siento culpable. La vida se da a veces así. En Nueva York me he enamorado de otro hombre y dentro de pocas semanas los dos nos vamos a vivir a Jerusalén.

–Minou... –dijo él, después de un prolongado silencio, enrojecido–, no sufras... por mí... tienes derecho, mi niña, tienes derecho, tienes derecho de gozar, de plantar nuevas vidas, de conquistar el mundo. Te comprendo, Minou –la voz iba bajando de tono, al final era apenas comprensible lo que decía. En el tono había como un noble sollozo.

–No lo busqué, pero de pronto estuvo allí –se explicó Minou.

–Si vas a ser feliz desde ya me haces feliz. Seré tu amigo, siempre. Siempre te agradeceré los infinitos momentos felices que pasé contigo. Mismo anoche... fue volver al paraíso, contigo. No sabes cómo olí tu piel, cómo besé tu cuello. Sé que cuando visites Alemania me vendrás a ver y saldremos a caminar y conversar hasta el fin de los siglos...

–Sobre Werther y Schubert –dijo ella, tierna.

–Sobre Werther y Schubert e iremos a escuchar todos los conciertos de Schumann.

–Y nos tendremos de la mano, como hermanos que han hecho un pacto de quererse siempre y permanecer fieles.

–No como hermanos. Como novios eternos.

–Como novios eternos.

Él se levantó. Buscó una botella de champaña y dos copas. Descorchó y sirvió hasta que la espuma se volcara. Luego le alcanzó una copa y levantó la suya.

–Por tu eterna felicidad, mi novia eterna.

–Por tu bondad... Rainer.

Brindaron una y otra vez, siempre mirándose a los ojos. Después ella preparó sus maletas, pidió un taxi y se fue. Rainer la dejó ir, sin ya hacerle ninguna pregunta más. Cuando la puerta se cerró, miró los muebles, acomodó las sillas, puso a Schumann y se sentó en el sillón; así estuvo sin moverse, con los ojos abiertos. Cuando los sonidos de Schumann se apagaban, volvía a ponerlo. Tomó una flor de la mesa de desayuno, la olió y la quedó mirando. No le fue arrancando los pétalos sino que sólo la miraba, como si fuera una escultura querida, una mujer desnuda, Venus, Minou.

Buscó a Hölderlin. Abrió uno de sus libros en cualquier hoja y leyó:

He gozado lo agradable de este mundo,
las horas jóvenes, ¡hace cuánto! ¡hace cuánto!
ya se han ido.
Los meses de las flores están lejos.
Ya no soy nada. Ya no anhelo vivir.

* * *

Minou tuvo jornadas de extrema nerviosidad. Se lo pasaba encerrada en su departamento esperando la llamada de Sam. Cuando oía su voz, era como una liberación. Él le hablaba del cada vez más próximo encuentro en Israel. Ella comenzó a sentir como un fervor religioso. Se fue llenando de libros sobre el ser judío y recordó que ya en la Argentina, cuando preparó el viaje a Alemania había comenzado a leer el *Ser judío*, del filósofo León Rozitchner, y fue a buscarlo en su pequeña biblioteca. Se fue adentrando de todo lo que sólo le había importado superficialmente hasta que encontró a Sam. Sam era un sacerdote laico. Le daba un sentido profundo a su vida y a ella la iba rodeando de una mística pura, sabia.

Pero, a ratos, no dejaba de pensar en Rainer. Como a alguien que debía proteger, cuidar. Por eso fue a verlo a Erlo y le confió todo. Que se uniría a un judío norteamericano profesor de Filosofía e irían a vivir a Israel donde ella se dedicaría a filmar temas judíos. Que le había dicho la verdad a Rainer y que temía por su equilibrio. Le pidió que lo fuera a ver y lo distrajera.

Erlo la dejó hablar y se preocupó mucho. Se sorprendió por la fuerza de Minou y el cambio tan repentino. Pero la comprendió. Esa posición dual con respecto a Alemania no podía ser benéfica, a la postre, en una mujer llena de fuerza, sí, pero con una sensibilidad muy virgen todavía. Que asomaba a la vida.

Erlo le dijo que lo lamentaba por Rainer, que sabía que estaba profundamente enamorado de ella, con un amor distinto. Pero que la felicitaba por la fuerza que había tenido y la sinceridad con que había procedido. Minouche se fue más tranquila, a esperar la llamada telefónica de Sam.

* * *

Pero se produjo la inesperada catástrofe. Fue algo increíble, monstruoso, criminal. Al sexto día de haber regresado a Alemania, Minou no recibió ningún llamado de Sam. Al séptimo, tampoco. El octavo, ella se lo pasó al lado del teléfono esperando. Y a la mañana del noveno, sin haber podido dormir, lo llamó, corriendo el riesgo de que la atendiera su mujer o los hijos. Pero no atendió nadie. Decidió esperar hasta la tarde para llamarlo a su despacho universitario. Lo hizo. La atendió una voz desconocida, casi de ultratumba, o de otro continente. Reconoció ser Sam. Le pidió por favor que le diera unas horas, que la iba a llamar sin falta, pero que estaba ante una decisión definitiva y ahora no podía atenderla. Minou colgó llena de presentimientos y se tiró en el sillón, a esperar.

El llamado se produjo seis horas después. Sam. Ella imaginó sus ojos negros.

–Minou, te tengo que comunicar algo muy grave. Algo que ha vuelto a cambiar mi vida. Tengo que decirte que no puedo, que no puedo llevar a cabo nuestros planes. Después que te fuiste le confié todo a mi mujer, quien no aceptó la proposición de divorcio y se encerró en una depresión casi insuperable. Ella habló con cada uno de nuestros hijos. Ellos vinieron llorando a pedirme que no me fuera, que me amaban mucho, que me necesitaban, que, sin mí, la mamá iba a morir. Fueron horas terribles. Me acosaron. Me derrotaron, Minou. No puedo hacerlo, no puedo abandonarlos, no me lo perdonaría nunca. No había pensado en la fuerza de los sentimientos familiares... lo nuestro no puede ser Minou. Tal vez cuando los niños sean ya mayores...

A Minou se le fue resbalando el teléfono hasta que cayó. Todo quedó así. Ella se acostó en el sillón y se cubrió la cara con un almohadón. Ni ella misma supo lo que en esas horas pasó por su cabeza.

* * *

¿Por qué así? ¿Por qué ese juego maldito? Había jugado con ella. La había destrozado. ¿Era cierto lo que él le decía? Presintió que sí, que era cierto, y que a él lo había vencido su propia sensibilidad. Sam en el fondo era un hombre débil o un hombre bueno pero que no había medido las consecuencias. ¿Un egoísta? ¿Un irresponsable?

Minou repasó mil veces las horas pasadas, las palabras usadas por Sam, la belleza y sinceridad de su proyecto. Pero no había pensado en lo principal: en la cobardía de ese hombre que no le importaba o no se daba cuenta de las consecuencias del mal que acababa de cometer. A ella la había herido de muerte. Después de esto sería una mujer diferente. Se había roto para siempre la bola de cristal. Había creído en un ideal. Ahora no creía en nada. No usó el recurso fácil de echarle la culpa a los hombres.

Sam era el único culpable, era un irresponsable, un tonto. No, Sam era un débil, un soñador, ante la primera dificultad se dio vuelta y dejó al resto en el naufragio. Era un cobarde. O un sensible que abandonaba ante el último argumento que escuchaba. Pero a ella le había hecho un mal difinitivo. Le había abierto una herida duradera que no se iba a cerrar nunca. La había convertido en una desconfiada. Estaba segura que Sam no le mintió ni tampoco había hecho eso para acostarse con ella. No, le dijo la verdad. Pero era un irresponsable. Un tonto. O un iluso que creía que en esta tierra se podía cumplir con todos los sueños. No estaba mal que hubiera vuelto con su mujer. Pero era un irresponsable, había jugado con ella, que es jugar con la vida de otro. La tristeza se iba agrandando. Pero también la fuerza de la reacción. Iba a ser de ahí en adelante una mujer positiva, que iba a pensar en ella.

Profesor universitario, pobre humanidad. Él se entusiasmó con ella, Minou. Vio a través de esa mujer la posibilidad de cumplir su sueño judío. Y se largó. Pero tenía un lastre insuperable: su familia, y su superficialidad. Lástima la mirada inteligente de los ojos negros, lástima tanta sapiencia que no servía ni siquiera para tener una conducta, una responsabilidad. Hubo decenas de llamados, pero ella no atendió. Iría a pedirle ayuda a Erlo para meterse en un nuevo film y olvidarse de Israel, de Sam… y de Rainer.

Tardó dos días en ir. Estaba fea, mal vestida, despeinada. Erlo se dio cuenta que algo desagradable le pasaba. De entrada Minou le dijo que no era ni una loca ni una tonta. Pero que había cambiado todos sus planes. Que su país iba a ser… Europa, o la Argentina, o ninguno y todos, y que tenía planes para un próximo film. Que lo de Israel lo dejaba de lado para siempre. Le iba a presentar un resumen del libro en unas semanas y le rogaba que la recomendara a financiadoras y a productores. Erlo le aseguró que lo haría. Que la iba a ayudar en lo que podía. Que *Monique* había gustado y era buena referencia. El tema –le adelantó Minou– sería una orquesta argentina de tangos que en el tiempo nazi se queda en Alemania sorprendida por la guerra en 1939, y en la misma había dos músicos judíos con nombre falso.

–Tema interesante –le respondió con gusto Erlo. No le quiso preguntar sobre el plan del film sobre la vida de Rainer. Notaba que Minou quería comenzar algo nuevo y así olvidarse de todas sus experiencias del último año.

* * *

Rainer había comenzado a vivir una especie de febril aplicación al trabajo. Leía por la mañana los protocolos de Auschwitz y por la tarde a los poetas nazis. Anotaba todo, ya llevaba dos cuadernos grandes completos llenos de anotaciones. Minouche, después de dos semanas, lo fue a visitar. No quería que Rainer se quedara sólo con la versión de Erlo que, por supuesto, lo habría venido a ver para relatarle la traición de Sam y el abandono del proyecto de ir a vivir a Israel.

–Todo quedó en la nada –le dijo–, me he independizado completamente. Ahora soy yo. Yo hago mi propia poesía, yo delineo mi vida, no me sorprenderá nadie ya con cánticos, o con paraísos remotos. Yo y la realidad.

–Tú y la realidad –repitió Rainer–. Minou, no te pierdas. ¿Quieres ser una mujer de negocios?

–¿Por qué no?

–No vale la pena, la vida es muy corta, lo mejor es vivir una ilusión o las ilusiones. Conocerse. Conocer a los demás. Soñar con paraísos. ¿No quieres volver a vivir conmigo?

–Por el momento, no. Soy una mujer completamente distinta a la que conociste. He dejado de ser tonta. Me siento madura, por demás madura. Lástima, pero es así.

–Yo te quiero mucho y necesito verte todos los días.

–¿Para qué? ¿Soy una especie de medicina? ¿Soy aspirina? Soy…

–Eres la que construye mi castillo en el cual me gusta encerrarme.

–Rainer… yo quisiera ahora construirme un castillo para mí, para recibir amigos, divertirme y dirigir mis equipos de filmación.

–Estás mortificada…

–Sí. Todos quieren que les construya el castillo. Quiero liberarme de ti definitivamente, siendo amiga tuya. Venir, charlar, reírnos, escuchar música.

–Dormir juntos, Minou.

–¿Para qué? –preguntó con maldad Minou.

–Justamente para eso, para estar juntos, dos seres humanos. Es lo más maravilloso. Dos cuerpos juntos que apenas se mueven y sueñan.

–Ya te dije, de enterarse, Andrzej me hubiera calificado de ramera.

–¿Y por qué no? ¿Qué quiere decir ramera? Sólo sirve para la identificación. Para futuros paraísos o infiernos católicos. Pero para nada más.

–¿Te acostarías conmigo para dormir y acariciarme toda la noche si supieras que soy una ramera?

–No te lo preguntaría.

–¿Y si yo te lo dijera?

–Te respondería con lo mismo que te acabo de decir: es sólo una clasificación para presuntos paraísos o infiernos católicos.

–Somos muy distintos, Rainer.

–Sueño con dormirme todas las noches teniendo tus ojos mirándome y tu cuerpo pegado al mío.

–Creo que ese tiempo pasó.

–¿No vienes a vivir conmigo?

–Por ahora, no.

* * *

Rainer la llamó al día siguiente para decirle que él, definitivamente, se iba a instalar en el departamento "matrimonial" como llamaban a la vivienda que habían alquilado para vivir juntos y que iba a dejar su departamento de "soltero". Y que la iba a esperar siempre.

Minou se rió, lo trató bien pero con un poco de ironía le señaló que él tendría en esa espera que disponer de bastante paciencia.

Todas las noches Rainer la llamaba y le decía que la estaba esperando para cenar. Ella siempre reía y le decía que estaba en plena tarea de elaborar un guión cinematográfico y que si iba a cenar con él, con lo que se bebía y se comía, a la mañana siguiente no tenía la cabeza limpia para el trabajo.

Matemáticamente él, entonces, se ponía el saco, cerraba la puerta de su departamento y se iba a comer con su hermana.

Erna se esmeraba como siempre y le hacía todo de acuerdo a la costumbre de la madre. Era como volver al pasado, se decía él con cierto entusiasmo y nostalgia. Él traía un vino blanco muy bueno y su hermana poco a poco también comenzó a acompañarlo con la bebida.

Las conversaciones siempre giraban acerca de la vida familiar. Pero esa noche, Erna, al terminar la cena y servir el café, le dijo a Rainer que tenía que darle una noticia muy importante.

–Hoy estuvo Hans Schichthaler, el médico austriaco amigo de papá de los años cuarenta. Se mantiene muy bien con sus 89 años. Acaba de volver del Paraguay. De allí se había pasado a la Argentina. Trajo una noticia: papá murió hace cinco años, en el Chaco. Tenía el nombre supuesto de Charles Sesuan, de nacionalidad suiza. Desde el '46 vivió en la Argentina, en Paraguay y en Bolivia. Cada dos o tres años se cambiaba de lugar y de nombre. Mantuvo contacto con muy pocos, que sabían su verdadera identidad. Vivió solo y tenía pequeños criaderos de aves. Murió solo. La gente del lugar lo llevó hasta el cementerio de Charata. Después, sus amigos recuperaron sus restos y los cremaron.

Hubo un silencio prolongado, emocionado, muy molesto porque ninguno de los dos sabía cómo expresar sus sentimientos. Finalmente Erna sacó su pañuelo y fue secando lágrimas silenciosas. Rainer no salía de su posición estática, con su mirada fijada en algo infinito.

–Hans Schichthaler me dijo que él durante cinco años guardó silencio sobre su muerte para no comprometer a nadie de los que lo ayudaron. Ahora, los que estaban cercanos a él han muerto todos o están en otros países con otra identidad.

Finalmente Erna se fue reponiendo para hacer la pregunta fundamental, a la que quería llegar.

–El señor Schichthaler me preguntó si queríamos recuperar sus cenizas. Se puede hacer en forma normal, para lo cual hay que pasar por las oficinas habituales, pero sería muy complicado porque habría que comprobar su verdadera identidad. O queremos que sean traídos en forma ilegal... o si deseamos que queden allá, en el Chaco...

Rainer finalmente produjo un casi inaudible: "vamos a pensarlo".

Erna le respondió: "no, Rainer, si tú no quieres hacer nada, yo estoy decidida a hacerlo por mi cuenta, para que esté junto a mamá". Rainer le hizo una pregunta sorpresiva, que Erna no se esperaba:

–¿Mamá y él se escribieron durante la larga separación?

Erna, como si casi traicionara un secreto sagrado le contestó:

–No se escribieron por el peligro de ser descubiertos, pero siempre, cada dos o tres meses, a veces cada año, venían mensajeros que le traían mensajes de palabra. Mamá sufrió muchísimo pero nunca se doblegó. Y a pesar de ser el más perseguido de todos, nunca pudieron descubrirlo y no cayó en manos de sus enemigos.

Rainer se quedó duro. La fidelidad de su madre al perro sanguinario.

* * *

Fueron varios días de discusiones violentas. Rainer no quería que el perro sanguinario fuera a estar en la tumba de su madre. Y Erna lo fue derrotando poco a poco con hechos.

–Mamá nunca lo dejó solo. Siempre lo defendió. Si no se fue a buscarlo fue por él, para no comprometerlo. Pero ella, estoy segura, y te voy a traer pruebas, siempre mantuvo su cariño hacia él. ¿La oíste a ella hablar alguna vez mal de él? Se quisieron siempre, siempre, a pesar de las mentiras que dijeron de él.

–No fueron mentiras, fue la verdad. Fue un perro asesino. Un perro sarnoso. Un cobarde. Un monstruo. Un monstruo.

–Claro, mamá amaba a un monstruo. La tumba es mía. Yo voy a hacer lo que quiero con ella.

–Yo publicaré en los diarios que el perro sanguinario ha vuelto a Alemania y que detrás de él lo van a seguir eternamente sus miles de víctimas. Voy a publicar el lugar donde estará enterrado así va la gente a escupir.

–Escupirán a tu madre.

Él se iba siempre pegando un portazo y llegaba casi a las lágrimas de pura indignación. Un buen día no preguntó más. Nunca más fue al cementerio. No se enteró nunca si ya el perro sanguinario estaba junto a su madre. Pero a su casa "matrimonial" llevó el retrato de su madre y le puso constantemente flores. Por lo demás, sospechaba que él, muy pronto iba también a formar parte de la tierra junto al perro sanguinario. "Por qué no –dijo en voz alta–, si soy su hijo y llevo su sangre y la sangre de sus miles de víctimas."

Luego se encerraba y continuaba minuciosamente el estudio de los libros que traían los documentos de los campos de concentración, por la mañana, y por la tarde, releía todos los libros de literatura nazi de su niñez y adolescencia. Quería así descubrirse a sí mismo, llegar a su realidad.

Erlo lo visitaba asiduamente, en especial al día siguiente de salir alguna crónica de Rainer en el *Die neue Zeit*. Se las elogiaba porque eran para elogiar. Siempre había un pensamiento sobre el cine y sobre la historia del cine y siempre encontraba una nueva veta para marcar líneas dentro del séptimo arte; él veía más que los propios directores. Principalmente gustaba de hablar del futuro de algún joven que presentaba su primera obra. Rainer muchas veces se iba al cine y veía dos y tres veces el mismo film. Amaba las retrospectivas y se quedaba desde la primera a la última película.

* * *

Pero Erlo, al visitarlo, lo encontró muy decaído y solo. Le habló a Minou para que fuera a verlo.

Rainer la recibió con una alegría infinita. Le dijo que la casa "matrimonial" estaba siempre dispuesta a recibirla. Le mostró el dormitorio que había quedado tal cual ella lo había dejado. Había flores por todos lados. Lo único nuevo es que había traído el retrato de su madre desde el departamento de "soltero" hasta allí. Minou lo notó pero no hizo ninguna referencia.

–Todo está igual –dijo Rainer–, esperándote. Y si no vienes ya sabes que cuando me muera todo esto tal cual va a quedar para vos, para que no se escapen los recuerdos.

Minou se rió pero no dejó de impactarle esa referencia tan insólita. Se veía que Rainer ya estaba pensando en la muerte. Por eso cortó el pensamiento, diciéndole:

–Voy a venir mucho más seguido, ahora que vaya terminando el libro cinematográfico. Traeré tangos de la época para escucharlos juntos. De la Argentina me han mandado muchos discos de los años treinta.

–Oh, sí –replicó Rainer con repentino entusiasmo–, me gustaría volver a escuchar a Ignacio Corsini y a Agustín Magaldi...

Y se puso a cantar con un poco de acento alemán "La pulpera de Santa Lucía", cosa que los hizo reír a los dos.

–Sí, ven todos los días. Pero lo que más me importa es que te quedes de noche. Estoy siempre muy solo. Me llenarías todas esas horas con tu respiración, con tu figura, con tu andar por la casa, con tu sueño.

Él la acarició. Ella lo dejó hacer.

–Es muy tierno –se dijo después, afuera, y recordó los ojos negros y la voz suave de Sam. Y se hubiera puesto a llorar como loca.

No, ella había muerto para esa clase de amor. Ahora era una mujer independiente, como se suele decir, de carácter. No iba a encontrar ya ningún amor tan profundo como sintió por Sam... y por Rainer. Rainer o Sam. Ahora tenía su carrera, su vida práctica y podía hacer lo que ella quería.

–Basta de hombres. Ni un romántico del siglo XVIII ni un idealista religioso. De vez en cuando algún Vladimir Pironikov, es suficiente. Quiero vivir normalmente en esta ciudad, que me da futuro, que me da seguridad, que me da notoriedad. Yo no me los busqué a ellos y sus problemas. No quiero enloquecerme. Debo tener la fuerza de dejar los otros mundos atrás. No regresar a nada sino mirar hacia adelante.

A los pocos días le llevó a Rainer ya más de la mitad del nuevo libro cinematográfico y se lo dejó para que se lo corrigiera y le diera ideas. Rainer dejó todo lo que estaba haciendo y se puso a trabajar en la historia de la orquesta argentina de tango con los dos músicos judíos en la Alemania del nazismo. Cuando Minou leyó las correcciones y las nuevas ideas se quedó sorprendida por la claridad del diálogo y el estilo melancólico que le había impuesto Rainer.

Por un lado se alegró muchísimo, pero por el otro sintió un repentino miedo. ¿No haría todo eso para atraerla de nuevo, sí, obligarla a quedarse con él? No pudo otra cosa que quedarse toda esa tarde y conversar sobre el film y sobre la actual vida de él.

–Estoy haciendo la vida que quise siempre –le respondió Rainer–, éste es mi mundo, no necesito más que esto. Aquí voy a vivir y aquí voy a morir, con mis fantasmas, con mi pasado. Sólo me faltas tú. Principalmente de noche, cuando escucho música; o los domingos, cuando salgo a caminar. O en el lecho, cuando voy a dormir. Si vienes yo te haría todos los guiones, todo a tu nombre; discutiríamos, yo haría el trabajo, tú saldrías a tomar contactos y preparar la producción del film, y por la noche volverías. Conversaríamos mucho, nos llenaríamos de música y después pasaríamos toda la noche abrazados.

Minou lo miró asustada. Hacia dónde quería ir este hombre. O era verdad todo lo que decía, que sólo le faltaba su compañía.

La invitó para la noche siguiente, a cenar, él mismo iba a cocinar unas especialidades húngaras, con vino francés y champaña de entrada. Al entrar esa noche Minou, comenzó en el mismo instante la música de *Los fuegos artificiales* de Händel. Estaba Rainer con delantal blanco y gorro de cocinero, y le hizo un gesto de bienvenida inclinándose e invitándola con los brazos a entrar. Minou hizo una entrada triunfal. Lo cierto que ese era un hombre especial. Pero desde que lo había conocido a Sam, miraba a Rainer como de otro tiempo, como de otras regiones. Un mundo artificial. ¿Un mundo enfermo… de muerte?

Le costó concentrarse en la conversación con Rainer porque esa tarde la había llamado Sam, después de tantas semanas en que ella había rechazado todos los días una carta de él. Él sólo le quería pedir perdón y decirle que iba a padecer lo que había hecho con ella durante toda su vida. Minou lo escuchó en silencio. Cuando volvió a repetir su pedido de perdón, Minou sólo le dijo: "está bien, adiós".

Adiós. Esa era la palabra que no se atrevía a decirle a Rainer. ¿Tal vez porque ese adiós significaría la destrucción de Rainer, su fin?

No era artificial toda la ceremonia que él le había preparado. Todo tenía muy buen gusto y se lo veía muy feliz dentro de su melancolía.

Fue una noche magnífica. Rainer habló con brillantez del argumento del film de ella. Sabía mucho de la época y sabía entrelazar episodios.

–Pero esta vez sí tienes que firmar el guión –le dijo ella.

–No, jamás, lo he hecho para ayudarte, como amiga, pero yo no firmo guiones. Además, quedaría ridículo que el hijo del perro sanguinario firme la historia de dos músicos judíos que tratan de burlar las leyes inhumanas. Además, lo mío son apenas ideas, imágenes, no, tienes que recurrir otra vez a Andrzej para que le ponga toda la rabia suficiente, él se mete en el alma de los perseguidos y los comprende, los guía. Lo mío podría salir demasiado llorón.

Otra vez los mismos argumentos. ¿Por qué con este hombre no se podía hablar y hacer sin que surgieran los problemas, los complejos de siempre?

Minou lo estudió una vez más. Era para quererlo, para amarlo mucho. Pero había que huir de él, disparar, seguir con él era como navegar hacia el diluvio, a morirse de sed en el desierto.

Rainer no quería creer cuando ella se levantó. Después de la comida y de escuchar música en el sillón, ella le dio un beso y le dijo:

–Mañana te llamo. Tengo que levantarme temprano. Muchas gracias por esta noche tan encantadora.

El beso, sólo en la mejilla.

* * *

Minou siguió buscando la distancia. Tenía que demostrarle con los hechos que todo estaba terminado. Y la solución vino sola. Para el cantor de la orquesta de tango argentina del film había que buscar a un argentino joven y atractivo. Minou viajó a Buenos Aires y no le costó encontrarlo. Lo vio cantar en un lugar para turistas. De entrada, al verlo, apuesto, bien masculino, con gestos de galán joven, lo invitó a su mesa. Y le dijo lo del proyecto. En seis semanas comenzaba la filmación. En cuatro lo quería ver en Berlín para comenzar los ensayos. Ella se quedaba unos días todavía, podían verse para hablar de las condiciones. No necesitaba pruebas ni tomas especiales, con lo visto, a ella, la directora, le bastaba, confiaba en su buen ojo.

Él le fue sincero: "A lo mejor si me voy a Europa me pasa como a Gardel en el '20 y vengo hecho". Ella se rió. "Parece un tango", le dijo y los dos se rieron a carcajadas. Se gustaron.

Buenos Aires daba para todo eso, pero Minou se retuvo a pesar de los avances inevitables del tanguero. Aunque quedó suavemente impresionada de Ricardo Cernadas.

Cuando este llegó a Berlín la cosa fue diferente. Lo atrapó Minou antes que se volara del gallinero y comenzara otras amistades. Ella necesitaba algún hombre joven y despreocupado. No estaría mal, además. Ricardo dependería de ella y eso la hacía sentir segura. Además no le parecía mal que las revistas hablaran un poco de este encuentro para que se olvidaran todos de aquella historia terrible y taparle la boca a quienes la hacían interesada en hombres con posiciones e influencias. Ahora iba a quedar ella, en primer plano, con su amigo de temporada. Y resultó ser como en los cuentos: él era atento, agradable; cuando faltaba conversación le recitaba un tango entre los labios. La tomaba fuerte del brazo y de la cintura y todo terminaba bien sin que nadie se tapara el cuerpo con la sábana. Y en el amor, Ricardo era un Vladimir mucho más tranquilo, nada borracho, cariñoso. No era una tropilla de potros. Era un potro halagador.

* * *

Rainer estaba solo en el Kulisse. Fue cuando entraron Minou y Ricardo. Los ojos se encontraron y Minou no pudo menos que ir a saludarlo y presentarle a su amigo, a su amante, a su estrella latina.

Rainer estuvo muy correcto. Se paró, estuvo efusivo en la presentación.

Luego Minou y Ricardo eligieron un rincón alejado de Rainer.

Rainer no se retiró como tal vez hubiera hecho otro hombre en su lugar, sino que se puso a leer un libro de Siegfried von Vegesack y se hundió en los pensamientos de siempre. Las figuras poéticas de los nazis y la realidad de Auschwitz. Lo único que pensó sobre la actitud de Minou fue: "este restaurante era nuestro, de los dos, podría haber ido a otro, hoy. Pero claro, ha querido romper la imagen". Fueron los únicos celos que sintió, o tal vez se sentía robado, utilizado. Después no pensó nada malo de Minou ni tampoco del hecho que le hubiera presentado a su joven amigo. "Está bien", se dijo, "tiene que ser así, quiere vivir. Hace bien".

* * *

Minou y Ricardo la pasaban muy bien. De continuo buen humor, se hacían mutuas bromas.

–Mi vida parece una novelita rosa, la joven judía terminó sus días en el extranjero junto a un cantor de tangos argentino. Mira si le hubiera mostrado yo un guión a Fellini o a Visconti con ese final, me corrían hasta la frontera.

–No –le contestó Ricardo, sonriente–, yo le pondría más, que ella, es decir vos, se enamoraba perdidamente del cantor de tangos argentino y para mantenerlo se dedicaba finalmente a ser "prosti". La argentinita que dio aquel mal paso.

Largaron la carcajada. Ricardo era excelente para eso, era el animador de las reuniones. Lástima que sólo sabía castellano pero igual se hacía traducir sus chistes que tenían un excelente recibimiento. Su actuación era muy breve en el film, sólo las escenas donde aparecía la orquesta y él cantaba en varios restaurantes de moda del Berlín nazi. Lo hizo bien. Minou le dio buena cámara. A veces hizo repetir la escena a ver si se ponía de mal humor. Pero nada, era un tipo jovial por excelencia. Era capaz de cantar durante horas enteras.

Minou no quiso dejar así las cosas con Rainer. Iba a ir a explicarle todo y a despegarse definitivamente de él. Y lo hizo.

Rainer la escuchó con infinita tristeza, pero no se enojó. La trató tal vez con más dulzura que nunca. Ella fue directa:

–Rainer, aquí nuestras vidas se separan. Yo tengo un hombre con quien me entiendo muy bien. Es como yo quiero a los hombres: que me acompañen, pero que no modifiquen mi destino. Con vos hubiera sufrido exaltaciones y caídas constantes. Compréndeme. Siempre has sido muy bueno y muy libre conmigo. No quiero vivir la angustia de lo que fue el pasado. Tú eres demasiado sabio para mí. Tu profundidad me da mareos. No estoy preparada para tu vida. Quiero vivir plenamente. A lo mejor te parezco superficial. O a la mejor no lo soy pero lo quiero ser. He tenido dos experiencias que me dieron mucho pero también me mostraron que no quiero ser ni manejada por nadie ni ser enfermera de nadie.

–Eres un poco dura conmigo.

–No, soy tan buena amiga y te quiero tanto que te digo la verdad. Pasé momentos muy… originales contigo, muy tiernos. No te podré olvidar jamás. Si me permites te seguiré visitando pero ya como viejos amigos no como amantes ni como esposos…

–Te voy a necesitar siempre. Tus ojos, Minou, los tengo que mirar todos los días, los necesito todos los días.

–No va a poder ser, Rainer. Tu puedes tener otra mujer. Elige una que no te permita abandonarte a ti mismo.

–No me abandono. Vivo como siempre soñé vivir.

–Te veo muy distinto al Rainer Sturm aquel que era director cultural de cine de Berlín.

–Por cierto, aquel no era el verdadero Rainer Sturm. Y tú dejaste de ser judía.

–Nunca lo fui, quería ser judía. Pero ahora quiero ser como todos esos seres del tercer mundo que vienen a vivir al primer mundo y quieren ser iguales a ellos. Yo quiero ser europea.

–Yo te quiero judía. Conmigo ibas a ser cada día más judía… Lea, la fértil; Rachel, la que se hizo esperar; Rebekka, la del velo; Ruth, la leal; Esther, la atrevida… En cambio ahora vas a aprender a bailar tango en Europa cuando jamás lo bailaste en la Argentina.

–Pero es lo que me gusta. No tener pasado, mirar hacia adelante, gozar, llegar a tener una posición espectable, ser buena amiga.

–Me dejas muy triste.

–Siempre estuviste triste.

–No siempre. Pasamos horas muy poéticas, puras, la poesía nos entraba por todos los poros, el aire se perfumaba repentinamente cuando hablábamos de futuros desconocidos y de caricias siempre interminables.

Ella se paró.

–Rainer, te quiero mucho, no quiero retroceder, lo haría por…

–Por lástima...

–No, por consideración a tu personalidad. Pero nuestro amor se volvió arcaico.

–Te deseo que aprendas a bailar bien el tango y te diviertas mucho y te acaricien mucho, te lo mereces, y te miren profundamente en tus ojos.

Él también se paró. Se abrazaron sin besarse. Uno, dos, tres minutos. Se miraron a los ojos. Los de Minou estaban llenos de lágrimas. Los de él, de tristeza.

* * *

Rainer tomó muy a pecho la desaparición del estudiante Horst Herrmann en la Argentina. Escribió al Ministerio de Relaciones Exteriores alemán pero las respuestas de sus diferentes funcionarios siempre fueron anodinas, propias de Pilatos. Si el gobierno alemán hubiera reclamado con fuerza era muy posible que los militares argentinos lo habrían liberado o lo habrían hecho aparecer como preso en alguna de las tantas cárceles. También visitó a representantes de las dos iglesias, la católica y la evangélica y sólo de esta última tuvo la certeza que algo se preocupaban. Visitó a Amnesty International, entidad que mostraba su desesperación por la falta de interés de las autoridades alemanas y el cinismo de las argentinas. Rainer hizo más todavía, pidió una audiencia con el cónsul argentino en Berlín, quien lo recibió con amplia sonrisa y el cinismo máximo en las respuestas. Comprendió lo que habría significado el vía crucis de los parientes de las víctimas del nazismo cuando veía esta forma argentina tan imitativa y hasta más hipócrita. Por las sonrisas con que el cónsul lo despidió le quedó la impresión que el estudiante Herrmann jamás aparecería. Rainer supo que Hertha Herrmann siguió los trámites en la Argentina y formó parte de un grupo de madres que reclamaban por sus hijos. Todo en vano. Rainer quería como hijo de un asesino luchar contra los asesinos que habían aparecido también en las tierras donde él había nacido y que, en su ideal de lejanía, alguna vez había considerado un paraíso de respeto a la vida. Lo que había ocurrido en su patria alemana ahora se reproducía en su suelo natal, la Argentina, hermoso nombre pero ya manchado para siempre por sus asesinos uniformados. Después del cinismo del cónsul argentino, Rainer se resignó, volvió a aislarse. Y vio borrarse la imagen que se había formado del estudiante Horst Herrmann, hijo de aquella lejana ya Hertha Herrmann.

* * *

Rainer siguió trabajando incansablemente con sus lecturas siempre cambiantes. A la mañana la versión de los crímenes en Auschwitz, a la tarde la literatura oficial nazi. Pero también continuó con sus críticas de cine que siguieron teniendo el color y la calidad de las anteriores. No hubo ningún cambio. Salía a caminar por el Wannsee, se detenía todos los días largos minutos ante la tumba de von Kleist y después recorría el último camino que había seguido el poeta para buscar su propia muerte con la mujer que quiso acompañarlo, Henriette Vogel. ¿Cómo sería Henriette Vogel? Rainer hizo un gesto en el aire como demostrándose a sí mismo que no podía responderse esa pregunta. Él estaba solo y moriría solo.

* * *

Pasaron semanas, y le escribió una carta a Minou. Le decía que había ido a la Filarmónica a escuchar sucesivamente las tres misas de Bruckner. Que de inmediato había comprado los discos. Y que la invitaba a escucharlos juntos, en la "casa matrimonial". Que se acostarían y pondrían las misas. El gloria los llevaría a la exaltación. El amor y lo sagrado. Sería como hacer el amor en un templo. Luego de eso ya no iban a necesitar más encuentros. Acabaría todo en el *agnus dei* de la tercera misa. Después empezaría lo nuevo, lo distinto, lo ya eterno.

Minou se asustó. Le habló a Erlo. Necesitaba encontrarse con él por Rainer. Se encontraron a las pocas horas. Minou le expresó su temor de que Rainer se suicidara. Le mostró la carta. Sin duda alguna quería suicidarse con una judía, con una Henriette Vogel judía. Ella. Erlo leyó una y otra vez: "Acabaría todo en el *agnus dei* de la tercera misa". Y después agregaba esto que sí, tal vez era definitivo: "Después empezaría lo nuevo, lo distinto, lo ya eterno".

Erlo fue a visitarlo. Lo encontró más delgado. En su escritorio había un gran desorden; se notaba que trabajaba intensamente, como con prisa. Rainer se alegró y le habló de lo que estaba haciendo: estaba consultando material, no sabía bien qué iba a ser finalmente pero sí una contraposición salvaje de los crímenes nazis con las excelsitudes de la literatura alemana. Werther y Lotte rodeados de alimañas venenosas, coleópteros de grandes colas ponzoñosas, avispas portadoras de la gangrena y la ceguera, moscardones vestidos de SS que sembraban la sífilis y el chancro. Heinrich von Kleist y Henriette Vogel, perseguidos por serpientes de seis cabezas, por pulpos con tentáculos que inyectaban venenos paralizantes, piojos enormes que dejaban granos purulentos. La voz de Goebbels leyendo el *angelus* y largando gargajos de sangre negra desde el cielo. Describiendo toda la verdad se iba a poder entrar a la selva cultural del futuro.

Estaba enfebrecido, hablaba como si viviera todo en ese momento. Erlo trató de calmarlo mostrándole sumo interés por lo que decía. Creyó que había que dejarlo tranquilo, que escribiera sus pensamientos. Sus trabajos periodísticos seguían siendo excelentes. Su última nota, sobre Marlene Dietrich y *El ángel azul* era verdaderamente de antología. Pero ahora vino lo difícil: Erlo le dijo que Minou estaba muy ocupada porque ya comenzaba la filmación y que no iba a poder venir a visitarlo.

Rainer no mostró ningún signo de contrariedad. Sólo dijo en tono normal:

–Qué lástima porque íbamos a encontrar el camino para salir de la selva.

Erlo antes de irse le pidió una serie de artículos sobre Friedrich Wilhelm Murnau, que sabía que era el director de cine a quien Rainer más admiraba.

–Oh, sí, es una especie de mi Heinrich von Kleist de la imagen, –le contestó Rainer. –Lo haré con mucho entusiasmo.

Pero volvió a asegurarse:

–¿Entonces Minou no vendrá?

–No, como te decía, empieza a filmar...

–Qué lastima, pierde el paraíso. Tendrá una vida de todos los días.

* * *

Esa tarde Rainer leyó en las actas del juicio de Auschwitz todo sobre el ex SS Gerstein, que asistió en el campo de concentración de Belzec a un experimento de gasificación. En esa oportunidad, el "*Hauptsturmführer* Wirth le preguntó si era mejor hacer morir a la gente en las cámaras de gas a oscuras o con luz". Fue "cuando Gerstein vio a una pequeña niña judía que lloraba porque había perdido su collar de coral. Y que poco después se lo trajo un chico que se quedó mirándola con gozo ante la alegría de ella".

Rainer marcó el párrafo, cerró el libro. Puso el trío para piano, violín y cello de Pfitzner, tal vez su música más escuchada a pesar de las críticas contrarias de tanto musicólogo. Pero en esa música estaba todo, en especial su niñez, y en esos sonidos volvía a encontrar a Schumann, más intemporal. Hizo como tantas veces. Apagó la luz y empezó a mirar en la oscuridad, a desaparecer con ella. Y sólo pudo pensar en la chica judía del campo de concentración de Belzec que lloraba por su collar de coral perdido. Rainer pensó que tal vez fue la última vez que ella lloró. Después le esperaba a ella y su familia la cámara de gas. Pero la niña lloraba por su collar de coral, no por otra cosa. Y Dios creó la escena: el chico que encontró el collar y vino a dárselo y gozó con la alegría de ella. También antes de morir. Alegrarse por un collar de coral en el instante supremo. Ahí, en el último rincón de lo abominable, de la cobardía, de la bajeza, en las cámaras de gas para eliminar a seres humanos, la niña volvió a tener su collar de coral. Después tenía que dejar su querido collar y su vestidito y entrar desnuda a la cámara de gas de mano de su madre. Una niña sin su collar de coral iba a la muerte.

En la oscuridad, Rainer se imaginó la alegría de los ojos de la pequeña cuando recuperó el collar. Y se dio cuenta que los ojos de la niña del collar eran los ojos de Minou. Eran ojos que lo miraban permanentemente.

Escuchó hasta la última nota del trío de Pfitzner. Se acostó y soñó cosas horribles y gritó, se despertó en medio de un grito.

Al mediodía siguiente salió y se lo pasó mirando vidrieras. Hasta que, ya en la Pariserstrasse, se metió en la Galerie Kunsthandwerk, donde todo era un regalo para la vista. Se detuvo a mirar los collares, uno por uno. Después se decidió y pidió un collar de coral. La encargada se sorprendió un poco y repitió el pedido para asegurarse que había entendido bien.

Le dijo que tendría que ver en el depósito porque hacía mucho habían pasado de moda. Pero Rainer insistió. Compró el más caro, se lo hizo probar a la vendedora y la quedó mirando.

Cuando salió pensó en su padre, el perro sanguinario y murmuró algo.

Apretó en el bolsillo el estuche y creyó oír la voz de la madre que le decía: "acabás de hacer algo tonto, necio, sin sentido, una chiquilinada".

No quiso hablarle por teléfono a Minou. Quería sorprenderla. Por eso la rastreó por varios lugares hasta que la vio sola en el café París, estudiando unos papeles. Rainer se acercó, no se sentó y le entregó el estuche.

–¿Qué es? –preguntó Minou, muy curiosa.

No hubo respuesta pero sí una mirada muy detenida en los gestos de ella... Cuando ella por fin abrió el estuche, se sorprendió.

–¿De coral? –se preguntó Minou– y tuvo miedo de largar la carcajada y por eso ensayó una sonrisa que sólo demostraba un interrogante. Pero calló.

Él le pidió que se lo pusiera y la ayudó. Luego la quedó mirando. En los ojos. Y le gustó que sonriera.

Rainer le tomó la mano, se la besó y se fue, sin decirle más.

* * *

A la mañana siguiente, Rainer se hizo un desayuno frugal. Parecía que iba adquiriendo una tendencia monacal. Tal vez eso le hubiera hecho bien. Pedir pensión como laico en un monasterio y ajustarse a las reglas de los monjes. Y dedicarse a la lectura de los libros sagrados. Es decir, elevarse. Escuchar los cánticos de los monjes y después cantar con ellos. Cada vez más despersonalizado. Escuchar esos sonidos de las voces que no son otra cosa que ecos de almas de otros tiempos.

Mientras comía su pan seco y tomaba un café lavado, puso la música de la misa de los trapenses y quedó envuelto en una esfera elevada, casi intangible, de oscuridades y de rayos de luz que se abrían por entre las sombras. Y él caminaba por las sombras en busca de las almas escondidas o flotantes que pasaban a su lado como suspiros o vuelos de palomas invisibles.

Pero tuvo que volver a la realidad, golpeaban a la puerta insistentemente. Abrió. Del semanario le solicitaban la nota que debía entregar ayer, otro capítulo del cine expresionista alemán. Disculpándose hasta con gestos, Rainer aseguró que en una hora lo tendría listo. Y se lanzó de pronto a otro mundo. Más de él. Le tocaba esta vez nada menos que *El gabinete del doctor Caligari* de Robert Wiene. Uno de sus films preferidos. Mejor dicho, su film preferido. No le costó nada meterse en ese mundo. Supo analizar muy bien los claroscuros: lo negro y lo blanco. Los rostros. El terror. La imaginación pérfida. Y el porqué insistente de la inocencia. Quiso hacer un relato kafkiano pero se detuvo. Lo suyo era menos racional, buscaba ser menos racional. Caligari no era otro que el monstruo que había ordenado el caos, el crimen, la esclavitud, la obediencia. Esa era la palabra: la obediencia, la peor de todas, la mala palabra que incluía la cobardía y opresión, tres vocablos que se complementaban. Una no existía sin la otra. Caligari, el director del loquero. Y el loquero, el mundo que había conformado la religión con su miedo. Porque el miedo también era el odio, el racismo, el desprecio hacia el más débil. Y ese Caligari hipnotizaba a sus esclavos asesinos. Todo justo en ese mundo de desasosiegos, de monstruosidades, de cadenas, de cárceles, de cámaras de gas, de filas de pacientes víctimas de la hoguera de brujas. Enajenación en el mal; todos con el brazo levantado gritando *Heil* Caligari, el placer de obedecer para matar a los demás, para pisarlos como gusanos. César se llamaba el muñeco absurdo que cometía los crímenes que ordenaba Caligari, el sumo pontífice, el dictador, el *Führer.*

Rainer se había vuelto loco con el tema y al muñeco asesino César que cometía ordenadamente con todos los crímenes ordenados por Caligari, le puso Otto, por su padre, el perro sanguinario. Y lo dejó en la crónica así. *El gabinete del doctor Caligari*, ese film hecho en 1920 que los alertaba a todos, que anunciaba la llegada del redentor en el mal, del loco corruptor que como paraíso presentaba la obediencia y la muerte. Todos con el brazo levantado a matar y a morir. En un mundo perfecto de burócratas que habían aprendido sólo a bajar el dedo pulgar ante cualquiera que quisiera aprender a amar. De hipnotizadores de niños a los cuales se les enseñaba a marchar hacia el precipicio y abrazar a ese precipicio en el grito final. De asesinos que enseñaban que para vivir era necesario matar. Todos teníamos que aprender a ser perros sanguinarios.

Y, en su artículo, recordaba Rainer que en el film *El gabinete del doctor Caligari*, Caligari fue representado por el actor Werner Krauss, quien en 1933 se pasó con armas y bagajes al hitlerismo y llegó a protagonizar la película racista por excelencia: *El judío Süss*, en el cual hizo el papel de rabino, y de otros cuatro judíos para demostrar por qué había que ser racista. Todo programado en la vida del actor. Y después fue uno de los actores más necesitados en la guerra fría. Y ante las acusaciones de que había sido nazi, él respondía consecuentemente: "yo sólo representé. Me lo pasé representando en la vida. Yo no soy yo". Había sido sólo un "diablo burgués", como lo calificó alguna vez Kurt Tucholsky. Nunca había escuchado el grito de horror de una mujer en la noche. Ni llorar a un niño. ¿Alguien acaso escuchó alguna vez llorar a un niño? No. Rainer se dijo que tal vez, de escucharlo, no hubiera querido seguir viviendo; el niño –la niña– se le presentaría siempre al doblar una esquina, al entrar en un bosque, al pisar la playa del mar, al oír la primera nota de un concierto.

El artículo de Rainer fue muy leído y le llegaron propuestas de varias editoriales para hacer la historia del cine expresionista alemán. Le hubiera gustado. En esa época del cine alemán ya estaba todo dicho: qué somos, qué vamos hacer, quién domina, quién pierde. Lang, Murnau, Robert Wiene. Locos, como se debía ser. Leer a Kafka, no; presenciarlo todos los días. Pero Rainer ya no estaba para largos trabajos. Estaba para eso: sentir, describir y salir a recorrer el camino que poco después tendría que transitar definitivamente. Notó que en el semanario habían corregido el nombre de Otto, que él le había puesto al muñeco asesino de Caligari, por el de César, el verdadero nombre del autómata sanguinario. Erlo habría hecho la corrección. Ningún otro se hubiera dado cuenta. Rainer lanzó una carcajada cínica por su broma trágica, de su cuchillada a la cara del perro sanguinario.

Sí, su artículo era una especie de poema cruento. *El gabinete del doctor Caligari* le servía para comprender todo. A él le enseñaba a huir, a perderse en la oscuridad, a volver a la cueva.

Por eso, al anochecer de ese día retomó el primer tomo de los documentos de Auschwitz. Pero no pudo pasar de las declaraciones de Swiderska, del campo de Birkenau. Este contó cómo una vez que llegó un transporte con judíos de Eslovaquia, una judía internada en el campo reconoció que entre los recién llegados estaban su madre, su padre, su abuela, una tía y su joven hermana. Esta traía una niña en brazos, su hijita. La judía internada hizo señas desesperadas a sus parientes que llegaban para que a la niña la tomara en brazos la abuela, y no siguiera en los de su joven madre. Así se hizo: esta le pasó la niña a la anciana. Inmediatamente vino la selección. Todos los viejos y los niños fueron llevados directamente a las cámaras de gas. Así salvó la vida de su joven hermana, que fue destinada a trabajar. Los nazis no querían mujeres con niños sino mujeres jóvenes solas, para que trabajaran. Si hubiera continuado con la niña en brazos habría sido destinada directamente a la muerte. Es decir, igual que el padre, la madre, la abuela, la tía y la niña, su propia hijita. Y con ese cambio, se salvó ella. Por lo menos por algún tiempo. La enviaron a trabajar. La niña entró a la muerte en los brazos de la abuela.

Ahí se detuvo, Rainer. Era la primera página que leía esa noche. Recurrió a la vieja medicina de poner música de Pfitzner para lograr su equilibrio. Esta vez puso la sonata para violín y piano opus 27. Escuchó en absoluto silencio pero la escena fue tapando la música. La abuela que llevaba en brazos a su nieta a la muerte. El rostro de la pequeña con la curiosidad de niña. ¿Habrá llorado, habrá reído, habrá abierto sus ojos? No está registrado. Nadie jamás le podría dar esa información. Iría a Birkenau para ver si podía descubrir el dato en el dibujo de las nubes o en la tranquilidad de la tarde o en el aburrimiento del cuidador del museo. Nadie ya le podría dar ese dato. La joven madre sin saberlo entregó a su hija y salvó así su propia vida. Por el momento. No para salvar su vida, para vivir unas semanas más, unos meses más, tal vez un año más, trabajando hasta morir o hasta la esperanza. Tal vez se salvó y entonces pensó toda su vida en su hija.

La niña en los brazos de la abuela. La niña tenía los ojos de Minou, algo de espera, algo de gozo, algo de porvenir. La música de Pfitzner lo fue convirtiendo en verdugo. La música que tanto había escuchado él en su niñez servía hoy sólo para convertirlo en verdugo. Sí, su madre y el señor Monsberger, que venía a visitarlos expresamente desde Villa Devoto a Belgrano para tocar con su madre esa sonata, mientras su padre tomaba cerveza debajo de las palmeras del patio con el editor Hans Fändrich y el librero Walter Wilkening. El patio y las palmeras de aquel barrio de Belgrano de la niñez iban desapareciendo y el pasillo conducía a una cámara de gas y desde la sala de música llegaba la sonata de Pfitzner. Su madre, el piano y el señor Monsberger al violín hacían esfuerzos desesperados para borrar la imagen que pasaba por la mente del niño Rainer.

Por eso Rainer sintió miedo, como que llegaban fantasmas, y apagó la música. Los sonámbulos de Caligari se despidieron, el señor Monsberger tomó su sombrero, su madre se desdibujó. Mejor, mejor, si igual la última escena iba a ser la niña en brazos de su abuela rumbo a una muerte química, parda, asesina, una muerte asesina.

Todo desapareció con el sueño. Aunque a la mañana siguiente Rainer estuvo más de media hora lavándose el rostro con agua fría.

Otro amanecer, otro despertar. Un suplicio deseado. La corona de espinas en la cabeza del hijo del perro sanguinario. Iba a poder aguantar un día más. Sí, iba a poder, si podía ver los ojos de Minou y verla reír, y verla vivir con fuerza y ganas.

* * *

Su hermana, Erna, lo llamó para trasmitirle que en las costas del Río de la Plata habían encontrado el cadáver del joven Horst Herrmann, el desaparecido hijo de Hertha Herrmann. Rainer sintió mucho dolor por la noticia. Nada había cambiado, nadie había aprendido nada. La muerte en cámara de gas había sido reemplazada por la desaparición de personas de los militares argentinos. Pobre Hertha, se dijo, ahora quedará absolutamente sola con sus muertos. Qué ironía más sangrienta. De aquellas marchas de la adolescencia con tantos cánticos y tantos colores, a esto, reducida a estar acompañada por sus muertos hasta que se muera. Nunca creía que iba a ser víctima. Debería vestirse siempre de negro. Qué tema para una tragedia griega. Qué cabezas eran esas que habían pensado el método de arrojar a las aguas desde un avión a un joven apenas salido de la adolescencia. Así quedaba "desaparecido". "Desaparecido", decía esa figura espeluznante del general Videla, "desaparecido, no está ni vivo ni muerto, está desaparecido". Y quedaba mirando la cámara como una rata buscadora, como si moviera el hocico para convencer. Y todos repetían: "desparecido, ni vivo ni muerto", el embajador argentino en Bonn, el cónsul en Düsseldorf, el representante argentino en Praga. Y quedaban mirando sonrientes, como si hubiesen dado con la clave. En Auschwitz hubo perros sanguinarios; en las calles de Buenos Aires y hasta en los cuartos de los burócratas había ratas buscadoras que movían el hocico. Los ojos de ese adolescente arrojado al río acompañarían toda la vida a los hijos de los verdugos, se dijo a sí mismo Rainer, y estos sí que serían los verdaderos inmolados, si tenían un resto de sensibilidad. Si no guardarían en sí el instinto de las bestias por los siglos en sus descendencias.

La pena de Rainer se transformó en soledad. La necesitaba a Minou para explicarle una serie de situaciones del destino en la literatura y en la vida. Pero no se atrevía a llamarla. Poco le importaban a él las nuevas amistades de ella. Minou y Rainer –dijo en voz alta con una alegría bien joven– son ya amigos de por siempre y para siempre. ¿Lo llamaría ella? Sí, él estaba seguro que ella tenía una bondadosa curiosidad para con él. Y ocurrió así. Minou, un mediodía, quiso saber cómo estaba. Y él de inmediato la invitó para esa noche. Iba a preparar la casa para recitarle poesías de Hölderlin, pondría las flores adecuadas y traería vinos italianos. Minou estaba muy atareada pero le prometió ir aunque no más de dos horas, ya que si bien al día siguiente tenía descanso de filmación, quería aprovechar la jornada para ensayar varias escenas.

Él, contento como un adolescente enamorado recorrió florerías y trajo rosas blancas, rosas color té, rosas rojo bermellón, rosas de color rosa, rosas silvestres. Las fue acomodando en la habitación. Al lado del sillón donde se iba a sentar Minou puso rosas rojas; sobre la mesa, en dos floreros a los extremos, rosas blancas, sobre el piano, rosas silvestres, y sobre el aparato de música, ramilletes multicolores. Así le hubiera gustado a Hölderlin, se dijo.

Luego se fue al escritorio a repasar los dos tomos con poesías del poeta de Tübingen. Pero tenía abierto el libro de Auschwitz y quiso cerrarlo. Un magnetismo especial lo atrajo, tomó el libro y se puso a leer en las páginas que estaba abierto, ¿lo había él dejado así, o alguna ráfaga de aire lo colocó justo en esas páginas? Leyó algo que tuvo que releer varias veces: es el testimonio de Gotland, uno de los destinados a hacer la selección de los judíos que llegaban en trenes. "Una vez, a la llegada de uno de esos transportes estaban todos muertos. El tren venía de Rutenia, o de Ucrania. Tuvimos que trabajar tres días para desalojar de cadáveres a los vagones. El transporte había estado entre diez a doce días en camino. Sólo una niña –tendría unos siete años– vivía todavía y estaba entre los brazos de su padre muerto".

La imagen conmocionó a Rainer. La niña viva entre los brazos de su padre muerto. ¿Qué esperaba? ¿Estaba resignada o así se sentía protegida? ¿Qué habrá pensado de los seres humanos ella en medio de cadáveres, todos los cadáveres del mundo? Rainer quería hurgar cuál habría sido el sentimiento de la niña en esa situación. Pero nunca iba a poder descifrarlo, ni ningún poeta del mundo podía ya hallar la clave. ¿Cómo habrá mirado la pequeña al abrirse las portones del vagón?" No, en el protocolo del juicio no había más datos salvo el hecho que la niña había tenido el mismo destino que todos los cadáveres.

¿Y por qué a él, Rainer Sturm no le interesaban todos los cadáveres sino la niña, sólo la niña?

Sí, Rainer se dio cuenta que perdía el juicio y salió porque se ahogaba, dejó todas las puertas abiertas y caminó kilómetros y otra vez miró todos los rostros a ver sin en ellos encontraba algún sentido de la vida.

–Todos perros sanguinarios mansos –iba diciendo en voz alta cuando se aproximaba alguien. A los niños no los miraba, se cruzaba enfrente desafiando todos los peligros del tránsito. Rainer hubiera querido llorar para sanarse. Pero no podía llorar. La única manera, entonces, era regresar a leer indefinidamente a Hölderlin; el poeta le iba a dar la solución, lo iba a salvar. Porque para vivir le hablaba de la muerte.

* * *

Cuando llegó Minou a la casa de Rainer ya todas las luces y las velas estaban encendidas, y había comenzado Händel. Sí, para Hölderlin, Händel, el concierto de órgano y orquesta opus 74. Minou se quedó maravillada, por la profusión de luces y flores. Rainer estaba muy elegante, con chaqueta tirolesa. Minou lo vio otra vez bello, sí; en el cine hubiera sido la encarnación del Werther, se dijo por milésima vez.

Cuando recapacitó en su comparación no dejó de tener un temblor. Pensó otra vez en su suicidio, que todos esos preparativos eran los primeros pasos de su muerte. Era una especie de réquiem adelantado. Rainer adelantaba su velorio y preparaba su encuentro en el más allá con Hölderlin.

Tomaron una copa de vino blanco.

Sin decir una palabra más, Rainer se apoyó en la mesa y comenzó:

No sólo en la flor y en la uva purpúrea
está la sagrada fuerza; la vida
se alimenta del dolor
y bebe también la felicidad
como mi héroe, en el cáliz final.

Allí, se aproximó a Minou, se arrodilló ante ella y le sonrió en los ojos. Así estuvo mirándola hasta que acabó el concierto de Händel. Luego se paró, caminó como si estuviera en un escenario y se aproximó a la ventana. Pudo ver entonces la calle mientras le decía a Minou:

–Friedrich Hölderlin murió a los 32 años aunque su muerte se produjo cuando tenía 74 años. En esos primeros 32 años fue el más grande de los poetas de todos los tiempos y de todas las lenguas. Luego prefirió dedicarse a la locura, pasó 37 años estudiando su locura para comprender su vida y su muerte. Para comprender la creación y la inocencia. No quiso comprender ni estudiar la maldad.

Luego Rainer volvió a ponerse de rodillas ante Minou y le besó las manos y no quitándole la vista de los ojos, recitó:

Nos queda por doquier aún una alegría.
El dolor legítimo entusiasma.
Quien marche sobre su miseria, se eleva;
Y eso es magnífico, porque sólo en el dolor
sentimos la libertad del alma.

En ese momento Rainer se sentó al lado de Minou, sin soltarle las manos. Le sonrió largamente, como un enamorado perdido. Ella no sabía si dejar escapar unas lágrimas que querían asomarse o abrazarlo y dormirse en el abrazo. Se quedó expectante porque ya había empezado él:

¡Oh lluvia del cielo! ¡Oh entusiasmo!
Tú nos devolverás la primavera de los pueblos.

Vendrás con tu éxtasis todopoderoso
y nos elevarás por encima de lo mortal,
y nos sorprenderemos y nos preguntaremos
si somos aún nosotros, los indigentes
que interrogamos a las estrellas, si allá
nos florece una primavera.

Era todo más que un sueño, una dramaturgia esbozada interpretada por alguien que deseaba ya escalar hacia otras figuras, otras cumbres, otro entramado que borrara lo humano de lo divino, la vida de la muerte. El paraíso en el limbo.

Minou comenzó a tener miedo, pero un miedo elevado, racional, no el de perder la vida sino el miedo de no comprenderlo a Rainer y herirlo con esas, sus ansias de quedarse en la tierra y no elevarse con él.

Otro vaso de vino y otra vez Händel. Y ya Rainer ocupando el centro de la habitación:

Su voz comenzó a subir de tono, se hizo dramática, había algo de decisión y de desesperación:

Yo seré.
¿Cómo me voy a perder
en la esfera de la vida
donde el eterno amor
que es común a todos
mantiene unida a
toda naturaleza?
¿Cómo me voy a despedir de la unión
que conjuga a todos los seres?
Una cosa así no se rompe fácil
como los vínculos sueltos de este tiempo.
No, en el espíritu que nos rodea,
en el espíritu divino,
todo lo propio es común a todos.

¡No, no, no!
En la unión de la naturaleza,
fidelidad no es un sueño.
Nos separamos sólo
para ser íntimamente más unidos,
más divinos, paz con todos, con nosotros.
Morimos para vivir.

El último verso quedó flotando. La música había terminado. El silencio era completo. Las flores brillaban, y comenzaron a exhalar todo su perfume.

Minou se paró y fue hasta Rainer, que estaba inmóvil y miraba las luces. Minou le tomó una mano y se la llevó al seno, al corazón. Después le dio un prolongado beso en los labios y se fue.

Rainer siguió en su posición. Luego reaccionó y murmuró algo así como "se ha escapado, se ha escapado". Pero prosiguió como si estuviese ella presente: "Cuando murió su bienamada Susette, Hölderlin dividió su vida: ahora le esperaba el dolor y el misterio del dolor. A ella le dedicó su libro *Hyperión* con la más hermosa de las dedicatorias: '¿A quién sino a ti?'. Allí está el personaje Diótima, que no es otra que Susette encarnada en la historia. De ella dice Hölderlin: 'Era la anunciadora de la máxima forma del amor'".

Rainer se dirigió a la ventana y habló al asiento vacío de Minou:

Muerto hace tiempo y en clausura
mi corazón saluda al bello mundo,
sus ramas florecen y echan brotes
henchidos de nuevas fuerzas;
¡Oh, yo regreso otra vez a la vida
hacia el aire y hacia la luz,
mis flores dichosas quieren mostrarse
y las secas vainas estallan.

¡Diótima, alma bienaventurada!
Delicada, a través de quien mi alma
sanó del miedo a vivir
y auguró una juventud divina.
Nuestro cielo perdurará,
él nos hermanó
ya antes que nos viéramos,
antes que nuestras almas se conocieran.

Se imaginó que Susette –Diótima– se levantaba del sillón, recorría el salón como buscando al poeta muerto y luego adquiría las formas de Minouche y sus ojos.

Rainer con el pañuelo trató de disimular una lágrima que no existía. Otra vez más: no sabía llorar. Le habían enseñado de chico que los hombres no lloraban y le habían secado los lagrimales para siempre.

Y preparó el último recitado. Puso música de Johann Sebastian Bach y recitó de Hölderlin, la poesía que lo había sanado de las imágenes de la niña del collar de coral, de la niña viva en los brazos del padre muerto, de la niña cuya madre la había pasado a los brazos de la abuela, en la rampa de Auschwitz...

Sí, un ser divino es el niño,
en tanto no se haya sumergido
en la inconstancia del hombre.
Es todo lo que es, y por eso tan bello.
No lo mancilla ni el yugo de la ley
ni del destino:
en un niño hay sólo Libertad.
En él, la paz; aún no está
en discordia consigo misma.
Hay riqueza en él; conoce su corazón
y no la mezquindad de la vida.

Es inmortal
porque no sabe
nada de la muerte.

* * *

Esa nueva mañana, Rainer desayunaba cuando llegó su hermana. Erna se quedó admirada por las flores y los candelabros y candiles. Rainer se apresuró a explicarle:

–Lo hice por Hölderlin, el poeta.

–Hölderlin –dijo Erna– a mamá le gustaba mucho leerlo, pero nunca lo recitó en voz alta. Su preferido era Rilke, ¿te acuerdas?, sabía de él muchas poesías.

–Sí, las recitaba muy bien, siempre me acuerdo.

–¿No te gusta Rilke a ti?

Rainer no supo qué contestar. ¿Por qué no le gustaba Rilke? Había algo que se oponía, indescifrable. Pero finalmente dijo con cierto temor:

–Creo yo que a Rilke lo sintieron mejor las mujeres. No sé, siempre me pareció algo para vosotras; no sé por qué. Yo le huía siempre a sus poesías cuando abríamos las antologías, más en aquellos fines de la década del cuarenta, tan difíciles y a pesar de que estábamos tan necesitados de palabras suaves, paradisíacas, golosas, con sueños sin pesadillas.

Erna siguió observando las flores y luego volvió a mirarlo fijamente a Rainer. Algo raro tenía todo eso. Algo raro tenía Rainer en organizar eso.

Erna desempacó alimentos, y los llevó a la cocina. Después le alcanzó un libro pequeño que le había traído.

–Como me pediste libros de aquel tiempo, de casa, te traigo el libro que más quise y lo sigo queriendo, aunque sea como recuerdo.

Era un libro de cantos. *Wir Mädel singen* ("Nosotras, las niñas cantamos"), el libro oficial de cantos de la Federación de Niñas Alemanas (BDM), la organización oficial nazi de niñas.

–Te lo presto. Para mí es un tesoro de recuerdos: los cantos de las marchas, de las excursiones, de los homenajes a la naturaleza. Te va a gustar leerlo.

Y así fue. Cuando Erna se fue, Rainer tomó el pequeño libro y lo leyó desde la primera página. Luego fue al piano y tocó las melodías. Por último ensayó cantar las cuatro estrofas:

Dejad flamear las banderas
en el gran amanecer,
que nos ilumina nuevos triunfos
o nos abraza hasta morir.

Es posible que caigamos.
Nuestra patria es la Catedral.
Un pueblo tiene cien cosechas
Y marcha cien veces a sembrar.

Alemania, míranos, te ofrecemos
como mínimo gesto la Muerte,
y si esta nos saluda en nuestras filas
seremos la gran simiente.

Por eso, dejad flamear las banderas
en el gran amanecer,
que nos ilumina hacia nuevos triunfos
o nos abrasa hasta morir.

Rainer volvió a cantar la última estrofa. Luego se quedó pensativo. No podía comprender que las niñas pronunciaran la palabra muerte, morir. ¿Por qué les hacían cantar eso? ¿Cuál era la muerte que deseaban, la de ellas mismas o la de los otros, lo que consideraban el enemigo? ¿Si esas niñas las hubieran mandado a matar a la niña judía del collar de coral, qué hubieran hecho? ¿Si las hubieran mandado a consolar a la niña del collar de coral, qué hubieran hecho? A una la esperaba la muerte, las otras cantaban a la muerte pero no sabían qué era.

Muy triste, tuvo que alejarse de todo eso. Puso la primera sonata para piano de Beethoven, que le quitó el ambiente, que le hizo ver campiñas, y oír risas, y sentir una enorme nostalgia por todo eso, correr, correr y llegar a un claro del bosque y allí estaba Beethoven tocando el piano rodeado de pájaros y fantasmas de formas curiosas, blancas y azules. ¿Por qué esa búsqueda de inocencia que no existía, Beethoven en medio del bosque con un piano de cola tocando su primera sonata?

Sólo algún vagabundo lo puede haber escuchado así, pero él jamás lo encontraría. Apagó la música y volvió al libro de Erna. Con rabia repasó las notas de la próxima canción, y recordó que él también la había cantado, sí, apenas con ocho o nueve años, mientras marcaban el paso y marchaban:

Nos presentamos sin fusiles;
Marchamos desarmados.
Un joven ejército en la propia tierra.
¡Un joven ejército en la propia tierra!

Estamos por la Alemania
del mañana, ya listos,
por eso iniciamos la marcha.
En nuestra ruta espera el Tiempo;
él deberá redoblar el tambor.

La Muerte cabalga ante nosotros;
ya algunos nuestros se llevó.
Los muertos acompañan la bandera;
han llegado cuando el clarín llamó.

Los muertos acompañan la bandera
en tanto sigamos marchando.
Los muertos, con firme paso
para que no perdamos el nuestro.

En nuestra ruta espera el Tiempo,
él debe redoblar el tambor.
Estamos por la Alemania
de mañana, ya listos.
Por eso iniciamos la marcha hoy.

Niñas que cantaban a la muerte e iban acompañados por los muertos. Qué diferente de Hölderlin que buscaba en la muerte el equilibrio, el descanso. Y estos uniformados les hacían cantar a sus niñas a la muerte para preparar las marchas sobre otros pueblos y sembrar allí el dolor, la separación definitiva.

Rainer pensó entonces lo triste –sin saberlo– que había sido su niñez a partir de que llegaron a la Alemania de Hitler. En ese momento, por primera vez, en forma abierta, le reprochó a su madre no haberlo sacado de ese medio y llevado a una escuela donde se recitara todo el día a Hölderlin.

Pero ya no se podía volver atrás ni se podía echar la culpa a su madre. Tal vez ella creció con el mismo desconocimiento y luego cayó en la esfera de un asesino de buenos modales.

Las niñas que iban cantando por los caminos a paso militar y las niñas que eran llevadas a la muerte en vagones de carga. Rainer las hubiera reunido a todas para hacerlas caminar por los bosques, mirar las mariposas, oír los pájaros y cantar canciones campesinas, de la cosecha, de las mieses doradas y las frutas maduras.

Volvió a tomar el libro de los cánticos nazis –que tenía forma de libro de misa– y le nació una duda después de leer el pie de imprenta con el nombre de la editorial. Buscó nervioso el libro de donde había obtenido las citas de Hölderlin que había leído a Minou. Con desesperación vio que era la misma. La editorial

Georg Kallmeyer Verlag, Wolfenbüttel und Berlín. Más humillación todavía, en la edición de Hölderlin decía: "Edición para los soldados del frente, en el año de guerra de 1944". Hölderlin para los soldados de Hitler.

Rainer nunca tuvo una reacción así, se puso a gritar como un loco, tiró los libros al suelo y los pateó hasta deshacer la última hoja mientras gritaba: hasta eso, usar a Hölderlin para matar, usar a Hölderlin para sacrificar a sus propios jóvenes, los asesinos usaron a Hölderlin. Eso era para él más insoportable que lo que había leído hasta ahora; usar a Hölderlin para destruir, qué bestias, qué malos, que perversos. Se imaginó al perro sanguinario repartiendo libros de Hölderlin entre quienes iban luego a cumplir con la misión de matar a los desarmados, a las madres, a los ancianos, a los niños... a las niñas.

Todo habían ensuciado. Todo. Sí, no quedaba otra cosa que elevarse sobre la tierra, despegarse. Pedirle a Minou, rogarle a Minou... él quería llevarse de esta tierra a la niña con el collar de coral.

* * *

Minou lo llamó urgente a Erlo y se encontraron ese mismo día. "Algo hay que hacer", fue el alerta de Minou.

–Rainer está loco. No encuentro otra palabra. Totalmente loco, ya no razona.

Le contó el espectáculo de Hölderlin que había preparado en su casa. Y que ella tuvo que hacer un supremo esfuerzo para despegarse de toda esa magia e irse.

–Escúchame, Erlo, no exagero. Busca suicidarse y si todavía no lo ha hecho es porque quiere convencerme que lo acompañe. Como Henriette Vogel a von Kleist. Quiere una muerte literaria, fuera de toda realidad, entre flores a Hölderlin y música de Händel. Y quiere llevarme a mí, que encarno a las víctimas de su padre, como muestra de su pureza, como muestra de amor por lo que su padre destruyó.

Erlo trató de calmarla. Le dijo una vez más lo que ya le había expresado otras veces.

–Rainer está enamorado de ti. Y sí, se va a suicidar si ese amor no es correspondido. Él cree que la muerte que cantó Hölderlin es el paraíso y por eso quiere llevarte. Minou, tienes que convencerlo de lo contrario, tú lo amas, es un ser al cual sólo se lo puede amar y admirar, más en esta circunstancia, donde se ha despojado de todo lo artificial que lo rodeaba mientras era funcionario.

–Erlo, yo a Rainer lo quiero, sí, hasta lo amo. Me gusta, es un niño, es un poeta, es un justo. Pero ya no tiene vida y yo quiero vivir.

Erlo la miró, le tomó las dos manos y le dijo hasta con algo de desesperación:

–Minou, ámalo, tú puedes hacerlo, ámalo con todo, acarícialo, guíalo, sé el sujeto de su poesía, sácalo a viajar, invítalo todos los días a recorrer el mundo. Tú puedes hacerlo, no lo abandones, es oro puro, es incapaz de matar una hormiga. Se siente culpable, quítale la culpa, tú eres la única que lo puede liberar. Sólo se siente libre a tu lado.

Minou se emocionó mucho y comenzó a llorar silenciosamente. Erlo le acariciaba las manos.

Ya no pudieron hablar. Ella se levantó, él la acompañó. Se fueron en silencio. Se abrazaron largo. Se despidieron.

* * *

Minou lo llamó a Rainer bien temprano a la mañana siguiente. Le dijo que había quedado impresionada con la figura de Hölderlin. Rainer, rápidamente, le dijo que podían viajar hasta Tübingen y ver el río Neckar donde siempre está presente la sombra del poeta.

–Lo vamos a hacer, Rainer, lo vamos a hacer –se empeñó Minou–, pero, claro, estoy en medio de la filmación.

–¿Cuándo vienes a verme? Tengo pensado otro encuentro que

te va a emocionar mucho y te va a gustar, va a ser inolvidable. Vamos a dedicar la noche a Schumann. ¿qué te parece? Todo lo de él me subyuga y creo firmemente que te va a empezar a gustar su música. Es la rebelión, es la imposibilidad, es la protesta, es la incomprensión de todo. Él busca su refugio final...

Minou lo interrumpió porque sabía que Rainer le podía hablar horas enteras sobre Schumann. Le dijo que sí, pero que debían dejar pasar unos días.

–Así puedes preparar bien el concierto –lo consoló.

–Oh, sí. Esta vez nos dedicaremos sólo a sus sinfonías... pero también a sus lieder...

–Creo que sería demasiado... no más de dos sinfonías, o una sinfonía y algunos lieder –lo volvió a interrumpir Minou, con cierto temor de que todo podía prolongarse hasta la madrugada.

Cuando cortaron, Minou respiró hondo, ahora iba a almorzar con Ricardo, "su" cantor de tangos, lo que significaba volver a la normalidad, hablar sobre la solución de problemas, sobre la vida diaria, matizarla con humor, alejarse de todo ese mundo de bosques impenetrables sin sol de Rainer. No, estar con Ricardo era como estar en la playa de Mar del Plata: tomar sol, hacerse un sueñito en la arena, tirarse al mar, dormir la siesta después de hacer el amor, sano, deportivo, como una competencia, en medio de risas, ir a cenar a la noche y luego caminar por la playa descalzos hasta la madrugada.

Pensó también que ir a lo de Rainer era como visitarlo en un sanatorio de insanos que creían en el arte. Faltaban allí Hamlet, Romeo, Julieta, Lucrecia, y además todos los poetas suicidados de la historia. Tal vez si seguía visitando a Rainer los iba a conocer a todos personalmente. Ahora le iba a presentar a Schumann. Alguien que había terminado igual que Hölderlin, loco. Esas cuatro letras preocupaban a Minou. ¿No era tal vez la locura una sublime simulación? ¿No eran acaso los locos, cuerdos con vocación de locos? Era todo un teatro magistral, pero teatro al fin, con finales casi siempre dramáticos. "Se volvió loco" significaba algo así "por fin encontró su vocación". "Por fin se recibió de loco", después de una larga carrera contra lo estático y lo normal. "Se volvió loco", ¿qué quería decir? Claro, que había encontrado su sitio entre los elegidos, ahora podía decir cualquier cosa, intentar cualquier cosa, que siempre iba a permanecer loco sin peligro de perder esa vocación.

Pero, Minou presentía algo. Tenía miedo, cada vez más miedo, a sus encuentros con su querido loco.

Erlo la trató de convencer una y otra vez a Minou que Rainer no estaba loco, estaba fuera de la realidad, sí, era un intelectual que se tomaba todo al pie de la letra y que alguien le había quitado su disfraz y alejado de su teatro cuando era un funcionario especializado en cultura.

–¿Quién le sacó el disfraz, yo, acaso? –lo interrumpió Minou casi con furia.

–No. Todo lo que se le fue presentando y llegó el enamoramiento firme, de adolescente, para contigo. Ahora está encerrado tratando de resolver todas las claves: por qué su padre, por qué él es hijo de su padre, y por qué ese encuentro contigo. Es su sensibilidad que lo acosa y no lo deja avanzar.

–No lo deja curarse –lo corrigió Minou.

Erlo se tomó un tiempo en repetirle:

–Tú eres la única que puede curarlo.

–Aceptando irme con él, partiendo con él al Elíseo. No, Erlo, yo soy una mujer muy fuerte, quiero hacer obra, quiero gozar de la juventud, no puedo, no tengo capacidad para sumergirme en los cielos y los infiernos de Rainer, ni siquiera convivir el purgatorio en que está viviendo. Él se siente culpable y no tiene ninguna razón de sentirse culpable.

Erlo la interrumpió:

–No, él no se siente culpable, es que no comprende al mundo que lo acusa. Es demasiado puro, inocente.

–Puedo amar la inocencia pero no puedo convivir con ella –dijo Minou, esforzándose. Y para darse fuerza le repitió tres veces: –Soy muy joven, soy muy joven, soy muy joven, ¿me entiendes?

Erlo no habló más. Hizo un gesto de impotencia. No se sintió comprendido por ella; tal vez porque lo apreciaba mucho a Rainer y veía que la única tabla de salvación se iba alejando en el mar.

* * *

Rainer se levantó a la mañana y fue directo a la biblioteca, y sacó una carpeta del archivo. Sí, era esa, por fin, tanto buscarla, se ve que había soñado con ella y alguien en el sueño le marcó el lugar donde estaba. Era una fotocopia que había guardado desde hacía quince años, por lo menos. Eran actas del juicio de Auschwitz.

Construcción de perreras: "Por orden de la administración económica del 16 de octubre de 1942 se construyó en Birkenau una perrera instalada con lo mejor, que fue calculada para mantener a 250 perros y que costó 82.000 marcos". Su padre Otto Sturm era un enamorado de los perros. Rainer se acordaba de Buenos Aires donde su padre tenía en el fondo tres perros ovejeros alemanes. Freya, Wotan y Zita. A Rainer su padre le obligaba a acariciar los perros y a hablarles con confianza. Pero Rainer siempre les tuvo como una alergia espiritual. A Otto Sturm también le gustaban los perros de caza y muchas veces salió con sus amigos a cazar liebres y perdices al sur de la provincia de Buenos Aires. Una vez lo llevó a Rainer, cuando apenas tenía ocho años, y este se asustó mucho cuando veía a los perros traer liebres o perdices heridas de muerte. Ahora se impresionaba al leer lo de las perreras de Birkenau para la custodia de Auschwitz y seguro de que su padre había colaborado en algo para la construcción de esas perreras. Rainer salió a la calle en busca de una librería. Quería leer todo sobre perros de caza y encontrar a quien más se pareciera al "perro sanguinario".

En una librería cercana le dijeron cuál librería estaba especializada en perros y por eso se fue al centro. Allí había toda una biblioteca y estuvo hojeando horas enteras hasta que finalmente compró una serie de libros. En casa se enteró que los ingleses llamaban al *Bluthund* de los alemanes como al perro de caza de sangre pura. Y lo que más le impresionó fue este párrafo en el cual creyó ver pintado a su propio padre: "Hace quince mil años el perro se volvió compañero del cazador. Linneo lo llamó *canis familiris putjani*. Fue posiblemente una mezcla de lobo y de perro de las turberas. Para elegir un buen perro de caza hay que hacerlo con aquellos que buscan contacto con los perros más viejos y se dejan caer de costado o de espaldas. Este es un gesto de servilismo que habla de un ser equilibrado. En sentido práctico está claro que perros obedientes producen un rendimiento mayor. Con ellos se puede lograr más obediencia con ejercicios consecuentes, repetidos regularmente y en forma de obligación, de manera que se conviertan en una costumbre. Este es un proceso de aprendizaje progresivo que por supuesto requiere del Señor (el dueño) mucha paciencia y constancia. Es un perro pesquisa incansable cuando se trata de liebres, gacelas, jabalíes y zorros. No dejará de buscar hasta traer en sus dientes la presa, todavía viva. Nadie se escapa a su olfato. Nadie lo puede engañar, es siempre triunfador en cuanto a la presa de caza se refiere. Su extraordinaria memoria le posibilita ir recogiendo entre sus dientes, en orden, a todo animal silvestre que ha sido cazado."

Rainer tiró el libro y gritó: "Perro sanguinario, así eras, nada se te escapaba, cuando un prisionero de Auschwitz lograba huir te llamaban a ti y tardarías dos horas, dos semanas, un mes, pero lo traías y te dabas el lujo de humillarlo y darle un tiro de gracia, apenas, frente al muro negro. Y eras el más obediente de todos, jamás hubo que llamarte al orden en la SS. Perro sanguinario. Siempre triunfador sobre los perseguidos. Me avergüenzo por todos los siglos, me abro las venas para perder toda tu sangre, asesino, bestia, linchador, verdugo, sicario, sayón, obsecuente, servil, basura, pura basura, nada más que basura…".

No podía calmarse y fue en busca del diccionario de sinónimos para dar con todas las acepciones de *Bluthund.* Las fue leyendo con voz cada vez más alta: ¡bruto, inhumano, subhombre, vampiro, caníbal, bárbaro, fiera humana, monstruo, cruel, palurdo...!

Luego buscó la *Historia de la tortura y de la pena de muerte,* y encontró en el capítulo "Bluthunde" todos los servidores de los peores métodos de torturas y de la pena de muerte. Gritó en el límite de sus fuerzas nuevamente "¡verdugo!". Y de pronto vio aparecer junto a la puerta una estampa: sus padres jóvenes con los dos niños. Rainer perdió su control y comenzó a gemir, sin lágrimas; la mandíbula comenzó a moverse agitadamente, se cubrió la cara con las manos mientras emitía ruidos guturales que significaban un inmenso dolor. Trastabilló y se tiró en el sillón donde sufrió una especie de desmayo. Cuando despertó era toda oscuridad alrededor de él. Recordaba la estampa de sus padres que había creído ver recortada junto a la puerta. ¿Había sido injusto? ¿Habían venido a castigarlo? ¿Era tal vez la última estampa? Se sintió culpable y por eso comenzó a buscar carpetas con fotocopias. Quería justificarse.

Tardó mucho, dos, tres horas, hasta que las halló.

–Aquí está.

Sabía que era lo que más mal podía hacerle. Que no se iba a poder recuperar de la imagen que le iba a dar el documento. Y leyó en voz alta el testimonio de un cargo en Auschwitz: "En un día del otoño de 1943 bien temprano observamos que en el patio, en la pared del galpón 11, se hallaba una pequeña niña. Tenía un vestidito rojo bordó y dos pequeñas trenzas. A sus manos las tenías pegadas a los costados, disciplinada como un soldado. De pronto miró hacia el suelo, se agachó rápidamente y se lustró los zapatos con la manga. Luego volvió a mantener su posición anterior. De pronto salió del galpón el SS encargado de la oficina política. Tomó a la niña de la mano. Esta lo acompañó muy solícita. Era huérfana, polaca, sus padres habían sido muertos uno o dos días antes. La niña corrió la misma suerte que sus padres".

Llevaba puesto un vestidito rojo bordó. Tenía sus manos pegadas a sus costados como un soldado.

–El perro sanguinario... –dijo en voz alta Rainer. Allí se dio cuenta que entraba en la locura de la cual ya no iba a poder salir. Una niñita con un vestido rojo bordó... es llevada a la cámara de gas.

Rainer ya no podía retroceder. Necesitaba de la locura para poder vivir. O la buena muerte para olvidar, para poder leer a Hölderlin en la nada.

Nada tenía sentido. ¿Qué felicidad podía encontrar si lo seguiría siempre la niñita con el vestido rojo bordó del patio del galpón 11 de Auschwitz? Sí, rojo bordó, pero los ojos eran de Minou. Si la tuviera a su lado la acariciaría y le besaría los ojos. Le hablaría por teléfono para que siempre lo visitara vestida de rojo bordó.

Tuvo ganas de llorar desconsoladamente. No pudo. Llorar era muy fácil, mejor tenía que recordar, imaginar cómo la niña tuvo la misma suerte que sus padres polacos. Se imaginó sus ojos ya en la cámara de gas, y su vestidito rojo bordó en el montón de las vestimentas de los inmolados. Salió a la calle, fue hasta el parque para poder mirar el cielo. Estuvo horas allí hasta que lo saludaron las estrellas y él fue repitiendo sus nombres, una y otra vez. Y se dijo:

–Por fin la locura.

* * *

A la mañana siguiente se fue a la Kurfürstendamm apenas abrieron los negocios y se detuvo y entró en todos los comercios de prendas de vestir femeninas. Siempre pedía ver vestidos de color rojo bordó, cosa que causaba bastante sorpresa ya que no era color de moda esa temporada. A las diez de la mañana la llamó a Minou para invitarla a almorzar juntos. Fueron a un restaurante mexicano de Kreuzberg y allí ella le dijo que tenía muy poco tiempo porque a las 15.30 reanudaba la filmación aunque iba a hablar al ayudante que él preparara la escenas así disponía de unos minutos más. Él lamentó ya que le dijo que le hubiera gustado visitar todas las tiendas de ropa de mujer de la Kurfüstendamm. "¿Por qué?" preguntó curiosa Minou. "Porque quiero regalarte un vestido rojo bordó."

–¿Rojo bordó? ¿Y por qué?

–Porque anoche soñé con ese color y contigo, que lo usabas. Y así veía a un ser que resucitaba. Sólo me puedo tranquilizar si te veo a ti hoy con ese vestido, y te pediría que te lo pongas todas las veces que puedas cuando me visites.

Comieron muy de prisa, tomaron un taxi y él ya sabía cuáles tiendas podían satisfacer su pedido. A Minou le pareció todo muy curioso pero aceptó el regalo que al final lo consiguieron en una tienda que tenía una variedad increíble y entre ellos, oh suerte, uno vestido rojo bordó. Ella se lo probó, le quedó muy bien. A Minou, al principio, le pareció haberse vuelto infinitamente antigua, se veía como una figurita de las revistas *Maribel* o *Para Tí*, del Buenos Aires de fines del '40. Pero después se sintió absolutamente femenina, con las formas bien marcadas y se gustó, aunque no le encontraba explicación a nada.

Cuando salió del probador, él la miró muy emocionado. La abrazó, la besó, con gran ternura, y le pidió:

–No te lo saques nunca. Ahora puedo volver a salir por las calles, guardándome la imagen de tu estampa vestida de rojo bordó.

–¿Es una cábala? –preguntó ella.

–No. Es una resurrección. El nacimiento de la vida. La venganza contra el crimen. Estás viva y en ti estamos todos vivos. Sí, hoy estamos todos vivos, podemos vivir todos. Puedo borrar la memoria. Comenzar a correr y gritar: "¡que venga la primavera, que vuelva el sol, que vuelvan todos los niños muertos!".

Minou lo miró extrañada. Quería explicaciones sobre eso último que había dicho.

Pero Rainer cubrió todo su secreto con sus palabras claves:

–Estás bellísima, Minou, bellísima.

El tiempo se acababa. Él la llevó en taxi hasta los estudios de filmación y la vio alejarse, muy juvenil.

Luego, Rainer le pidió al taxista que dieran un largo paseo por Schöneberg y por Dahlem. Sólo después regresó. "Le voy a pedir a Minou que venga con el vestido rojo bordó cuando escuchemos a Schumann", se dijo entusiasmado, ya sin miedos de parecer loco.

* * *

Estaba ya en la aldea renana de Kasbach. Había viajado hasta Unkel y de allí, en taxi, hasta la entrada de la aldea. Primero quería recorrer sus calles. Una aldea idílica, llena de jardines con flores y callejuelas con casas medievales. Allí, detrás de unas ventanas románticas que podrían servir siempre para un aria de Mozart, con la bella arrojando un ramo de flores al aspirante, se protegía Horst Schobert, el ayudante de Otto Sturm, el preferido de Otto Sturm, que había recibido como condena apenas cuatro años de prisión en el proceso de Auschwitz por haber sido menor de 21 años cuando cometió los hechos que se le imputaban. Rainer había conseguido la dirección a través de su hermana Erna. Esta y Schobert intercambiaban saludos todas las navidades. Horst Schobert, salido de la cárcel, tardó mucho en ponerse en contacto con la esposa de Otto Sturm, su madre, primero, y luego con su hermana Erna. Pero en 1965, les envió su primer saludo de navidad. La madre de Rainer le contestó con una carta llena de agradecimiento por el recuerdo y la lealtad, pero sin ninguna referencia a su esposo Otto Sturm si este estaba vivo o estaba muerto. El reencuentro nunca pasó de los saludos navideños. Una vez Horst Schobert se animó, se anunció y llegó a Berlín y visitó a la madre de Rainer. Ella no quiso que estuviera presente Erna. De Rainer, ni que hablar. Nunca pudo saber Erna lo que hablaron los dos: la viuda o no de Otto Sturm y quien había sido su fiel ayudante.

Y ahora, de pronto, diez años después de ese encuentro, Rainer quería visitarlo y conversar con él. Erna, al principio, sospechó de alguna curiosidad malsana, de algo que iba a ir en contra de la tradición de ellas en seguir esa amistad. Pero Rainer le aseguró que sólo iba a escuchar, que sólo quería saber algo más de la vida de su padre, que no le iba a hacer ningún reproche. Iba a ir como un historiador para lograr datos útiles de una vida que ellos habían desconocido. Porque Otto Sturm jamás dio detalles de su actividad en los campos de Bergen-Belsen, de Dachau y de Auschwitz.

Horst Schobert se alegró al principio cuando Rainer lo llamó por teléfono para decirle que lo iba a visitar. Pero luego le fue naciendo como una sospecha y se fue cubriendo con una coraza de autodefensas.

Le abrió la puerta la esposa de Horst Schobert. No hubo sonrisas. Ella tenía cara de sufrida. No tenían hijos. Lo hizo pasar por un pasillo más bien oscuro, como los de todas esas casas de fachadas tan llenas de luz. En un comedor humilde estaba Horst Schobert, un hombre en los sesenta, o que aparentaba eso. De aspecto rústico, más bien entrado en carnes. Horst Schobert no se paró, como si tuviera alguna dificultad física. El silencio siguió a los saludos.

–Igual a su madre –rompió el silencio el dueño de casa–. De Otto Sturm usted tiene poco, sí, tal vez los ojos, sí, los ojos.

Esto a Rainer lo descolocó.

–¿Los ojos?

–Sí, la misma forma de mirar.

Rainer trató de recuperarse en seguida sin darse por aludido y trató de ser amable:

–Por fin lo conozco –empezó Rainer con timidez–, hacía tiempo que quería hacer este viaje.

El ex guardián de Auschwitz lo comenzó a mirar con desconfianza.

–¿Usted qué hace?

–Soy periodista, escritor –respondió Rainer.

Su respuesta aumentó la desconfianza de Horst Schobert.

–¿Y qué desea de mí? Porque yo no recibo jamás a periodistas, ni a escritores –dijo Schobert firme, mostrando a la vez toda su rusticidad.

–Sólo que me cuente de mi padre. La última vez que lo vi a él yo tenía quince años, fue en febrero de 1945. Usted estuvo con él hasta el final...

–Sí, hasta el final. Caímos prisioneros de los rusos. Allí después de unos meses él se pudo escapar, y nunca más lo vi. Hizo bien, desapareció para siempre. Algunos dijeron que se había ido a Canadá, otros a España, también a la Argentina.

–Sí, ni mi hermana ni yo jamás supimos nada acerca de su vida posterior.

–No, yo tampoco. Si lo hizo fue para no comprometerlos ni comprometerme. Yo estuve cuatro años preso con los polacos. Después en el '63, ya estando aquí, me iniciaron juicio en Francfort, con otros acusados. Me salvé porque me aplicaron el código de menor de edad, ya que cuando estuve en Auschwitz era menor de 21 años.

–¿Y de mi padre qué me puede decir? ¿Por qué lo llamaban *der Bluthund* hasta sus propios compañeros...?

–No, eran los que le tenían envidia, y los presos...

–¿Era muy estricto, no, con los prisioneros?

–No sé... era como lo obligaban a ser los reglamentos...

–Usted tiene un buen recuerdo de él...

–Nunca me hizo daño; me protegió. Yo aprendí muchas cosas con él. Y cuando había que cumplir con algo... desagradable, lo hacía él, no como otros jefes que mandaban a sus subordinados.

Pero Rainer quería saber una sola cosa, tal como aparecía en las actas.

–Las actas del juicio hablan que una vez apareció en el patio del bloque 11 una niña vestida de rojo bordó que era huérfana de los dos padres, polaca, y que mi padre la llevó de la mano hasta la cámara de gas.

–No, no me acuerdo, eso no lo vi, pero deben ser mentiras. Nosotros los de la Sección Política no matamos a niños, eso era aparte, cuando llegaban los transportes...

Hubo un silencio molesto.

–¿Y qué recuerdo tiene de mi padre...?

–Buenos recuerdos, a la noche jugábamos a los naipes con otros oficiales también. Para navidad me daba regalos que le daban a él...

Rainer se dio cuenta que de ahí no lo iba a sacar. Y tuvo ganas de provocarlo.

–¿Y por qué usted siendo tan joven aceptó un oficio tan desagradable...?

–Le voy a decir... Usted hubiera hecho lo mismo.

El hombrachón se acomodó en su silla y dijo su verdad, como la sentía.

–Sí, sí –lo interrumpió Rainer–. Usted lo conoció a Otto Sturm en Auschwitz.

–No, en Dachau. Allí fui yo enviado primero.

–¿Usted eligió ser SS?

–No. Yo en mi vida no pude elegir nada. Los otros eligieron por mí. Yo no tuve padre, mi madre era soltera, hacía trabajos en el campo. Yo hice lo mismo desde los 12 años. Ya en el '33 mi madre me puso en el Jungvolk, y un año después en la Juventud Hitlerista. Yo quería ser guardabosques, siempre me entusiasmaron los árboles y los animales, pero nunca lo pude hacer. A los 18 entré por consejo de los maestros en la SS y me mandaron al frente, tengo cuatro heridas. (Se levanta la manga de la camisa y tiene la cicatriz de un orificio en el antebrazo; luego se levanta el pantalón y tiene una cicatriz grande en la pierna izquierda. Se baja la camisa del hombro izquierdo y muestra una cicatriz profunda, y por último una cicatriz en el pie izquierdo del cual cojea siempre un poco.) Después del hospital me mandaron a Dachau, como guardia. Ahí estaba su padre, quien me eligió para ayudarlo, y cuando a él lo trasladaron a Auschwitz, me llevó como su ayudante. Eso fue todo. Caí prisionero de los rusos en mayo del '45 y recibí tantas palizas que para toda la vida pasé a ser un mutilado, incapaz para el trabajo. Yo me casé en el '44, mi mujer era alemana de los Sudetes, cuando terminó la guerra, los checos asesinaron a mi suegra, después de haberla violado cualquier cantidad de veces. Y otros parientes míos fueron muertos a puntapiés y puñetazos. Después vino la prisión, no sé cómo pude resistir. Esa es mi culpa.

–Pero... ¿por qué aceptó ir a Auschwitz? –ya Rainer, en su curiosidad, había perdido toda cautela.

–Porque me llevó su padre y era una orden. Era imposible negarse. Además nos habían educado en el cumplimiento de las órdenes del *Führer*.

–¿Todos? Algunos jóvenes se negaron.

–Eran comunistas. Pero todos los jóvenes católicos y protestantes de mi aldea se afiliaron al partido nacionalsocialista. No conocimos otra cosa. Los curas nos dijeron que teníamos que obedecer. Obedecimos. Y ahora somos los culpables de todo.

Allí fue tomando de a sorbitos la cerveza que le había traído su mujer que Rainer no había aceptado.

Rainer se dio cuenta que no lo iba a sacar de allí, y que ese hombre no se sentía culpable sino víctima. Rainer quería llegar a su padre y por eso se aventuró a todo.

–En el juicio de Auschwitz hay un testimonio que señala que de pronto en uno de los patios apareció una niña vestida con un vestidito rojo bordó y que estaba sola porque sus padres habían sido enviados a la cámara de gas, y que entonces un jefe SS la tomó de la mano y la llevó al mismo destino de sus padres. ¿Usted fue testigo de ello?

–Ya le contesté su pregunta. Si esas cosas sucedieron es porque se recibían órdenes de arriba y había que cumplirlas. No recuerdo lo que usted me cuenta. Sólo puedo decirle que su padre fue un estricto cumplidor de órdenes y un buen jefe de sus subordinados. Más no le puedo decir. Cuando terminó la guerra yo sólo tenía 22 años, pero ya mi vida no tenía sentido. A partir de allí, yo fui siempre el culpable. –Hizo un largo silencio y prosiguió:– Su padre tenía un cargo alto, quiere decir que tenía responsabilidad. Por ese lado tiene que ver las cosas. Es fácil acusar a la gente. Pero, para mí, él era un hombre del deber. Piense bien de él. Tenga en cuenta que fueron tiempos de guerra.

La cosa no daba para más. Ahí en frente tenía a un ser que sabía todos los crímenes de su padre, que también eran parte de él, pero tenía otras normas de vida, otras conclusiones.

El ex guardián de Auschwitz le preguntó de pronto:

–¿Y a usted no le gustan los perros, como a su padre?

–No, no, vivo en un departamento pequeño –se disculpó Rainer.

–Cuando lo miro a los ojos a usted me acuerdo de su padre... –volvió a insistir el ex carcelero.

–Le quería decir –lo interrumpió casi violento Rainer– que a aquella niña que tenía un vestidito rojo bordó en el patio de Auschwitz y que dicen que mi padre la llevó a la cámara de gas, se salvó, la he visto por el centro de Berlín, con un traje del mismo color.

El ex uniformado de Hitler creyó que le estaba tendiendo una trampa y no le contestó, pero le mantuvo la mirada, firme.

Que Rainer quebró tratando otra vez de aproximarse al tema:

–A mi padre lo condenaron a muerte en Polonia, de manera que si no se hubiera escapado habría sido ahorcado.

–Sí, fue de los pocos que logró escaparse. El doctor Mengele, también...

–Pero después, en 1964, en Alemania Federal lo condenaron a prisión perpetua, en ausencia.

–Sí, eso fue ridículo. Fue para echarnos la culpa de todo y salvarse ellos.

No explicó quiénes eran "ellos".

Rainer se paró, el otro no hizo ningún gesto para retenerlo.

–Todo eso pasó porque perdimos la guerra –repitió como una sentencia Horst Schobert.

–¿Y si la hubiéramos ganado? –preguntó espantado Rainer dándose vuelta.

–Usted no hubiera venido a preguntarme lo que me preguntó.

* * *

En el tren, comprendió Rainer que toda la razón estaba en la última frase del ayudante de verdugo. Todo lo demás era casualidad, mentira, falsedad, y la única explicación estaba en la del más fuerte. Ahora él podía asistir a misa, o a escuchar un concierto de Bach, o a discutir el Imperativo Categórico de Kant. Pero nadie lo iba a salvar de tener los mismos ojos del perro sanguinario, ni nadie le iba a poder explicar la maldad, la terrible maldad, el porqué de los verdugos, el porqué del poder.

Pero no se dio por vencido. Cuando llegó a Berlín, a su casa, pasada la medianoche, se lanzó sobre las actas del juicio de Auschwitz y encontró por qué tenía los mismos ojos color azul que su padre: eran las declaraciones de la médica austriaca Ella Lingens, de 55 años, funcionaria del ministerio austriaco de Asuntos Sociales, y médica de las presas de Auschwitz entre el 20 de febrero de 1943 hasta el 1º de diciembre de 1944, textual: "Me acuerdo de la pequeña Dagmar. Ella nació en Auschwitz, y estuve ayudando en el alumbramiento. La pequeña Dagmar murió después que Mengele le dio inyecciones en los ojos porque él estaba intentando el cambio de color de los ojos de los seres humanos. Estaba planeado que la pequeña Dagmar recibiera ojos azules".

Rainer dejó los documentos, y fue al espejo y se miró largamente en los ojos. Vio primero a su padre, el "perro sanguinario" con su expresión de siempre. Y sí, sí, después vio a la pequeña Dagmar que lo miraba ya con ojos azules, desde el espejo.

* * *

Fue a comprar una tarjeta postal y eligió un dibujo de Egon Schiele, su más admirado artista. Sabía dónde iba a encontrar todo lo de Schiele: en un pequeño taller de pintores y escultores jóvenes en Kreuzberg. Estuvo conversando con algunos de ellos. Se llevó unas veinte postales, una mejor que la otra, como dijo al despedirse. Es que Schiele había pintado a la mujer como nadie. Las tomaba así, sin ningún afeite, salvajes, como recién salidas de la selva o del lupanar, pero en los ojos de ellas estaba todo lo que eran capaces de dar al mundo, al futuro. Rainer tenía ganas de salir corriendo a los saltos e ir gritando "Schiele, Schiele" y arrojar las postales a los balcones. Eligió la más parecida a Minou y detrás le escribió a ella estas misteriosas palabras:

"Minou, mi amor, tú vestida de rojo bordó y yo con los ojos de Dagmar. Te espero con Schumann y volaremos al cielo, reiremos, lloraremos y las caricias nos elevarán a las cumbres de todos los arco iris y los mirtos. Con más amor que nunca, Rainer".

Fue hasta la casa de Minou y la puso en el buzón. Y regresó a su departamento a esperar.

Si hubiera sabido la verdad, la imagen habría quedado rota para él, para siempre. Cuando Minou recibió la tarjeta de inmediato lo llamó a Erlo. Tenía ganas de llorar en el teléfono pero se contuvo pero con enorme tristeza le dijo a Erlo:

–Erlo, te lo repito por centésima vez, nuestro Rainer está completamente loco. Creo que para salvarlo sólo puede ayudarnos internarlo en alguna clínica psiquiátrica. Si no lo vamos a perder para siempre.

Erlo pensó que había pasado algo grave. No, Minou lo tranquilizó pero le dijo que en la tarjeta adivinaba otra vez sus deseos de suicidarse y de que ella fuera su compañera del último viaje.

Erlo no supo qué contestarle, intuyó que Minou algo de razón tenía.

–No sé qué decirte, Minou. Tú eres demasiado buena porque te preocupas por él. Yo no creo que Rainer sea agresivo, no lo fue jamás, creo que aunque él lo haga, a ti te va a respetar. Es esencialmente pacífico, la contrapartida de su padre. Es pura sensibilidad y cree que la vida es nada más que eso, sensibilidad.

Minou repitió la pregunta de siempre, cuyas respuestas no la habían tranquilizado.

–¿Pero por qué antes fue diferente? ¿Por qué pudo ser un alto funcionario y de lo mejor, cuando es tan difícil, con su sensibilidad, ir sorteando las provocaciones de la política?

–Sí, pero de pronto –le contestó Erlo– eso se derrumbó. Bastaron dos cosas: conocerte a ti y enamorarse, y que le hicieran público el reproche sobre su padre. Tu presencia le causó un cambio profundo, está muy enamorado; lo del reproche en los diarios lo dejó desnudo. Y no quiere más aparecer desnudo ante la humanidad. Se esconde en sí mismo para buscar por fin la irremediable salida. Y cree en ti. Pero no debes temer, nada te hará. Antes de hacerte daño sería capaz de lanzarse a caminar como un vagabundo y a pedir que lo encierren con los locos.

* * *

Minou apareció en lo de Rainer con su traje rojo bordó.

Rainer la quedó mirando, extasiado. Lo mismo ocurrió con Minou al verlo: él estaba con una camisa blanca de ancho cuello abierto, como del siglo pasado, y un pantalón negro. Estaba bellísimo con su cabello rubio largo y sus ojos penetrantes y sabios.

Toda la habitación estaba poblada de plantas de mirtos.

–¿Son mirtos, te gustan? –le preguntó él en una voz casi imperceptible–. La planta con que Schumann la obsequiaba a Clara, su amada. Pero además, le regaló a Clara veintiséis lieder que llevaban el nombre de "Mirtos" en un álbum con las tapas en terciopelo del mismo color que tu vestido. ¿Te imaginas, Minou –Rainer no podía más con su entusiasmo–, recibir veintiséis poesías musicales con el nombre de "Mirtos" y llenarle la habitación de esas plantas? Te he traído veintiséis plantas de mirto. Recorrí todos los jardines de plantas de Berlín para llegar a ese número. ¿Te imaginas, nuestra felicidad? Esta vez son para nosotros. ¡La planta de Afrodita, la diosa del amor, de la belleza, de la excitación, Venus! Para la Diosa ellas eran plantas santas. ¿Puedes figurarte el rito? Y aquí, entre los campesinos, desde el siglo XVI, fue el adorno de las novias en la boda. ¡Además, Minou, con las flores y las hojas se preparaba el agua angélica, y sus frutos, las pequeñas bayas negro-azuladas son las golosinas preferidas de todos los pájaros, de todos los pájaros del mundo! ¿Y si nos casamos esta noche, Minou, y ya te quedas definitivamente conmigo, y vivimos para siempre con las veintiséis plantas de mirto?

Minou quedo indefensa. Lo miró fascinada.

Se sostuvieron la vista. Ella debió sentarse en el sillón largo. Él creyó que ella lo esperaba. Y fue. La fue desnudando y besando por cada prenda que le quitaba. Y luego, cada poro de su piel. Él con su cabello largo y sus ojos azules sumergido en el cuerpo de ella. Una, dos, tres horas. Minou nunca fue tan feliz. Era eso lo que sentía, felicidad, más que ardor o deseo. Se sentía feliz con ese poeta de las caricias y de las palabras y de los mirtos. Y su erotismo llegó al máximo cuando él nada más que con las caricias de sus manos la dejó exánime, exhausta. Ella gritó y gritó, de gozo, de felicidad, de agradecimiento, de locura. Eran cien leones majestuosos que se la disputaban y poseían entre sí. Mientras apenas un hombre la acariciaba con los ojos.

Él siempre vestido. Cubriéndose como un monje. Quedaron uno en el otro. Pero sin posesiones. Los rostros ya inseparables, las manos como cadenas.

Luego él la invitó a pararse. Las copas estaban preparadas y brindaron. Ella desnuda.

–Qué felices se habrán sentido Robert Schumann y Clara Wieck, entre medio de los mirtos –dijo Rainer en voz baja–. Tratemos de ser como ellos, esta noche.

"Esta noche nos hemos casado para siempre –agregó él, seguro.

Ella tuvo mucho miedo de esas palabras. Le dio un beso, y le dijo "no" con un movimiento del rostro. No, no, no, se lo fue repitiendo muchas veces, sin palabras.

Y él, sonriente, le comenzó a decir sí, moviendo su cabeza. Cada vez más rápido, y más sonriente.

–Nos hemos casado, los veintiséis mirtos son los testigos.

Minou en vez de entregarse para siempre en ese juramento hecho de piel y besos tomó la violenta decisión de terminar con el juego. Es que se imaginó que todo se iba a cerrar de pronto, todo iba a tomar otro color, todo se iba a meter en un túnel.

Un túnel lleno de miedos y de penas por él, y de desesperación porque se daba cuenta que nada tenía salida ya para ese hombre pura sensibilidad.

Pero él se adelantó e hizo el anuncio.

–Hoy vamos a soñar primero con su sinfonía *Primavera*, su primera sinfonía.

Minou le dejó otra oportunidad. Pero se dio cuenta que los mirtos de Rainer eran para otra cosa, para ayudarlo en su final.

–Imagínatelo –Rainer la tomó por los hombros– a él, Robert Schumann, el músico excelso buscando en su suicidio, la locura. No como Hölderlin que buscaba en la locura, la muerte.

Todo el amor se había roto y aparecía lo alucinante. Minou se fue cubriendo con sus ropas.

–Schumann quería el suicidio para comprender luego la locura. Imagínatelo, muy joven, escribiendo que deseaba arrojarse al Rhin para ahogarse. Y lo hizo 25 años después. Pero dibuja la escena, desgarradora, sublime, apoteótica, loca de toda locura: en el carnaval del Rhin apareció él en traje de dormir, en medio de los disfrazados que creían que era un disfrazado más y ante los ojos de todos se arrojó a las aguas del río tan amado. Quería ver más, quería adivinar más música que en la vida ya no le era dada. Pero lo salvaron unos pescadores. Y entonces sí, comenzó el tiempo de la locura. Largos años en una esfera desconocida, llenas de colores y fantasmagorías, de sinfonías y miedos, pero de sublimes esperanzas. Creo que es una de las cosas que me gustaría conocer. Vivir entre locos unos diez años, sería vivir íntegramente, descubriendo lo que nos es cerrado ahora, lo que no nos es permitido en la vida de los llamados cuerdos.

En ese instante, con todo amor le tomó las mejillas con las manos y le hizo la pregunta que Minou presumía:

–¿No te gustaría venir conmigo esos diez años? Ya nos hemos casado, vayamos ahora en nuestro viaje de bodas a conocer verdaderamente quiénes somos.

Minou abrió la boca como una niña boba. No sabía qué decir. Una cosa era sospecharlo y otra era experimentarlo así, en forma tan directa. Otra vez la pena mezclada con el miedo.

Rainer la siguió acariciando con las palmas de la mano en cada mejilla y mirándola con sus ojos del más allá. Después se paró repentinamente, fue a poner música, y se inició la Sinfonía Nº 1 de Schumann.

Rainer repitió las palabras de Schumann: "¡El sonido tiene que venir desde la altura, como un llamado a despertar!".

Rainer quedó parado mientras hablaba y detrás de él la sinfonía escalaba todos los espacios y las sombras:

–Primero un llamado, y luego la alegría, las lágrimas, el recuerdo, la melancolía y el seguir, seguir, seguir, me entiendes Minou, eso quiere decir este hombre con su sinfonía. Primavera, cuando todo se recomienza sin sentido, todo no es nada más que amanecer, después del amanecer ya está la muerte, lo religioso. Por eso cuando te encuentras con la grandeza, lo abierto más bello, ya estás en la locura. El pensar en los demás, el pensar en las hormigas, en una codorniz que se pasea, o en alguna anciana distante que mira el horizonte desorientada. Definitivamente desorientada después de vivir. Es el momento en que llegan los payasos pero se pone el sol y llega la oscuridad y comienza la lluvia, te imaginas Minou la lluvia que viene para mojarnos juntos, nuestros dos cuerpos que son un cuerpo, mojados hasta el alma, los cabellos, los rostros, tus pechos cada vez más dirigidos hacia mí.

La música se fue apoderando también de las palabras de Rainer que quedó mudo, sordo, ciego y se sentó en el suelo al borde del sillón donde estaba Minou. Cuando la sinfonía terminó comenzó el silencio y luego, el deslizarse de Minou. Ella logró deshacerse de los brazos de Rainer, apenas se puso el vestido y salió llena de miedo pero con la impresión de haber vivido un espectáculo feérico, fuera de toda realidad. Como si ya también ella estuviera en plena locura.

* * *

Ahora estaba allí, esa mañana, rodeado de las plantas de mirto. Faltaba Minou con su vestido rojo bordó. Se había ido. Se sintió muy solo con sus plantas de mirto. ¿Ella no quería compartirlas? Era lo más puro que había creado la naturaleza. Plantas para el amor.

Lo envolvió una enorme tristeza. Esta vez sí que Minou lo había dejado solo, completamente solo y sabía que iban a volver los fantasmas. No se defendió. Fue como un autómata hacia el mismo lugar de la biblioteca. El lugar de siempre. Tomó como predestinado los dos tomos de documentos del juicio de Auschwitz. Antes de abrirlos se detuvo. ¿Por qué destruir las imágenes maravillosas de la noche pasada, con Minou vestida de rojo, con Minou desnuda?

Recorrió con la vista la habitación con los mirtos, se detuvo en el diván vacío, donde había estado Minou. Se sentó, abrió el segundo tomo del juicio de Auschwitz y se puso a leer.

El testimonio del *SS Blockführer* Stefan Baretzki, en respuesta a la acusación textual de: ¿"Conoce usted el hecho de que el SS Dr. Lucas, envió a la cámara de gas a un grupo de jóvenes muchachas, que eran rubias, a pesar de que hubo miembros de las SS que le rogaron que las salvara?".

El SS Baretzki responderá que el caso había sido distinto: "Fue cuando llegaron los del campo de concentración de Theresienstadt a Auschwitz. Los que llegaron debían ser gaseados en las cámaras de gas. Eso ya se sabía. (...) Cuando se dio la orden nos presentamos ante el comandante y le pedimos por los jóvenes varones, había un grupo entre 68 y 78 jóvenes. El comandante dio la orden de salvar a los muchachos y los mandó al campamento masculino. En cambio a las muchachas no las salvó, a pesar que tenían hermosos cabellos largos. Entonces fuimos a pedirle al SS Dr. Lucas. Pero este no hizo nada".

Rainer abrió bien las páginas del libro, le puso un señalador y volvió a leer el párrafo, esta vez en forma más pausada. Se paró y comenzó a mirar una por una las plantas de mirto.

–Veintiséis adolescentes gaseadas –gritó con voz en cuello–. Veintiséis niñas que comenzaban a soñar, que ya tenían hermosos cabellos largos. ¿Qué habrán pensado ellas? ¿Lo mismo que Hölderlin antes de enloquecer? ¿Lo mismo que Schumann antes de arrojarse al Rhin? Los sueños. Creer que los sueños pueden realizarse alguna vez. Y las bestias las "gasearon", ese fue el término que empleó el SS declarante. El perro sanguinario gaseó a 26 plantas de mirto. ¡Tú, maldito hijo de puta! *Du verdammter Hurensohn!* –gritó más alto aún–. *Du verdammter Hurensohn!*

Fue hasta el libro de actas y corrigió: donde decía entre 68 y 78 adolescentes, puso 26 muchachas y remarcó con lápiz que ya tenían hermosos cabellos largos.

–¡26 eran –siguió gritando–, una por cada planta de mirto, una por cada lied que Schumann le escribió a su amada Clara Wieck...!

Se imagino 26 rostros de adolescentes de "hermosos cabellos largos" que iban surgiendo en cada planta, reemplazando a las flores.

–Tienen que vivir, tienen que vivir, hay que salvarlas y hacerlas regresar y que cada una de ellas lleve entre sus brazos una planta de mirto... –dijo ya en voz cada vez más apagada.

Se le ocurrió una idea. Ir a pocos metros de allí, a una escuela de adolescentes y ofrecerles las plantas de mirto. Lo recibió una directora un poco extrañada. Él le había llevado una planta, como muestra, y le dijo que estaba dispuesto a traerles 25 más. Y después de unos días, que a esas 26 plantas las repartiera entre las chicas que tuvieran los cabellos más largos.

La directora era una mujer sensible. Después de hacerle algunas preguntas –él le dijo que había hecho en su casa una fiesta a Robert Schumann y le contó lo de los 26 lieder del *Myrthen*–, ella aceptó.

En sólo un pequeño camión alquilado trasladó las plantas a la escuela. Y vinieron chicas de cabellos largos a ayudarlo a bajarlas y entrarlas. Las pusieron en el salón de música y quedaron muy bien. La directora estaba conmovida. Las chicas lo besaron en las mejillas.

Rainer salió como un santo consagrado por la Iglesia. Se olvidó de todo. Se alejó caminando para cualquier lado.

–Llora, perro sanguinario, las 26 niñas de Theresienstad están más vivas que nunca. Están en el salón de música de un colegio, ¡el mejor lugar!

Pero fue todo demasiado. ¡Si hubiera podido llorar! Cuando llegó a casa se tiró en el sillón donde había estado Minou, y se tapó los ojos.

* * *

A la tarde lo llamó Minou. Le dijo que le había gustado mucho la fiesta de Schumann y que quería hablar con él sobre muchas cosas. Pero que en diez días terminaba la filmación y le pedía encontrarse en dos semanas.

Rainer pasó leyendo y escribiendo sus artículos. Siempre lo llamaba el director del periódico o algún otro colega para felicitarlo por sus notas. Se metía con todo en ese cine alemán de los años veinte. Ahí estaba el misterio de todo. Ahí se podía descubrir lo que vendría. A Rainer le ayudaba a meterse más en el misterio, a comprender todo, hasta figuras como el "perro sanguinario", pero se enredaba de brumas y de irracionalidades. La irracionalidad como explicación y como medio de vida. De lo espeluznante se llega a lo heroico y a la burla del mundo. Pero en vez de sanarlo, todo eso era un jarabe para alimentar lo erróneo, la violencia, la desesperación. Sin saberlo, Lang, Wiene, Murnau habían anunciado el Holocausto ya en los años veinte.

Esa semana fue dos veces a pasear por el pequeño Wannsee y se detuvo ante la tumba de sus dos suicidas, Heinrich von Kleist y Henriette Vogel. Las dos veces dijo: "El querido Heinrich, el sensible Heinrich, merecías toda la alegría del mundo. A ti, Henriette, mi brazo para salir a pasear juntos cualquier noche por estos lugares". Las dos veces repitió lo mismo, palabra por palabra.

Minou lo llamó para invitarlo a la improvisada fiesta del último día de filmación, como era costumbre. Pero Rainer no fue, se lo pasó encerrado en su casa. Tenía miedo de que algún periodista le hiciera la pregunta de circunstancias: "¿Tiene usted algo que ver con el perro sanguinario? Al principio, pensó ir y que si esto ocurría, responder a los gritos: "sí, soy el perro sanguinario, *junior*".

Dos días después de la terminación del film *Tangos berlineses*, Minou se citó con Erlo Esslingen. No salía de la cabeza de ella la preocupación por Rainer.

Erlo la convenció a Minou para que le hablara a Rainer de una "terapia", pero no de médicos ni de psicólogos, sino que se iniciara en una tarea distinta. Que le pusiera el ejemplo del hijo de Martin Bormann, el criminal por excelencia, ayudante de Hitler. Que no se entregó a la melancolía y que supo sacarse de sí mismo todo complejo de culpa.

–Por supuesto que no le vayas a aconsejar la misma salida. Pero le puedes decir: eres un hombre inteligente y ante todo sensible, por qué, además de escribir, no te dedicas a todo aquello por lo que tienes una enorme sensibilidad: los mendigos, los vagabundos, las mujeres alcohólicas, las adolescentes prostitutas, los chicos drogadictos. Los desocupados. Ahí están ellos sufriendo en este enorme Auschwitz que es la sociedad actual. Sé bien que tu sensibilidad les mostrará un mundo distinto. Esto, Minou, le irá quitando su complejo de ser hijo de un asesino terrible: mi padre fue así, sí señor, pero yo me dediqué a devolver a la vida a los que ya estaban muertos.

Minou sintió cierta intranquilidad ante las palabras de Erlo.

–No soy yo, me parece, la indicada para decir eso... tal vez un terapeuta, pero no yo...

–Tú le puedes hablar de amor. A la única que oye es a ti –le respondió Erlo–. De un psicólogo va a pensar: "qué busca conmigo, si yo no soy ningún enfermo, yo soy el más sano y sensible de los hombres, y hago la vida de un sabio. Como alguien que ha leído todo y sabe todo". Lo único que lo puede transformar es el amor. Y él está enamorado de ti.

–Más que enamorado, cree que soy su segunda parte, su otra parte.

* * *

El encuentro entre Rainer y Minou se llevó a cabo dos días después. Ella pidió verse en el café París y no en la casa de él. Ella no vino vestida de rojo bordó sino con un traje sastre de saco y pantalón gris.

Rainer la miró con cierto espanto. Como si otra mujer se hubiera vestido con el rostro de Minou.

Ella lo besó en una mejilla. Él no dejó de mirarla a los ojos.

–Terminé el film. Creo que va a ser un éxito de público, tal vez no de crítica. Pero me gusta. Me gusta el tema, los actores, la música.

Él la seguía mirando a los ojos, sin pronunciar palabras.

–Ahora comienza el trabajo de laboratorio. Pero antes que comience ese infierno, quería verte. Para decirte que estoy locamente enamorada de ti. Pero para repetirte también otra vez lo que ya te dije. Estoy enamorada y voy a estar siempre enamorada de Rainer Sturm pero no voy a vivir con él. Lo visitaré seguido, saldré con él a algún lado por una semana. Pero nada más. Te admiro demasiado, me gusta todo lo que haces y hablas. Pero me asustas mucho. Sería imposible ya dormir contigo toda una noche. Me pondría a temblar.

–Yo en cambio quiero vivir contigo, todas las horas, siempre. Los dos juntos. Si no voy a seguir el camino de Werther, el único hombre que se enamoró verdaderamente de una mujer.

–Rainer... –dijo Minou, conteniéndose–, no me vengas con amenazas. La reacción de Werther fue la de un enfermo.

–No ves, no entiendes nada, Minou. Es la muerte de un enamorado. No entiendes lo que es el amor. No estuviste nunca enamorada. Ni menos de mí. Enamorarse quiere decir tomar distancia. Ver al otro ser no de carne y hueso sino como una estampa. Verla como de otro tiempo. Soñar con largos paseos en silencio. Y antes de tocarla, morir. Para tenerla incólume. Espiarla en sus paseos con niños. Verla cerrar la puerta y prender la luz de su ventana, cuando ya se escuchan los grillos. Siempre en el paisaje. Verla cantar en un coro. Y oírla. Villancicos, canciones infantiles. Verla oír atentamente canciones de amor. Salir a caminar con ella y escucharla. Ya muerto, recordarla viva. O ya muerta recordarla siempre joven, sonriente, desaparecer por él horizonte.

Minou quiso preguntarle si estaba releyendo el *Werther*. Pero no lo hizo, hubiera sido burlarse. Pero eso que él acababa de decir, demostraba que ya no pertenecía a la realidad.

Pero hizo un último esfuerzo. Se acordó del pedido de Erlo.

–Nunca hemos hablado con sinceridad. Tú no puedes superar lo de tu padre. Yo soy el personaje que crees que te ofrece equilibrio para contrarrestar la inmensa pena, el inmenso dolor que a tu sobrecargada sensibilidad le ocasionan todos los crímenes de tu padre. Y te detienes allí. Me tomas a mí como tu tabla de salvación. Creo que el ejemplo del hijo de Bormann vale para todos los hijos que nacieron con ese pecado original. Se hizo misionero y fue a las zonas más pobres y desoladas de África a predicar el amor entre los seres humanos y a saber organizarse para resolver los problemas de esos pueblos tan explotados, por conquistadores y por reyezuelos. Él no se encerró en una iglesia a golpearse el pecho y reprocharse: soy el hijo de Bormann, tengan piedad de mí. Todos hoy lo respetan, casi diría, lo admiran. Siguió una vida de humildad, de enormes sacrificios y cuando se miraba al espejo vio que volvía a tener un rostro humano, que ya no le quedaba ningún rasgo de su padre.

Rainer miró al vacío y su rostro adquirió una expresión de enorme desprecio. No contra Minou, no contra el hijo de Bormann. Tal vez contra la sociedad que trataba, con métodos de maestrito ciruela, corregir el espanto.

–Yo no lloro ni quiero causar lástima porque soy el hijo del perro sanguinario. Yo no tengo lástima de mí mismo. Yo sólo trato de saber por qué hubo y hay perros sanguinarios, por qué fueron muertas en las cámaras de gas 26 muchachas que ya comenzaban a tener los cabellos largos, por qué a una niña le dieron una inyección en los ojos para que tuviera ojos azules. Por qué la vida se puede salvar con la muerte y por qué la locura es el verdadero estado normal del ser humano. Me interesa el amor y saber por qué existe el amor. Quiero saber si el arte es el camino que nos lleva irremediablemente a la muerte o a la locura. Es decir, hay caminos, no nos está todo vedado. No me voy a hacer cura para pagar el instinto asesino del perro sanguinario, sino que lo voy a perseguir y lo voy a matar a dentelladas. Lo que no puedo resolver es el por qué mi madre era fiel a ese asesino y le fue fiel hasta morir. Quiero saber eso. Ese es el principal problema. No quisiera ser como Cristo, hijo de una virgen sino que soy hijo de una noche entre el perro sanguinario y una planta de mirto. Entre un perro de colmillos ensangrentados y una joven niña que empezaba a tener los cabellos largos. Mi madre tenía los ojos azules, me pregunto, ¿el perro sanguinario trajo al doctor Mengele a casa para que le pusiera inyecciones en los ojos a mi madre? ¿Me entiendes? Esa es mi pregunta fundamental.

Minou miró el suelo, avergonzada. Erlo se había equivocado. Ella no sabía medir los sentimientos de Rainer. Era muy fácil definirlo por loco. No sabía cómo salir de toda la superficialidad con que hasta ese momento había contemplado la vida de Rainer.

El silencio fue largo.

Minou estaba tentada de invitarlo a hacer un viaje largo, un viaje de paisajes, caricias, diálogos, alegría. Pero Rainer de pronto sonrió, como si hubiera encontrado la solución para todo.

–Minou, mi querida y adorada Minou, tienes que venir uno de estos días a casa. Te hablaré de Georg Büchner. El más grande de todos. A los 23 años, al morir, ya había hecho todo, absolutamente todo, no dejó nada pendiente. Él nos muestra el único camino. No necesitó más de 23 años. Vendrás. Te divertirás con ese joven científico que leía poesías, escribía obras literarias y creía en la revolución. Dejó todo establecido, ya, y de pronto murió, como si esa fuera la solución de las soluciones.

Minou no lo entendió, pero tuvo una repentina curiosidad por saber quién había sido Georg Büchner, el bienamado de Rainer, el modelo humano limpio de debilidades y melancolías. Un hombre de la vida y de la muerte.

* * *

–Quiero flores fuertes y jóvenes –le dijo Rainer a la florista, que ya lo conocía y lo vio entrar entre contenta y preocupada.

–Crisantemos recién florecidos; pimpollos de rosas blancas... –le fue adelantando ella– y por supuesto, girasoles.

–Margaritas, muchas margaritas –agregó él moviendo los ojos con entusiasmo.

–Lirios –propuso ella.

–Según el color –le contestó Rainer un poco inseguro.

–Bien amarillos –propuso ella.

–Bien, y mucho verde salvaje.

Después fue mirando las flores encargadas y le dijo a la vendedora:

–Los girasoles son los más fuertes, nos desafían con la mirada; yo tengo que bajarla cuando me encuentro con uno de ellos.

La muchacha rió y lo miró con simpatía a ese hombre que parecía todo originalidad.

El pequeño camión estaba una hora después en el domicilio de Rainer. Desde ese momento se preocupó de preparar el escenario donde iba a tratar el tema Büchner.

Al mediodía tomó el diario y leyó algo que en un principio lo intranquilizó.

La noticia decía que en la Argentina, en la Patagonia había muerto el *Sturmbannführer SS* Hans Schmidt, a los 79 años de edad. Que antes de morir hizo conocer su verdadera identidad y señaló que cuando había llegado a la Argentina había trabajado para Perón, como jardinero en la quinta presidencial de Olivos. Pero lo más importante tal vez era que en la Argentina había conocido a Eichmann con quien salió varias veces de caza. Y que este le había desmentido que los judíos muertos en las cámaras de gas eran seis millones, sino 264.000, que él llevaba bien los números.

Rainer quedó pálido. Sólo 264.000. 264.000, uno por uno. Un hombre, una mujer, un niño, un matrimonio, dos niños, dos ancianos. Una madre y cuatro hijos adolescentes, dos de ellas niñas de cabellos largos. Claro, las cuentas había que hacerlas bien. La vigilia del Holocausto ponía el índice en seis millones. ¿Para qué, por qué, doscientos sesenta y cuatro mil, no bastan? ¿No basta uno, no bastan dos, no basta la primera piedra contra una sinagoga? Perros sanguinarios que conversaban mientras cazaban, mientras apuntaban a perdices, a liebres que huían desesperadas. Otto Sturm cazó en su vida 264.000 mil liebres.

Esa noticia era el prólogo que necesitaba para hundirse de nuevo en la lectura de las actas del juicio de Auschwitz. Estaba en el capítulo de la toma de declaraciones del doctor Capesius, farmacéutico de Auschwitz y con alta graduación dentro de las SS. Hombre culto y muy dado en sus conversaciones. Era el encargado de administrar las unidades de gas para las cámaras, y las inyecciones de fenol, para experimentos científicos, "científicos", y dar el paso a la vida eterna. Doctor Capesius. Apellido casi racionalista. Casi Cartesius. Y él era un racionalista. Cuando el presidente del tribunal le preguntó acerca del médico SS de Auschwitz, doctor Fritz Klein –que había sido ahorcado por los ingleses en 1945–, de cómo había sido el comportamiento de ese médico, el doctor Capesius contestó: "La guerra es la guerra, y una orden es una orden, y las órdenes deben ser obedecidas". "Doscientos sesenta y cuatro mil gaseados" (según Eichmann) porque las órdenes debían ser obedecidas. Cartesianismo puro, según Cartesius Capesius.

Ahí ya estaba todo dicho en esa fórmula. Ahora, ¿qué habría dicho Descartes, (Cartesius) frente al cartesianismo del doctor Capesius antes de esta fórmula de la obediencia debida heredada del militarismo siempre existente y aparentemente racional? Capesius, un personaje ideal para Fritz Lang, para Murnau, para Robert Wiene.

El doctor Capesius había sido compañero y muy amigo de su padre Otto Sturm, en Auschwitz. Capesius fue condenado por el tribunal alemán de Auschwitz a nueve años de cárcel y a la pérdida de sus derechos cívicos por cinco años. Rainer recordó que su madre le había escrito al doctor Capesius el día de su condena. Le decía que siempre lo recordaba como uno de los mejores amigos de su marido. Y que si la llegara a necesitar podía contar con su solidaridad.

Después de terminar esas páginas de las actas del juicio de Auschwitz, Rainer la fue a visitar a su hermana.

A Erna no le gustó mucho que le preguntara si el doctor Capesius vivía todavía y si sabía su dirección. Pero por otra parte, a su hermano no le quería mentir ni tampoco negarle nada.

–Sí, Capesius es uno de los sostenidos por el Fondo de Solidaridad que yo presido –dijo Erna con orgullo–. Era uno de los mejores amigos de papá. Se escribía con mamá hasta que salió de la prisión y lo incluimos en el fondo que mantenemos los familiares de nuestros perseguidos y los nuevos amigos que se nos han acercado, muchos de ellos de Estados Unidos.

Sí, ella le iba a averiguar los datos de Capesius y lo iba a acompañar a verlo, porque sin ella era difícil que lo fuera a recibir.

Fueron; era un hogar de ancianos. Capesius estaba en el jardín. Era un día con sol. Capesius era alto, extremadamente delgado y usaba pantalones estrechos que no le llegaban hasta los tobillos. Tenía algo de vieja elegancia. Parecía el escritor Ernst Jünger, cuando salía a cumplir su cuota diaria de caminar por el bosque.

Les dio la mano. Y comenzó a hablar, se notaba que oía muy poco.

–Otto Sturm, sí, fue uno de mis buenos amigos. Nos ayudamos en los momentos de peligro. Hace mucho tiempo que no lo veo...

Su memoria no estaba bien.

Erna trató de explicarle que desde 1946 estaba en el exterior. Pero él no la entendió bien.

–Éramos camaradas inseparables –siguió duro y repitiéndose. Estaba ya en los 90 años, pero mantenía la economía de las palabras y el acento firme.

Rainer se dio cuenta que así no iban a poder dialogar. Demasiado tarde. El tiempo, todos los tiempos habían pasado para el doctor Capesius, dueño del fenol y del gas de Auschwitz.

Rainer le escribió, con letra clara, en una hoja de papel que fue a pedir a la administración: "Doctor Capesius, usted declaró en el tribunal que lo juzgó que: 'Guerra es guerra, y una orden es una orden, y a las órdenes hay que obedecerlas'."

El doctor Capesius se puso los lentes y leyó detenidamente lo escrito. Luego dobló el papel, se lo devolvió a Rainer y le dijo escuetamente:

–*Jawohl.* (Sí, así es.)

Una sola palabra significaba más que todos los Evangelios.

Cuando Rainer lo miró curioso para significarle que esa respuesta era insuficiente, irracional, anticartesiana, Capesius miró el infinito y dijo:

–¿Quién puso a quienes estaban encima de nosotros? ¿El pueblo, o Dios? Yo no los puse. Los pusieron los hombres o Dios mismo. No lo sé, no lo sabremos nunca. Los jueces que me condenaron por obedecer a los hombres o a Dios, fueron puestos por los hombres o por Dios, también. Y me encontraron culpable por obedecer. Vuestro padre, Otto Sturm, era el mejor obediente, el más obediente de todos. Tuvimos la mala suerte de haber estado en el grupo de aquellos a quienes Dios, la providencia y los hombres ordenaron perder. Eso es todo. Yo obedecía a quienes decían que tenían la razón. Estoy orgulloso de haber obedecido. Cuando entro en el Oficio Divino, me arrodillo para demostrar mejor mi obediencia a Dios.

Hubo un largo silencio y como para despedirse el doctor Capesius dijo todavía:

–Estoy muy viejo, ya me falta poco para saber la Verdad.

Se puso de pie y muy derecho tomó su bastón y se alejó después de dar la mano a ambos con corrección. El doctor Capesius había llevado a su consumación la negación del cartesianismo de Descartes.

Rainer sintió que había dado por fin con la filosofía de un verdugo, con la filosofía de la crueldad, con el hombre que había manejado el fenol y el gas. Con el mejor amigo de su padre.

* * *

Otto Sturm fue el mejor obediente. Y él, Rainer, era el hijo del mejor obediente del nazismo. Casi no tuvo tiempo de despedirse de Erna. Corrió por las calles para juntarse con Büchner, el rebelde por excelencia. Con sus 20 años el más perseguido por la policía y los funcionarios. El estudiante buscado con carteles públicos. Hacía ciento cincuenta años que había muerto y nadie había podido superar su rebeldía. Rainer hasta se puso en una situación de paroxismo, lo excitaba pensar que iba a releer las frases de ese estudiante de 20 años escritas hacía un siglo y medio contra la obediencia. Él sí podía ponerlo frente a su padre. Büchner frente al perro sanguinario. Contra el mejor obediente, el mejor rebelde. Desde ya se llenaba de alegría pensando que en esa noche le iba a presentar Büchner a Minou, con flores tan fuertes, con colores tan hermosos y entusiastas de vida.

Pero cuando estaba todo el comedor armado y realmente esplendoroso recordó haber leído una carta de amor del joven Georg Büchner a su amada, la dulce Minna Jaegle. Sí, claro, de Pascuas de 1835, donde le dice que le envía campanillas de las nieves, primaveras y violetas.

Dejó todo, salió como estaba vestido y corrió hacia el negocio de flores y llegó jadeante con su insólito pedido:

–Necesito ya mismo campanillas de las nieves, primaveras y violetas...

La muchacha lo miró muy sorprendida, no lo podía creer, y se hizo repetir el pedido. Con expresión pesimista fue a la trastienda a preguntar al dueño. Volvió poco después moviendo la cabeza negativamente.

–No, aquí, en nuestro jardín no tenemos ninguna de las tres. Sólo va a poder conseguirlas, si tiene mucha suerte, en un jardín experimental que trata de producir flores fuera de estación en instalaciones especiales. Es sólo experimental y no venden. Pero tal vez, rogándoles, acepten desprenderse de algunas de las pequeñas plantas.

Le anotó la dirección. Quedaba bastante lejos y ya restaba poco tiempo. Rainer le agradeció y salió corriendo. Tomó un taxi y dio la dirección.

En el jardín experimental primero se lo negaron y lo atendieron con recelo pero después, cuando Rainer desarrolló el plan que tenía esa noche en homenaje a Georg Büchner y le leyó el trozo de la carta donde él le enviaba esas flores a su único amor, los empleados fueron entrando en la imaginación del desesperado y llamaron al director. Este sí comprendió. Y se esmeró. Sí. Rainer tenía suerte, muy pocas veces disponían de las tres flores. Pero esta vez sí. Se hicieron pequeños paquetes con las macetas. Más todavía, también le consiguieron laureles, mirtos y toda clase de hierbas verdes. Rainer estaba conmovido de tal forma que ya no podía ni hablar, no le salían las palabras.

Las campanillas de las nieves, las primaveras y las violetas fueron a parar al medio de la mesa. Hacían un conjunto lleno de arte, de intimidad, de alegría.

Rainer no pudo menos que ponerse de rodillas y dijo en vos alta:

–Para vosotros, Minna y Georg, para vosotros, por siempre...

Sí, por el rebelde enamorado y su fiel enamorada. Cuando Georg murió tan joven, Minna, su novia, quiso seguir sola toda su vida y falleció a los 70 años sin querer repetir la experiencia del amor.

* * *

Minou entró deslumbrante, con otro vestido rojo bordó, uno nuevo y más a la moda. Lo había mandado a hacer. Él repetía sus ropas antiguas pero se había cubierto con una chaqueta de cuero.

Rainer había hecho ampliar ilustraciones de Büchner, de los libros, y las había colocado entre las flores. También un retrato de su novia Wilhelmine, a quien el joven rebelde llamaba Minna.

Rainer la recibió a Minou con los brazos abiertos y la llevó abrazada a los hombros por la espalda hasta el centro de la sala.

–Desde hoy te llamaré Minna. ¿Aceptas? Georg Büchner y Minna siguieron juntos a pesar de la muerte tan joven de él. Nosotros tampoco ya podremos separarnos.

Minou le dio un beso y le dijo con voz apenas perceptible:

–Yo soy yo, y me llamo Minou... Tú eres Rainer y no Georg.

–Oh déjame soñar que soy Hölderlin, Schumann y Büchner al mismo tiempo. Por lo menos soñar.

–Bueno –le siguió diciendo en voz muy baja Minou, mientras le iba dando pequeños besos en el cuello–, pero sólo por esta noche. Mañana volveré a ser Minou.

Rainer ni osó esa noche tocar a Minna. Estaba en un pedestal, en otra época. Cada uno se sentó en un sillón diferente, frente a frente.

Rainer guardó silencio como si para él fuera demasiado importante todo lo que pensaba desarrollar esa noche. Minou lo comenzó a observar detenidamente. Esta vez le pareció algo salido de una reunión estudiantil, algo demasiado adolescente. No pudo hacer otra cosa que interrumpirlo en su pensamiento y confrontarlo:

–Rainer, te voy a preguntar por milésima vez. Por qué no hablamos de nosotros, de nuestro vivir ahora, de nuestros planes. Qué piensas escribir, qué films me gustaría hacer en el futuro. Por qué hoy quieres que ocupemos esta noche que nos ha juntado con personajes que no viven más, con pensamientos profundos pero inalcanzables. Soy Minou y me quieres transformar en una novia de hace siglo y medio llamada Minna. A mí me gustaría que repasáramos hoy todos los directores alemanes de la década del veinte y ver sus producciones y a mí me gustaría contarte todo lo de mi próximo film.

Rainer la miró azorado, pero se le iluminó el rostro, como si por fin Minou le permitiera explicarle sus pensamientos actuales, sacarla de la mediocridad de la vida diaria con sus planes y futuros y proyectarse a otras esferas más cálidas, sembradas de novedades y de soluciones que otros no habían podido encontrar.

–Minna, es el encuentro de dos seres que quieren estudiar lo que son y que buscan soluciones completas, pasiones completas, mundos paradisíacos porque en esos paraísos aprenderán el porqué están en la tierra. Aprenderán la certeza de que es posible huir de esta inmensa cárcel diaria con calles, jefes y avisos fúnebres, y encontrarse en climas difusos donde podrán descubrirse todos los días y eternamente.

–Yo quiero que me descubras aquí y deseo saber qué verdad buscas. Esto es mentirnos, Rainer. Tú deseas vivir otros tiempos y tratar de meterte en otras personas porque no quieres ser tú mismo.

Rainer sonrió, le gustó la disputa porque le daba fuerzas, porque sabía que la iba a convencer con argumentos suficientes, argumentos desbordantes, generosos.

–No, es que Büchner nos sirve de guía, es la guía. Imagina, con 18 años, ya en la lucha por los pobres y luego todo: político, perseguido por funcionarios y policías; exiliado, poeta dedicado a la ciencia, mientras escribía obras que quedaron para siempre en la historia de las letras y del teatro –todas sus obras sin excepción– hacía trabajos de investigación de medicina que le valieron a los 23 años el título de doctor en medicina y profesor de la universidad de Zürich. Y justo allí se muere. Deja de existir, y queda su obra de juventud, su única obra. Todo: la justicia, la ética, la injusticia de los poderosos a la que nunca tuvo miedo, la ciencia, la poesía, las letras. Apenas tenía 23 años y le vino la muerte. Como sabiendo que ya había dicho todo y sólo podía repetirse y ahora le tocaba la aventura de lo desconocido. Su novia eterna, Minna, supo lo que hacía, al esperarlo eternamente lo revivía tal cual él había sido, lo conservaba en los 23 años. Tuvo la gran suerte de saber que no envejecía. No quiso unirse con ninguno. Ya lo había conocido a él, para qué más. Me imagino que todas las noches conversaban y él le contaba sus experiencias de la muerte. Eso es la sabiduría.

–Para mí eso es una tragedia.

–No, nada de eso, él, en vida, sabía todo lo que venía, era un escéptico pero por eso no dejaba de luchar. Se veía como un vil si no trataba de hacer todo lo posible de llevar un poco de dignidad a los más pobres y de denunciar a toda la corrupta clase del poder. Él sabía que la muerte le podía llegar en cualquier instante, como a todos. Y murió en su mejor momento. Ella, Minna, le escribirá a uno de los mejores amigos de él acerca del momento en que Georg murió: "Yo le cerré los ojos con besos". Este es el cierre de vida más bello que podía esperar este revolucionario. Él, en el lecho de enfermo no pensaba en sus sufrimientos sino en el de sus compañeros presos políticos que padecían lo indecible en las mazmorras en que estaban detenidos. Büchner es considerado un retador y un agitador. ¿Te lo imaginas, Minou? Los más hermosos títulos que puede tener un joven. Retador y agitador.

Minou veía que Rainer se iba dando fuerzas para poder describir a ese admirable ejemplar de ser humano. Lo vio levantarse, caminar, mirar por la ventana como si quisiera descifrar todo el misterio en las figuras que se le presentaban en la calle.

–Todos los hombres de gobierno y los intelectuales que lo persiguieron –repitió–, todos los militares y policías que procuraron apagar sus pensamientos, han muerto definitivamente, y Georg Büchner surge como algo indestructible.

Minou seguía observando cada una de sus palabras y las posiciones de su cuerpo. Hubiera querido ser psicóloga para poder descifrar cómo ese hombre que se dejaba achatar hasta el extremo por la sombra de los crímenes de su padre podía admirar a un luchador intelectual de la talla de Büchner, a un retador y agitador. ¿O lo hacía sólo para que ella, Minou, tratara de sentirse, de imitar a Minna y lo amara a él, a Rainer, hasta cerrarle los ojos muertos con besos?

Cuando Rainer le relataba que con 21 años, Büchner había sido el fundador de la Sociedad de Derechos Humanos y del periódico revolucionario *Hessischer Landbote* y que por eso había sido titulado "enemigo del Estado" y perseguido, Minou lo interrumpió para decirle:

–Rainer, todas estas flores y estos retratos que están aquí son porque a ti lo que más te interesa de Büchner es su muerte. No puedes entender cómo se pudo morir a los 23 años, apenas abiertos los ojos a la realidad.

Rainer se quedó pensando pero no le contestó.

–En el muro del jardín de sus padres tenía constantemente una escalera de madera para huir en el momento que llegaran los esbirros uniformados.

Aquí volvió a guardar silencio y mirando fijamente a Minou, trató de hablar de la muerte del poeta con una figura completa.

–Sí, el muere en plena juventud... pero no importa, él llegó a escribir que buscaba el suicidio a través de la inmensa tarea que trataba de desarrollar todos los días. Un siglo después, los bombarderos ingleses atacan Darmstad y no dejan nada de las dos casas en las que vivió Büchner. Todo se vuelve una inmensa hoguera. Su sobrina nieta trata de salvar el único retrato que se conservaba de él, que sus familiares habían colocado encima del piano. Al huir con el retrato, este se le cae de las manos, el vidrio se rompe y el inmenso calor del fuego hace que la hoja del retrato se eleve y se transforme en una llamarada y se convierta en cenizas que se desparraman en el infinito. Es decir, el destino y la muerte lo querían a Büchner íntegramente para ellos. Minou, cómo no me va a interesar esa muerte, si es uno de los hijos preferidos de la Muerte.

Minou comenzó a caer en el desconsuelo. No quería seguir escuchando todo esto. De cómo Rainer condenaba a un ser maravilloso a ser hijo de la Muerte, cuando había sido todo lo contrario, un luchador de la vida. Rainer estaba atraído como un imán por la Nada.

–Si no moría –prosiguió Rainer–, si no marchaba hacia la muerte, Büchner hubiera descubierto todo. Han dicho por ahí que él nos enseñó el fracaso de la filosofía. Y agregaron que él tenía un pesimismo heroico y que era un auténtico hijo de la melancolía. Está todo dicho, Minou. Büchner fue puesto en el mundo para llamarnos la atención que todo es inútil. Pero él no quería aceptarlo resignadamente. Por eso su lucha. Pero también por eso su muerte: sabía que era todo en vano, pero lo hermoso era morir peleando contra lo injusto.

Minou quiso interrumpirlo pero Rainer miró el reloj y pegó un salto:

–Oh, seguro que esperan afuera... corro a abrirles la puerta.

Afuera con ramos de flores silvestres esperaban 26 niñas adolescentes de cabellos largos. Las hizo pasar. Y ellas le fueron poniendo en sus manos las flores silvestres. Mientras lo hacían cantaron *Ganimedes* de Schubert y Goethe.

Luego le dieron un beso en la mejilla a Minou y a Rainer y se retiraron. Cumplían así con un pedido que Rainer le había hecho llegar a la directora de la escuela.

Fue cuando Rainer dijo en voz baja pero con mucho sentimiento y orgullo:

–Cuando los amigos de Georg iban ya a bajar el ataúd, jóvenes mujeres pusieron flores silvestres en las manos del poeta muerto. Y aquí las tenemos de nuevo, traídas por jóvenes mujeres. Minna había enviado ya una corona de laurel, mirtos y hierbas verdes. Y para su frente un arreglo de laureles y mirtos. Minna pasó a ser así la novia eterna del poeta muerto –finalizó Rainer.

Minou se emocionó mucho. Pero no era por Büchner, era por Rainer, por su sensibilidad, porque ya estaba definitivamente perdido para ella. Si en las últimas horas tuvo alguna esperanza de recuperarlo, ahora había comprobado que ya no y que se aproximaba el final.

Había llegado el momento del encuentro o del desencuentro. Rainer le pidió que se quedara pero ella no aceptó, adujo trabajos urgentes. Él entonces se tiró en el sillón y le dijo:

–Minna, ciérrame los ojos con tus labios.

Minou lo hizo y le pareció que estaba con sus labios cerrando los ojos para siempre del más hermoso de los poetas. ¿Era la despedida definitiva? Por lo menos sus ojos ya estaban cerrados, los labios de ella lo percibieron.

* * *

Lo despertó el perfume de las flores fuertes. Le costó mover sus párpados, los recordaba cerrados por los labios de Minou. Se quedó así, tirado en el sillón con los ojos cerrados. Después, la luz le fue abriendo los ojos.

"La luz –se dijo–, qué hermoso ser despertado por la luz. Entre el sueño, el amor más profundo y la luz. Las flores estaban más fuertes aún, en su perfume, y parecían más erguidas que la noche anterior."

Fue cuando sonó el teléfono. Lo llamaban del *Blitzzeitung*. Querían saber si ya había leído el documento publicado en el boletín de la Oficina Central de Ludwisburg, archivo de los documentos nazis. Le dijeron que ese documento había causado sensación. A medida que escuchaba, Rainer iba ganando en angustia y esa curiosidad algo trágica le hizo apretar aun más el auricular contra su oído. "Se publica un telegrama de la Policía de Seguridad alemana con sede en Riga, del 6 de febrero de 1942, en plena guerra, en el que se ordenaba a las centrales de Reval, Minsk y Kowno informaran de inmediato el exacto número de ejecuciones que se habían llevado a cabo, separando:

"a) los judíos de

"b) los comunistas;

"c) los partisanos,

"d) los enfermos mentales y

"e) otras categorías distintas."

Del total –se exigía–, "establecer cuántas mujeres y niños figuran en las listas de ejecutados".

La respuesta de la Policía de Seguridad alemana de Kowno era la siguiente: "Hasta el 1º de febrero de 1942 han sido ejecutados

136.421 judíos; 1062 comunistas; 56 partisanos; 653 enfermos mentales, 44 polacos, 28 prisioneros de guerra rusos, 5 gitanos y 1 armenio". Total general: 138.272, de los cuales 55.556 mujeres y 34.464 niños.

La voz agregó: "Ese parte está firmado por Otto Sturm, su padre. ¿Tiene alguna declaración que hacer?".

Hubo un silencio y luego Rainer dijo:

–Si quieren saber si yo soy el hijo del perro sanguinario, sí, es así, lo soy. No lo voy a desmentir nunca, ni me voy a esconder. Muchas gracias.

Y colgó.

Recorrió las flores. Hizo un gesto como para acostarse en el sillón y así olvidar. Pero no llegó a hacerlo. Muy nervioso la llamó a Erna.

–Erna, ¿te acuerdas cuando a nuestro padre lo mandaron durante la guerra por unos meses a Kowno y a Riga... y que nosotros permanecimos con mamá en Berlín?

–Sí –dijo Erna sin sospechar el fondo de la pregunta–, estuvo en Lituania... sería tal vez en el '41 o '42, tú tendrías tal vez 11 o 12 años.

–Y después volvió a Auschwitz, ascendido.

–Sí –dijo secamente Erna, ahora sí, sospechando ya algo muy penoso.

–Gracias –le dijo, duro, Rainer y colgó.

Gracias, repitió luego tres o cuatro veces, ya solo. Gracias. Kowno, Riga, Auschwitz. 34.464 niños. No estoy loco, no estoy loco, estoy triste de que justo mi padre, el amor de mi madre haya matado a 34.464 niños.

Y después dijo en voz alta y de memoria, sin equivocarse: 136.421 judíos; 1064 comunistas, 56 partisanos, 653 enfermos mentales, 44 polacos, 28 prisioneros de guerra rusos, 5 gitanos y 1 armenio. De ellos 55.556 mujeres y 34.464 niños.

Se vistió y fue a comprar los diarios. Todos los que encontró. En la mayoría estaba la foto del documento. Corroboró las cifras de las ejecuciones efectuadas, como decía el idioma burocrático, y después se quedó prendido en la firma: *i.A. gez. Sturm SS-STUBAF.*

Los dedos se convirtieron en garra, una sonrisa de helada ironía le cubrió el rostro. Quedó parado en la calle con los diarios bajo el brazo y el *Tagespiegel* arrugado entre los dedos.

No podría ya escuchar jamás a Schumann, a Schubert, no podría ya leer poesías de Hölderlin.

Tuvo una idea que lo ayudó. Fue a casa, tomó todas las flores que pudo en sus brazos y llamó a un taxi. Dio la dirección de Minou. El chofer lo miraba por el espejo, no podía verle el rostro, era un mar de flores desordenadas, pero bellas, bellísimas.

Ante el llamado de la puerta, salió Ricardo, el amigo de Minou. Quedó muy sorprendido de verlo a Rainer. Sabía quién era y qué había sido o era de Minou. Pero lo hizo pasar con amabilidad, pensó que se trataría de algo grave. Entraron a una especie de pequeña sala. Allí Rainer esperó hasta que apareció Minou con una expresión de enorme susto en el rostro. Pero la vista de las flores la tranquilizó.

–Te vengo a traer las flores de Büchner para que las repartas en memoria de 34.464 niños.

–¿Qué niños? –preguntó Minou.

–Niños... niños... como fuiste tú, 34.464 niños judíos que ordenó matar mi padre, el perro sanguinario. Quiero que las tengas aquí estas flores para que te alegren, o las tires en los ríos, o en las plazas donde haya niños.

Después siguió el silencio. Minou no atinó a nada. Rainer les fue pasando las flores, casi una a una como si quisiera llegar a 34.464. Ella quedó en el abrazo obligado de las flores. Él la miró desesperado a los ojos y se marchó.

* * *

Ese día, Rainer caminó todo Berlín, no probó bocado y llegó al anochecer a su casa. Allí puso música de piano de Schubert y se durmió con la cabeza tapada con una almohada. Nuevamente sería el teléfono el que lo despertaría a la mañana siguiente. Era su hermana.

–¿Has leído lo del diario de hoy? –le preguntó–. Yo sé que lo hacen por agredirte, pero quiero decirte que te quiero mucho y que estoy como siempre, contigo.

Rainer le agradeció y le contestó:

–No me digas nada, iré a buscar el diario ahora, después te llamaré.

Sí, el *Blitzzeitung* seguía la campaña. A toda página y con su foto dándole flores a Gina Lollobrigida, durante un festival de cine, decía: "El ex funcionario de la cultura berlinesa, Rainer Sturm, está orgulloso de los crímenes nazis de su padre". Y en la crónica se repetía el documento sobre las "ejecuciones de Kowno", y el documento firmado por Otto Sturm. Y ahora venía lo grave. La crónica decía que, preguntado por teléfono, Rainer Sturm señaló que estaba orgulloso de ser hijo del "perro sanguinario".

–Eso no lo dije –casi gritó Rainer en la calle cuando leyó el diario. Regresó a casa como si ya no pudiera pensar ni hablar. Al llegar, Erlo al teléfono:

–Rainer, ¿has leído lo de hoy sobre ti? Ya la han pasado por la radio...

–No dije eso, Erlo. Sólo contesté que sí, que era hijo del perro sanguinario y que no lo voy a negar nunca.

–Entonces debes llamar en seguida a una conferencia de prensa y desmentirlo. Si quieres aquí está mi oficina, la que fue tuya durante tanto tiempo, para que lo hagas. Si no lo haces, el fiscal de Estado podría iniciarte juicio por elogio de crímenes nazis.

–No, no lo haré. No responderé a la basura de ese diario. Y pueden iniciarme todos los juicios que quieran. Pagaré por mi padre. Por los 34.464 niños.

–No –lo interrumpió muy nervioso Erlo–, no lo tomes así.

Esto es muy serio. Te quieren destruir sólo por un sucio negocio periodístico, necesitan escándalos y aquí han fabricado uno atroz.

–No, Erlo, no. Que hagan lo que quieran ellos y el fiscal de Estado.

–Rainer… –desesperado Erlo trató de que la conversación no se interrumpiera–, quisiera verte, tenemos que hablar. Yo no te quiero ver así. Eres muy valioso para todos nosotros, toda la gente del diario, y de esta oficina. Te vamos a defender. Quiero conversar contigo lo más pronto posible.

–Erlo, muchas gracias. Pero no estoy de ánimo, no, Erlo. Te sigo apreciando como siempre y cada vez más por tus sentimientos hacia a mí. Pero por ahora no, hoy no, Erlo.

No bien había terminado el diálogo, ahora era Minou la que lo llamaba.

–Rainer –dijo muy emocionada y nerviosa–, ¿qué ha pasado? Tú no puedes haber dicho eso.

–No lo dije, Minou. Sólo les dije que era hijo del perro sanguinario y que no lo iba a negar nunca.

–Entonces tienes que desmentir eso de que estás orgulloso de lo que hizo tu padre. Yo te puedo acompañar ante los diarios, yo soy judía, Rainer, y eso vale.

Hubo un largo silencio por parte de Rainer quien luego agregó:

–¿Has repartido las flores, Minou? Eso me hace mucho más feliz que conversar con esa mafia.

–Rainer, claro que sí, y repartiremos flores juntos todas las veces que quieras. Pero esta vez es todo muy grave. Ahora van a empezar una serie periodística con los crímenes de tu padre, en detalle. ¿Me entiendes?

–Ya los sé todos, a lo mejor me entero de más bestialidades todavía…

Minou no lo siguió oyendo sino que le dijo que a la tarde pasaría a verlo. Rainer aceptó.

* * *

Pero Minou iba a tener todavía una mañana muy dolorosa. La llamaron de la Central Judía de la Fasanenstrasse. Ya habrían leído la acusación contra Rainer en el *Blitzzeitung* y se dio cuenta que la cosa iba por ahí. Querían verla esa misma mañana, tres miembros de la directiva. Cuando entró a la sede, nadie la saludó, pero no la hicieron esperar mucho. Eran tres representantes más bien de cierta edad y su presencia trasuntaba dignidad. La hicieron sentar. Uno de ellos le dijo, sin preámbulos:

–Estamos informados que usted mantiene relaciones de íntima amistad con Rainer Sturm. Nosotros no estamos en contra ni dictamos normas de conducta. Pero es que se trata de un individuo que ayer ha declarado a un diario que está orgulloso de los crímenes de su padre, el SS Otto Sturm. Otto Sturm es uno de los más sanguinarios perseguidores del pueblo judío, son miles los asesinados por órdenes de él. Miles de niños fueron enviados a las cámaras de gas o ejecutados y su firma figura en las órdenes pertinentes. Usted es un miembro muy apreciado de la colonia judía en Berlín. Su film habló precisamente de la persecución que sufrieron sus padres y por lo tanto usted es una de las que sufrió esas consecuencias. Nosotros vamos a publicar un documento que irá a todos los medios de comunicación repudiando las palabras de Rainer Sturm. Sólo un miserable, un degenerado puede alegrarse por el asesinato de miles de personas, que fueron sometidas antes de morir a toda clase de humillaciones. Ese documento va a ser firmado por todos los miembros de esta comunidad. Después de las firmas de esta comisión quisiéramos que usted encabezara con su nombre esta indignada protesta que va a exigir la condena de ese individuo.

Otro de los presentes le alargó un papel con la declaración, que ya llevaba las firmas de los directivos.

A Minou se le crisparon las manos. Y sin respirar les dijo:

–Soy testigo de que todo lo que hoy se publica sobre Rainer Sturm es una gran mentira, es un dar vuelta de palabras, es una tergiversación. He hablado con Rainer Sturm y me señaló categóricamente que él no había dicho que estaba orgulloso de su padre sino que no iba a desmentir nunca que era hijo de Otto Sturm.

Hubo un silencio.

–Para el caso es lo mismo. Pero no dijo: me avergüenzo de sus crímenes y de todos los crímenes del nazismo. Eso no lo dijo jamás, en ninguna parte.

–Me consta porque soy muy amiga de él que toda su vida ha sufrido por eso. Y que cuando el mismo diario lo acusó o le preguntó, él renunció a su alto cargo en la senaduría de cultura de Berlín. Si no le doliera no habría renunciado, al contrario, se hubiera postulado para cargos más altos, tal cual le habían ofrecido. Además si el film que dirigí fue posible se debió a que Rainer Sturm me abrió todas las puertas.

Quien había guardado silencio hasta ese momento, en tono muy cordial, insistió:

–Señora Mónica Seefeige, no queremos entrar a discutir la personalidad de Rainer Sturm. Si él, en el día de hoy se retracta y dice públicamente que aborrece de los crímenes comprobados de Otto Sturm, no publicaremos esto. Creo que somos muy generosos. Son miles los crímenes cometidos contra nuestro pueblo. No podemos obrar como si nada hubiera pasado. Tampoco queremos obligarla a nada. Pero por una cuestión de ética, su amistad hacia él demuestra que los crímenes no están presentes. No quiero calificarle de superficial, pero me permite una pregunta: ¿cómo puede usted estar con alguien que es un directo descendiente de un verdugo y que además no se avergüenza de ello? No quiero ponerla en una situación difícil. Pero le digo que no la comprendo, que no la puedo comprender.

Minou estaba sumamente nerviosa. Hasta llegó a sentirse inmensamente culpable ante la vista de esos tres hombres.

Sólo atinó a pedirles plazo: "Si ustedes me esperan hasta mañana a la mañana con la firma y con el documento, yo les prometo que haré todo lo posible para que él repudie públicamente a su padre y desmienta lo que sostiene el *Blitzzeitung* de hoy".

Cuando se separaron, uno de los funcionarios la acompañó y le fue diciendo:

–Minou... le pido algo como judío y en nombre de nuestro pueblo: repudie a ese hombre, no lo vea nunca más, es un ser de sangre maldita, es el hijo de un asesino tan grande como Himmler. No nos ensuciemos. Minou, se lo pido con todo respeto.

Minou, como una autómata, le agradeció sus palabras y salió a la calle, entre culpable y traspasada de emoción.

* * *

Las radios informaron que la legislatura de Berlín iba a tomar cartas en el asunto. Ya que se trataba de un ex funcionario de cultura, la oposición iba a atacar a la socialdemocracia para preguntarle si no tiene especial cuidado en preguntar los antecedentes justamente de los que van a dirigir la cultura de la ciudad.

Erna se quedó muy tranquila cuando Rainer le aseguró que no haría ninguna clase de desmentidas. Los círculos de derecha –que siempre habían tenido desprecio y desconfianza por Rainer– estaban viviendo momentos de excitación.

Cuando Minou entró en lo de Rainer todavía no había resuelto cómo decirle lo que tenía que comunicarle. Encontró a un Rainer inmensamente triste, se veía en sus ojos, que casi no miraban.

–Rainer, tienes que desmentir esa publicación. Debes decir que jamás has sostenido que estás orgulloso por los crímenes de tu padre.

–No, Minou, tú sabes toda la verdad. Los crímenes de mi padre me fueron deshaciendo de a poco, me fueron exterminando, me han llevado a la locura, a la tristeza más infinita. Y lo he podido ir derrotando con tu presencia. Y a pesar de la verdad siempre fuiste mi amiga y nos amamos y nos seguimos amando.

–Eso no es importante ahora –trató Minou de no entrar en el tema del amor–, lo fundamental es que tienes que defenderte, porque se te viene toda la burocracia encima y, con razón, también los judíos de Berlín.

–Los judíos de Berlín tienen razón en odiarme y despreciarme, y no voy a hacer nada para hacerme querer por ellos. Tienen razón. En cuanto a la burocracia, no me interesa. No tengo nada que decirles, yo no le pregunto a cada uno de ellos qué hicieron sus padres durante Hitler. Así que cargo con la culpa de todos que, por supuesto, se van a descargar en mí.

–Va a salir un comunicado de la comunidad judía contra tu padre y contra tí. Quieren que yo la firme.

Rainer la quedó mirando maravillado.

–Te seguiré queriendo aunque la firmes. Tú eres la niña aquella, vestida de rojo bordó.

Minou no pudo más y se abrazó a Rainer. Quedaron así parados, sintiéndose el uno al otro. Todo impedía que huyeran con su amor de todas las realidades, de todos los pequeños egoísmos. Insalvables. Aunque Rainer tenía la solución. Acompañar en ese momento a la niña vestida de rojo bordó de Auschwitz.

Cuando sus cuerpos se separaron, Minou le pidió por última vez que escribiera la verdad, que desmintiera la patraña. Él le sonrió y fue a buscar un papel. Y escribió:

"A la prensa en general: Yo, Rainer Sturm, hijo de Otto Sturm, llamado 'el perro sanguinario' señalo que sembraré 34.364 semillas de flores, besaré en las mejillas a 26 niñas ya de cabellos largos, me enamoraré de todas las niñas vestidas de rojo bordó, tendré permanentemente en mi casa 26 plantas de mirto, recitaré por los caminos poesías de Hölderlin y despreciaré eternamente a todos los que son y fueron verdugos al servicio de los tiranos".

Le dio el escrito a Minou que lo leyó y se mostró muy sorprendida. Creyó, sin embargo, que era positivo; le dio un apresurado beso a Rainer y se dirigió al diario principal de Berlín, el *Tagespiegel*.

Todavía tuvo tiempo de encontrarlo a Erlo en su oficina y le leyó el mensaje. Erlo no podía hablar, emocionado.

–Gracias por todo, Minou, ya mañana haré declaraciones a los diarios sobre Rainer.

Esa noche, Minou, agotada, agradeció al cielo el tener un compañero como Ricardo. Con él pudo volver a la frescura. Él la acarició cantando un tango en lunfardo. Todo era tan simple. Todo lo simple era tan fuerte, tan puro, el cuerpo no influenciado por la cabeza, las reacciones como en eterna primavera, la espalda, el pecho, los músculos, los labios, las palmas de la mano, así, como las había hecho Dios o quien sea, y luego la unión agitada, todo. Todo. Minou se durmió de inmediato. Ricardo se paseó desnudo y miró la calle, las luces, y se puso orgulloso, sonrió, volvió a mirarla y acarició nuevamente con la vista todo el cuerpo de Minou.

Rainer se sirvió vino y venció a la soledad con la Fantasía en fa menor de Franz Schubert. No había nada más hermoso en piano. Allí estaba toda la tristeza ennoblecedora, el saber lo que por fin es uno y describirlo. "¡Qué belleza, qué belleza!", murmuró Rainer. Se dejó llevar por cielos y paisajes y por el rostro de Minou y se cubrió la mente con un recuerdo de la niñez, su madre y él, por un camino pampeano, al atardecer. Los sonidos de los pianos parecían las voces de los juegos. Era la mejor manera de acabar un día de egoísmos, acusaciones, pecados, reproches; la sociedad en busca de castigo para el diferente, para el no culpable.

* * *

Las palabras escritas por Rainer aparecieron al día siguiente en lugar destacado en el *Tagespiegel*. En general fue muy bien recibido, en especial por los políticos y por los que eran amigos y conocidos de él. Los dirigentes judíos tuvieron grandes dudas. "Es una salida literaria", dijo uno de ellos. Y los demás estuvieron de acuerdo en que la única actitud digna tendría que haber sido que Rainer Sturm escribiera bien claro: "repudio los cobardes crímenes de mi padre y de todo el régimen nacionalsocialista". Pero bien, de alguna manera el motivo principal del documento que se pensaba hacer firmar perdía su sustancia. Se dejó para discutir en la próxima sesión de la comisión directiva. La idea que luego se impondría era un documento donde se hablaba en general de los crímenes nazis y que nadie puede ni debe alabarlos ni relativizarlos. Pero no se nombraría a Rainer Sturm.

Para Minou fue un éxito, un consuelo y una tranquilidad. Aunque quedaron heridas profundas. Dany Frankenthal, uno de los primeros amigos judíos que había tenido Minou al llegar a Berlín, pidió hablar con ella. Y con muchas vueltas y palabras suaves le dijo que después de lo ocurrido, ella no podía hacerse ver junto a Rainer y menos seguir siendo su amiga íntima. Por supuesto, saludarlo, conversar con él en las reuniones públicas, pero ir desligándose de algo que si no la acompañaría toda la vida.
–Hay cosas malditas –le dijo– que no podemos dejar de lado. ¿Podrías acaso tener un hijo con el hermano de alguien, por ejemplo, que mató con saña a toda tu familia? Tú podrías tomártelo a mal lo que te voy a decir ahora: cuando están juntos ¿no hay un clima pesado, angustiante, que recuerda a quienes formaban colas ante las cámaras de gas? Por supuesto, él no es culpable de nada, pero lo lleva al padre en su sangre. Compara las reacciones: el violinista judío Isaac Stern juró jamás tocar en Alemania. Y cumplió. Sólo vino a enseñar. Dijo que no podía tocar aquí porque en cada melodía de violín recordaría los gritos de los asesinados. Él reacciona así. Y tú...

No agregó más palabras. Estaba todo dicho. Minou no encontró palabras para defenderse. Todo lo que hubiera podido decirle eran intimidades que jamás iba a traicionar: la voz, los ojos, la poesía de las palabras de Rainer...

–Todos te miran mal después de los últimos episodios. Es que no hay nada que hacer, quieras o no quieras, para ellos todos eres la amante del hijo del perro sanguinario.

–No, yo diría, fui la amante de Rainer Sturm, todo lo demás no vale.

–Vale, desgraciadamente –replicó Dany Frankenthal–, salvo que lo afrontes, te aísles y vayas a vivir con él a alguna isla en el océano Índico.

–Oh, tan mal no estaría la idea... pero no puede ser. Vivo con otro hombre, eso lo saben todos, pero insisten en que soy la amante de Rainer... una cosa que no puede ser ni podrá ser jamás, y no por su padre, sino porque él ya no es de esta tierra. Y a mí me gusta la vida con los dos pies firmes en la tierra. Te agradezco muchísimo tu gesto de profunda amistad para conmigo. Te digo que estés seguro que eso se acaba, se termina, con mucho dolor de mi parte pero se termina, no puede ser. Si yo tuviera otra vida para gastar, lo seguiría acompañando. Pero esta es la única que tengo y no puedo seguir entre ensueños y pesadillas.

* * *

Al día siguiente de las palabras publicadas de Rainer en el *Tagesspiegel*, salió una nota de Erlo Esslingen titulada: "Defensa de un amigo", una absoluta toma de posición a favor de Rainer y en contra de la campaña del *Blitzzeitung*. En el mismo, señalaba que conocía a Rainer desde los tiempos de estudiantes de la universidad. Que Rainer había sufrido mucho en la primera juventud, primero en campos de prisioneros de Estados Unidos donde por ser hijo de Otto Sturm se los tuvo detenidos a la madre, a su hermana y a él siendo frecuentes las humillaciones sufridas. Luego, ya obtenida la libertad, la familia no contaba con medios de manera que vivieron humildemente en una habitación del barrio de Sternschanze en Hamburgo. Rainer había elegido como estudio literatura y filosofía. Su vida de estudiante fue más que humilde, comía una sola vez por día en el comedor estudiantil y por la noche trabajaba muchas veces haciendo copias de los apuntes para estudiantes. Jamás perteneció a ninguna agrupación política estudiantil. Se recibió con brillantes notas y fue ganando concursos para distintos puestos dentro de la cultura, hasta que ya al cumplir cuarenta logró el cargo de la parte de cine en la senaduría de Cultura de Berlín. Ya antes se lo conocía por sus artículos y ensayos. En ese sentido había escrito uno sobre interpretación de la vida y de la obra de Heinrich von Kleist. Según Erlo Esslingen, era el ensayo de más calidad escrito hasta ese momento, con él obtuvo el doctorado, pero nunca aceptó publicarlo en forma de libro. Agregaba el articulista que Rainer siempre apoyó a su madre hasta que ella falleció. Siempre mantuvo una buena relación con su hermana, a la que también apoyó financieramente en momentos de necesidad. Rainer jamás perteneció a ninguna organización pronazi ni de otro tinte político. Actualmente, luego de renunciar con toda dignidad al cargo político que desempeñaba, Rainer vive de sus trabajos periodísticos, en los que jamás alentó racismos ni autoritarismos.

Ese artículo desinfló la campaña del *Blitzzeitung* que a la tercera entrega dio por finalizada la investigación sobre los crímenes de Otto Sturm.

Rainer durante una semana no realizó ninguna actividad. Para él ahora sólo existía una cosa: atraerla a Minou, pasar con ella bellas horas. Dialogar sobre todos los temas del amor, de la cultura, de la vida y de la muerte. Para eso, como un verdadero *régisseur* fue pensando en todos los detalles para poner en escena una schubertiada, una noche con música del autor vienés y con debates sobre su vida. Esa schubertiada debía tener las características de las realizadas por el grupo afín al autor de *Viaje de invierno* durante la segunda y tercera década del siglo XIX. Pero con sólo dos presentes, algo bien íntimo, sublimado por la insuperable música de Franz Schubert. Pensó iniciarla con el cuarteto *La muerte y la niña* y luego finalizarla con el ciclo de lieder *Viaje de invierno.* No había nada superior en música, no había nada mejor en ambiente poético. Sería la gran preparación del final que Rainer pensaba hacerlo con el recuerdo del poeta Heinrich von Kleist.

Es la mejor forma de llegar al amor, se dijo. Es la mejor forma en que nos vayamos compenetrando el uno al otro, trató de convencerse. Llegar al amor con los músicos y los poetas, estar con ellos, compartir sus sueños, adaptarlos a uno, a nosotros dos. Elaborar así nuestra propia poesía, nuestras propias melodías, nuestro propio paisaje. Es la manera sublime.

Quien más lastimada quedó con el episodio del *Blitzzeitung* fue Minou. Estaba, sí, contenta con la solución que ella, y no otros, había logrado. Pero quedó como marcada, como la no limpia del episodio. ¿Por qué los hijos de los asesinos no debían sufrir las consecuencias de los crímenes cometidos por sus padres? Llegó a creer por instantes en el pecado original. Yo, se dijo, tengo que hacer de gran sacerdotisa para que el hijo del asesino entre en el paraíso. Él ahora está tranquilo. Yo no. Y todavía me voy a vestir de rojo bordó para que él huya de la realidad. Y voy a escuchar Schubert acariciado por el hijo del asesino de los míos. Y él irá escalando hacia el paraíso. Por qué no le exijo que busque a su padre y lo traiga aquí del culo para que lo juzguen los jueces, o para demostrar que está muerto y sembrar en su tumba las 34.464 semillas por niño "ejecutado". No, él se encierra, lee a Hölderlin y entra en la tristeza con el piano de Schumann. Es un egoísta, es un cobarde, es un cómodo. Se pone triste y ya está.

¿Pero cómo decírselo? O era mejor no decírselo y marcharse para siempre de su alcance y dejar así, todo indefinido. Como era de indefinida la vida misma. Ella tampoco podía jugar con Ricardo, que si bien estaba tan enamorado de ella no dejaba de observar con preocupación sus escapadas o su otra vida. No le podía hacer daño. Era un buen muchacho.

Fue rechazando las invitaciones a la schubertiada de Rainer. Hasta que de pronto se le iluminó el cerebro, la sangre, y los ojos.

Haría su tercer film en Sudamérica. Un viaje por todos los países de los Andes. Y se marcharía con Ricardo durante seis meses. Se lo diría a Rainer en la próxima reunión, en la schubertiada, que sería –estaba segura– su último encuentro con él.

* * *

Cuando Rainer recibió la certeza que Minou iría en la noche del sábado siguiente sintió una alegría eufórica como nunca la había experimentado. Fue a alquilar un piano de cola, el más antiguo que tuvieran, para colocarlo en el centro del salón. Allí, al terminar la jornada, él mismo tocaría la Serenata de Schubert, que es lo único que sabía, pero la sabía muy bien; la había tocado desde pequeño. Todo sería rodeado con copias de grabados de Schubert, sus amigos, sus conciertos. Todos iban a estar allí, una verdadera exposición. Iba a comprar anteojos viejos, como los que usaba Schubert. Para eso iba a recorrer todos los mercados de pulgas de Berlín. Y las flores. ¿Qué flores eran "schubertianas"? Lo iba a saber releyendo todos sus lieder.

* * *

Minou llegó más hermosa que nunca. Pero no con el traje rojo bordó como se lo había pedido Rainer. Tenía un vestido blanco, amplio, se había adornado el cabello con dos pimpollos de rosas. Tenía collar y pulseras que resaltaban su presencia. Minou en ese momento quería ser la vida. Por eso Rainer tal vez modificó el programa y no empezó con *La Muerte y la niña*, el magistral cuarteto para cuerdas de Schubert. Abrió el piano y tocó la Serenata del autor vienés. Esa música servía para transformar al más materialista y enemigo del arte. Rainer hizo una interpretación muy sentida, muy lenta pero por eso mismo ineludible. Luego sirvió vino y se pusieron a conversar.

–Te seguiría a todos lados por tu sensibilidad, Rainer –le confió Minou, que tal vez ante la serenata había perdido algo de convicción en lo que había venido a decirle.

–No hablemos de mi sensibilidad, Minou, sino de esta música. Cuando programé *La Muerte y la niña* era sólo para escalar los sentimientos, Schubert ya estaba en esa situación, la niña y la Muerte no es otra cosa que el amor. Mira lo que dice la poesía del lied. La Muerte le dice a la niña:

Dame tu mano, bella y delicada criatura,
soy tu amigo, y no vengo a castigarte,
alégrate, no soy nada rudo,
puedes dormir en mis brazos mansamente.

Es decir, lo que nos quiere decir Schubert con su lied, es que el verdugo no es la Muerte. El verdugo mata, la Muerte recibe en el máximo descanso. La niña vestida de rojo bordó de Auschwitz fue muerta horriblemente por el verdugo. Pero en ese momento la recibió la Muerte, para que duerma ya para siempre, apacible, fuera del horror, fuera del miedo... ¿me entiendes Minou?

Minou no respondió, estaba otra vez como en una especie de limbo. La maravillaba todo ese juego de arte y de conceptos por encima de toda realidad. Para ella la muerte era el fondo de un precipicio y no la altura del silencio y la profundidad.

–Mira, escuchemos primero el lied, compuesto por Schubert apenas a los 21 años y luego el cuarteto sobre el mismo motivo. Schubert morirá a los 31 años pero ya mucho antes tenía la sabiduría de que él estaba destinado a la muerte joven. Por eso, aquí, él se va acostumbrando, entra con toda la poesía en la Muerte: con la niña en brazos de la inmensidad, de lo interminable.

La música era una conjunción de lo dramático con lo suave. Era entrar sí en la Muerte pero como quien ve que ante su vista se descorre un velo y se le presenta primero una poderosa niebla y luego un azul deslumbrante. Minou con cierto horror se imaginó que en ese momento entraba el famoso violinista

Isaac Stern, aquel que no había aceptado tocar en Alemania desde el fin de la guerra, y se encontrara en ese lugar, pleno de efluvios irracionales, misteriosos, poéticos, fantásticos, milenarios. ¿No era acaso un lugar nazi que se había fabricado el hijo del asesino para envolverse y refugiarse? Minou sintió como un vahído que la arrancaba de la realidad. Tuvo ganas de pararse, gritar ¡basta! e irse. Stern se había negado a tocar en Alemania y ella había juntado toda su piel, toda, con el hijo del verdugo sanguinario, tal vez la misma piel suave, el mismo calor que la del asesino.

Rainer mientras tanto navegaba en la música de Schubert. No, se dijo Minou por milésima vez, él no es culpable pero lleva para siempre el pecado original, está marcado en la frente. La marca se la hizo su propio padre. Lo repetía porque no encontraba otro argumento.

Cuando terminó el cuarteto *La Muerte y la niña*, Rainer todavía en sueños le dijo a Minou: " a esta música, Schubert la hizo para nosotros, para que podamos recibir allí a la niña de Auschwitz vestida de rojo bordó. ¡Cómo la alzaríamos en nuestros brazos, cómo la besaríamos, cómo estaríamos convencidos de que ya no nos iba a abandonar nunca más!".

El silencio fue largo. Minou se dio cuenta que le estaba pidiendo la muerte juntos. La búsqueda de la muerte, el suicidio.

Minou le dijo con suma suavidad que no se sentía bien, que se iba a ir y que el *Viaje de invierno* lo escucharían otra vez, tal vez en una sala de conciertos.

Rainer no pudo moverse. Intuyó que de pronto se quedaría solo para siempre. No tuvo fuerzas ni siquiera para acompañarla a la calle. Minou le dio un beso en la mejilla, ausente. Esa ausencia quedó al desnudo ante Rainer. Cuando quedó sólo puso el *Viaje de invierno*. Con él olvidó todo. Siguió paso a paso al viajero. El viajero que iba hacia la muerte, el viajero a quien el mundo le quedaba frío, el vagabundo descalzo, sin nido, que está dispuesto a recorrer una calle que nadie había podido caminar de regreso. Sí, sí, deseaba que el organillero tocara sus cantos oídos en la niñez. ¿Y si él solo no encontrara en ese camino sin regreso a la niña vestida de rojo bordó? Tal vez sería la señal de su libertad más absoluta, de desligarse para siempre de la memoria. Pero no, tenía miedo de la soledad, quería emprender el camino acompañado, eso sí, que entonces era el sentirse salvado, libre del pecado original. Acompañado con ella, su víctima y amiga, su esencia.

* * *

Ya a la mañana siguiente la comprometió. Le dijo que sería el último encuentro "cultural". Le hubiera gustado hablarle todavía de Lenz, el poeta que se volvió loco y terminó pidiendo limosma; de Friedrich Nietzsche, el gran fantástico real de la historia, que buscó refugio en la locura infinita, y del increíble compositor de lieder Hugo Wolf, que había descubierto la belleza de la melancolía y que después de su música, el único lugar libre que le quedaba fue la locura, y se refugió en ella. Pero bien, él no quería que Minou tomara esas reuniones como un tormento, cuando él justamente las había pensado para el encuentro cálido y poblado de sueños para ellos dos. Por eso, le pedía que viniera a la última, en la cual le iba a leer las cosas más hermosas de Heinrich von Kleist. Descubrirían otros mundos poblados de intenciones y avances. Después ya dejarían todo eso para tener el tiempo completo y dedicarse a ellos.

Minou temía que si se negaba, Rainer iba a tomar alguna medida desesperada. Por eso le dijo que sí. Aunque sabía que no iba a ir porque tenía miedo, un inmenso miedo, de ese amigo querido. Temía hacerle mal. Pero si continuaba a su lado, el final iba a ser irremediable. Ella como nadie se había dado cuenta de las intenciones de Rainer. Matarse y matarla en poesía. Conocer lo sublime en el momento del suicidio conjunto. Por eso Heinrich von Kleist para el final.

* * *

Él la fue llamando mañana y tarde. Ella le daba esperanzas que iría. Él preparó la página de *El príncipe von Homburg* donde el militar prusiano tiene miedo. Una página inmortal, valiente. Era la página para esa noche, sí, él tenía miedo y ella, seguramente, también. Pero como el príncipe von Homburg iban a buscar el camino para superarlo. Luego leería cartas de von Kleist a María von Kleist, su tan apreciada pariente y a su media hermana, Ulrike von Kleist de la que sin ninguna duda se había originado un amor que superaba toda sensibilidad. Y después, la descripción del suicidio de Heinrich y de Henriette Vogel, tan puro, tan pleno, tan simple, tan romántico, allí a orillas del pequeño Wannsee. Después le mostraría el arma y la invitaría. Le diría que él podía hacerlo, como von Kleist, que lo realizó de tal manera que su disparo no le interesó ninguna costilla a Henriette. El proyectil le dio muerte nada más que adentrándose en el corazón. Y luego, él, pero recibiría el balazo en el cerebro para definitivamente no tener que pensar más en todo lo que le había perseguido en los útimos tiempos. Todo lo negativo quedaría borrado. Pondría como música de fondo al *Palestrina* de Pfitzner que lo devolvía a la infancia, a aquella mañana en el jardín de su casa de Belgrano donde escuchó por primera vez música de ese autor, que lo llevaba tan a esa época. Las flores iban a adornar el último paso terrenal y serían flores extrañas, que los ayudarían a ampliar la imaginación del escenario que iban a pisar definitivamente.

Esa tarde fue a buscarlo a Berthold Schneider, con quien se conocía del tiempo en que, con apenas quince años, fueron incorporados a las últimas filas que debían defender a la Alemania ya vencida. No entraron en la línea de fuego pero corrieron muchas aventuras juntos, casi todas invadidos por el miedo y otras veces por el terror y siempre con ganas de llorar y de llamar a la madre. A pesar de las marchas, a pesar de las arengas. Los destinaron a la FLAK, la defensa antiaérea. Ellos dos estuvieron en el campo de prisioneros norteamericano de Remagen-Sinzig, a orillas del Rhin, al sur de Bonn. Allí había miles de soldados alemanes de todas las edades, a cielo abierto, sin carpas, sin ningún techo. Debieron aguantar las lluvias a la intemperie, sin comer durante días y luego con una alimentación deficiente. Vio morir a centenares, de hambre y de disentería. Como siempre morían los más jóvenes y los más viejos. Luego Rainer fue trasladado al campo de concentración donde estaban su madre y Erna, su hermana, donde habían sido llevadas las familias de los nazis prominentes. Con Berthold volvió a encontrarse en tiempos de estudiante universitario. Siempre siguieron viéndose, tal vez una vez al año, no más, pero la amistad se mantuvo. Berthold fue empleado de una librería de anticuario y le reservaba a Rainer algún título que podría interesarle. Casi siempre se encontraban en la librería y allí, en la trastienda tomaban un café juntos. A esta costumbre Rainer la continuó aun en los tiempos en que era muy importante y estaba tan ocupado como funcionario de la cultura.

A Rainer le interesaba la figura de Berthold porque aunque era muy reservado, intuía que mantenía cierta línea de pensamiento coherente con lo que había vivido en la infancia. No es que Berthold fuera nazi pero en él había ciertas remembranzas, ciertos recuerdos que lo habían marcado. Por eso fue a verlo ahora a él. Él era el único que podía conseguirle lo que necesitaba.

Berthold tardó apenas tres días para el encargo. Se encontraron en lo de Rainer. Lo traía en un sobre, simplemente en el bolsillo de la chaqueta. Abierto el sobre, el revólver. Plateado brillante, como si fuese nuevo, quedó sobre la pequeña mesa.

–Estos revólveres los tenían pocos jefes de la SS, no era la pistola reglamentaria, lo tenían sólo para situaciones complicadas –dijo Berthold, con cierta admiración por el arma.

–Justo, el caño delgado –dijo Rainer–. Justo lo que necesito.

–Me lo han prestado porque dije que era para el hijo de Otto Sturm. Pero lo quieren de vuelta lo más pronto posible.

–En una semana estará en tus manos –le dijo Rainer.

Los dos se dieron un fuerte apretón de manos, como cuando eran adolescentes y resolvían hacer algo entre hombres.

* * *

Estaba, pues, todo resuelto. Él creía que luego de leerle las páginas de von Kleist y su última carta, ella iba a acceder a acompañarlo. No iba a suceder nada forzado. Sólo si ella tenía voluntad y aceptaba. Rainer estaba seguro que sí, después de todo lo que sobre la muerte habían hablado.

La carta a Minou la fue escribiendo por párrafos:

"Mi querida Minou:

"No sabes lo cerca que me siento de ti. No puede haber ya más aproximación entre dos seres como la hay entre nosotros. Es que estamos decididos a emprender un camino increíble, grande, extenso, amplísimo, interminable. Nos despojaremos de nuestra carne. Y ya seremos una sola persona.

"Sé que si tú lo haces es porque no puedes soportar la tragedia que ha sufrido tu pueblo, los niños, los adolescentes... Y que para ti vivir sería sólo el buscar una reivindicación que nunca puede llegar, todo lo demás sería nada más que un lamento, un repetir de lamentos de toda la historia. En cambio, así, tú podrías darles alcance a todos los que vivieron ese momento horrible. Y yo seré tu compañero, buscando olvidar todos los crímenes de los ejecutores. Olvidarlos definitivamente encontrando a sus víctimas. Allá a donde vamos, no hay verdugos; los verdugos seguirán deambulando eternamente por la tierra con el gesto del que se quiere justificar: por obediencia, señor, nada más que por obediencia.

"Te imaginas, Minou, ya sin necesidad de tener que salir a la calle y encontrar los telones ante los cuales pasaron y siguen pasando y seguirán pasando, víctimas y victimarios. No, encontrar sólo una atmósfera azul.

"Imagínate el significado de mi protesta: contra todos los que me quisieron envolver en el pecado, y el tuyo, de grandeza, pero también de íntima protesta de que yo soy tan culpable como vos, porque nos pusieron en la vida y comenzamos a marchar de acuerdo a todas las influencias de la sociedad. El hijo del nazi con la judía libre de religiosidades y nacionalismos. La nueva humanidad iniciada en ese paso, que parece definitivo y no lo es. Ahí comienza el ejemplo. A elaborarse en tierra el porqué de ese paso. La grandeza de ese paso. Y en nosotros, el amor. Al pasar a ser juntos un ser, en el momento definitivo, empiezo a conocerte para siempre. Me entiendes, Minou. Poder decir la palabra definitivamente. Nuestro amor empezará a ser definitivo. Nadie, nadie, nadie nos podrá separar. Nuestros nombres van a estar siempre juntos, como los de Heinrich von Kleist y Henriette Vogel.

"Von Kleist le escribía a su parienta Marie, acerca de Henriette Vogel, la mujer que lo iba acompañar en la muerte elegida: 'He encontrado una amiga cuya alma vuela como un joven águila, como yo todavía no había encontrado nada parecido en mi vida'. Los dos, Henriette y Heinrich, pasan la noche del 20 de noviembre de 1811 en una posada cercana al lago Wannsee, allí cenan y escribirán cartas; al día siguiente desayunan y luego caminarán hacia el lago, unos cincuenta pasos. En ese lugar, con su consentimiento, Heinrich disparará un tiro a la altura del pecho izquierdo de Henriette que le atravesará a esta directamente el corazón, luego Heinrich de un balazo se atravesará el cerebro a través del paladar. Kleist tenía 34 años de edad, Henriette, 31. Los dos, todavía hoy, descansan en una tumba en el mismo lugar donde murieron.

"Minou, tú eres mi joven águila. Demos el gran salto, caeremos en el vacío sin jamás llegar, pero abrazados para siempre, bebiendo nuestra respiración y soñando a través de nuestros ojos. Si no lo hacemos sufriremos en esta vida para siempre. Seremos esclavos del día, seremos aterrorizados durante las noches. Vivamos, Minou. Tomaré el papel de Heinrich, te veré ya dormida y luego te seguiré en el vuelo. Minou, amor mío. Hagamos nuestras nupcias nosotros mismos y para siempre. Mi amor, te quiero, tus ojos, tus cabellos, tu boca, tu cuerpo, tu voz, tu sueño, tus pasos, el brillo inigualable de tu piel, tu calor. Amor mío. Ven, dame la mano, yo te llevaré. Rainer".

* * *

El sábado por la mañana en que se iba a realizar la noche de von Kleist en lo de Rainer, Minou partió con Ricardo hacia Buenos Aires. El día anterior ella había querido hablar con Erlo Esslingen, pero le dijeron que estaba en París y volvería el lunes. Después se puso a escribir:

"Mi amor, Rainer: No podré estar contigo esta noche, me ausento a Buenos Aires para iniciar la producción de mi próximo film. Sé que hago mal. Pero no puedo de otra forma. Quiero la vida, Rainer mío. Quiero la vida antes de la muerte y no la vida que me prometes después de la muerte. Comprendo toda tu sensibilidad. Te admiro. Eres muy profundo pero no eres de este mundo. El sufrimiento te ha ido llevando a caminos que no puedo compartir. Nunca olvidaré las horas tan intensas, en todo sentido, que pasamos juntos. Nunca podré querer tanto a alguien como a ti, Rainer. Pero soy un ser terrenal. Tú quieres hacer una conjunción del alemán que paga la tragedia con la judía que ya pagó la tragedia con la suerte de su pueblo. Ojalá no hagas, lo que pienso, tienes ya decidido. Me gustaría al volver –tal vez dentro de un mes– encontrarte para salir a pasear por los parques de Berlín y hablar de Schumann, de Hölderlin, de Kleist. Recuerdo tu mano, recuerdo tus labios. Siempre te veré vivo. Sé que regresaré y me estarás esperando. El abrazo tierno y eterno de Minou".

Minou dejó todo dispuesto para que la carta le llegara a las ocho de la noche, la hora en que iba a empezar el encuentro.

* * *

Rainer preparó esa mañana el escenario: un retrato de von Kleist y otro de Henriette Vogel. Como flores, sólo violetas tal cual lo había escrito el poeta en una de sus cartas. Luego, una foto grande de Minou y Rainer a los pocos días de conocerse. Y otras diez fotos de Minou, en diferentes situaciones. Sobre la mesa los libros más queridos de von Kleist, de Hölderlin y de Büchner.

Rainer se vistió con una camisa blanca y pantalón negro. Preparó el champaña y las copas, y faltando minutos para las ocho puso la leyenda musical *Palestrina* de Pfitzner. Fue hasta su escritorio y se aseguró que el revólver plateado estuviera en el primer cajón y su tambor lleno de balas.

A las ocho tocaron el timbre y le entregaron la carta de Minou. Rainer presintió todo.

No abrió el sobre. Lo puso al lado de la carta que él quería leerle esa noche.

Y esperó. Esperó toda la noche en la misma posición. Con los brazos sobre sus piernas y sus piernas cruzadas, en el sillón donde tantas veces habían sido protagonistas los dos. La música terminó, y Rainer siguió en el mismo lugar, con los ojos abiertos fijos en un lugar indefinido.

A medianoche, dijo: "Minou comienza a convertirse en mi verdugo; me ha soltado la mano en el vacío" y comenzó a guardar los cuadros de von Kleist y Henriette, luego los de él y Minou. Poco después salió a la calle con las violetas y las esparció por la vereda.

Cuando volvió se acostó vestido en el sillón y se tapó la cabeza.

* * *

Ese domingo Rainer se levantó muy temprano y salió a caminar. Luego, a eso de las 10 lo llamó a Berthold, el librero, su amigo de cuando eran soldados de quince años.

–Berthold, te devolveré hoy mismo lo que me diste. Pero esta noche quiero tirar la casa por la ventana. Tengo muy buena cerveza y buenos vinos. Vamos a recordar la vieja amistad, Berthold, y la confianza que acabas de tener conmigo. ¿Vienes? ¡Bravo!

A eso de las siete de la tarde oyó el timbre. Era Berthold. Estaba frente a él con su cara rojiza, casi calvo. Y siempre, como en la librería, con sus ropas fuera de moda, gastadas pero limpias. Con sus ojos y un ligero temblor de alcohólico.

Se abrazaron con golpes bien fuertes en la espalda. Como se hace sólo con los verdaderos amigos, los amigos muy queridos.

La mano temblorosa le alcanzó un sobre.

–Te traje esto, Rainer. Para que lo escuchemos esta noche –y soltó la carcajada.

Rainer abrió el paquete con cara de pícaro, de compinche. Y cuando vio lo que era soltó también la carcajada, abierta, como un parroquiano de un jardín de cerveza.

Y leyó en voz alta los nombres de los tres discos de la serie "Marchas alemanas históricas".

–*El gran desfile*, *Bajo el águila de dos cabezas* y *Gloria prusiana.*

Pegaron un alarido montañero los dos hombres y en seguida descorcharon. Era una cosa entre ellos y para ellos. Nadie los iba a comprender.

Primero, un buen jarro de cerveza. Se cuadraron militarmente y brindaron:

–Fieles con los recuerdos hasta el final –dijo Rainer, serio.

–¡Valor hasta el último paso! –agregó Berthold, sonriente.

Rainer supo que esa iba a ser la última vez. Que iba a desbordarse con todo aquello que no había podido hacer nunca. Sacar todo lo guardado para ver si era cierto. Si seguía amando todo eso o lo hacía para vengarse de sí mismo, de su lloroso y eterno lamentarse, de sus agachadas en la vida, de ese constante pedir caridad sin pedirla, de sus obligaciones impuestas por la sociedad a la que se sometió, de disimular o –en una palabra– de tratar de portarse bien. Ahora, con Berthold, se iba a probar a sí mismo. Acabar con los disimulos, abrirse las entrañas y mostrarlas. ¿Sentiría asco por todo lo que escondió tanto tiempo o lo rememoraría como lo único legítimo que había vivido en su vida?

Pero antes, Rainer buscó el revólver plateado que le había traído Berthold y se lo devolvió. Con el puño encerró la joya de la muerte y la entregó a otra mano que rápidamente se cerró y escondió el arma en un bolsillo. Todo en silencio, como si se tratara de un objeto religioso, un cáliz con el tambor cargado de hostias.

Y así, también, como si se tratara de un oficio divino, Rainer eligió el primer disco, la primera marcha. Apretó los botones del tocadiscos como si abriera así el tesoro guardado del tiempo perdido.

No podía ser de otra manera: *Alte Kameraden* ("Viejos camaradas"). La más querida. El ritmo rompió las paredes pero los aisló. Parados, uno frente al otro, entrechocaron una vez más las copas. Berthold, rojo de fiebre. Rainer con los ojos espantados, regresando a su verdadera vida escondida. De regreso en su mundo.

Fueron escuetos. Uno frente al otro, sin moverse. Las lágrimas asomaron pero no los traicionaron en su condición de hombres.

–El viejo espíritu –dijo Rainer con voz sin temblores.

–Marchar hacia el infinito –dijo Berthold.

–Por nada, contra Dios –dijo Rainer.

Dejaron que terminara la marcha. Se sirvieron nuevamente. Se sentaron.

Se sentían como en un templo de virilidad. Donde se enseñaba lo ascético. Ser monjes de la virilidad sabia, no la del contacto con lo femenino.

–Ernst Jünger tenía razón –dijo Rainer.

–*Tormentas de acero* es el mejor libro que ha escrito un hombre –aprobó Berthold.

Rainer se entusiasmó y trató de hundir el recuerdo de lo femenino joven. No el de su madre.

–Todo está dicho cuando el soldado después de sentir el placer y el máximo premio de la lucha, que es poder combatir hombre con hombre y poder morir, entra herido al hospital y todo lo sagrado se rompe por la presencia de las enfermeras. Hubiera sido mejor morir gritando en las trincheras y no entrar herido a un hospital para ser curado por mujeres.

–La mujer internacionaliza –metió Berthold su reconcentrado miedo–, es débil, tonta como un animal, quiere conservar la vida, quiere lo inútil, no sabe nada.

–No entenderá jamás el paso rítmico hacia la muerte, el único paso de los sentidos cuando se unen al espíritu. El paso heroico que no se pierde ni aun ante la hembra volteada. El que busca el más alto ideal: la castidad en la marcha de todos hacia la lucha contra Dios.

–Mi mejor tiempo fue en el cuartel, cuando no vimos mujeres durante cuatro semanas –dijo Berthold, ya sin aprensiones, desbordante.

Rainer era su amigo. Había vuelto a ser su amigo. Su camarada. Ese era el título. Él lo sabía. Desde adolescente existía entre los dos una camaradería casta, virginal, de varones maduros.

Volvieron a guardar silencio hasta que se fueron apagando los sonidos de *Alte Kameraden*.

La sangre volvió a hervir cuando comenzaron los primeros sonidos de la marcha del *Erzherzog Albrecht*. Descorcharon la primera botella de vino del Rhin y brindaron de pie.

–A prepararse, es como una canción en un camino abierto; ¡vamos allá! –exclamó Rainer mientras vaciaba su copa de un trago largo.

–Ya no nos detendrá nadie, ni nuestras madres –dijo Berthold.

Rainer se conmovió ante esta afirmación de Berthold. Se sentó otra vez y se dejó llevar por la música.

–Nos hace sentir juntos –volvió a decir Berthold para calmar la emoción que le pareció había invadido a Rainer.

Cuando comenzaron los arrolladores tonos de *Hoch Heidecksburg*, volvieron a pararse y brindaron de nuevo haciendo sonar bien las copas.

–*Hoch Heidecksburg!* –dijo Rainer con voz sumamente emocionada–, vamos allá a juntarnos con los guerreros muertos. Juntémonos todos, en grupos, a reír, a beber.

–Son los últimos que marchan, allá vamos –dijo Berthold cada vez más fuera de sí–, nos reímos de todo el mundo enemigo, de los babosos intelectuales.

–No somos policías. No matamos a nadie que no fuera en la batalla –trató de desprenderse Rainer de ese último concepto de Berthold.

–Tenemos la venia para marchar hacia el amanecer y caer al amanecer gritando "¡Viva Alemania!" –tartamudeó Berthold con los ojos rojos de puro fanatismo.

–El cañón siempre apoyándonos y guardando silencio –insinuó Rainer mirando sonriente a los ojos de Berthold, mientras seguía llenando y vaciando las copas.

Nuevamente vino el silencio y fue cuando comenzó la *Flieger Marsch*, la marcha de los aviadores militares. Casi no brindaron, pero finalmente Rainer llenó las copas. Berthold hizo un gesto para cambiar el disco, pero Rainer lo detuvo.

Aunque lo apoyó en parte diciendo:

–Los aviadores nunca fueron soldados.

–No saben lo que es luchar cuerpo a cuerpo, el marchar por los campos, el esperar el ataque desde la trinchera.

–No son soldados. Matan desde el cielo.

Pero escucharon la marcha hasta el final. Fue cuando Rainer volvió a levantar la copa:

–Por los compañeros muertos.

Berthold entrechocó, en silencio.

Rainer se miró en los ojos de su amigo. Tenían un brillo desesperado. Se preguntó qué significaba lo que estaban haciendo. Tuvo que sentarse otra vez. "¿Estaban dejando libre al cerdo que llevaban adentro?", se preguntó angustiado. O esto, todo esto, era sólo posible en un encuentro de viejos amigos que no tienen que avergonzarse de nada ni ante nadie, aunque estén definitivamente vencidos. ¿O se estaban destrozando el uno al otro por camaradería?

Fue cuando comenzaron los sones de la *Gieslingen Marsch*.

–Sonidos del ayer glorioso –dijo Rainer.

–Una apelación al honor –dijo Berthold.

Los dos se pararon y brindaron. "Somos dos espantapájaros que al anochecer se asoman a las ventanas…", ensayó cáustico Rainer. Pero los sonidos heroicos no le permitieron seguir hilando su pensamiento.

–La mejor forma de suicidarse –dijo Rainer.

–Suicidarse entre hombres –dijo Berthold.

Guardaron silencio. Los sonidos comenzaron a golpearles en los cerebros.

–Nadie nos podrá parar –dijo Rainer, gangoso.

–Con esta marcha iríamos a combatir hasta sin armas –dijo Berthold.

–Más que a combatir, a morir –lo corrigió Rainer.

Quedaron silenciosos, sentados.

El alcohol les iba nublando ya los sonidos.

Cuando comenzó la *Schönfeld Marsch*, siguieron con el rito.

–Ya sólo nos queda combatir, pero en el pasado. Hoy todo es basura.

–Eso, combatir junto a los camaradas muertos –agregó Berthold.

De pronto, Rainer miró el perfil de Berthold. Le pareció que tenía casco.

–Tienes perfil de soldado de antes –le dijo.

–Como los compañeros cuando pegaban el grito final y asaltaban las trincheras con la bayoneta calada.

Rainer se fue a descorchar otra botella de vino.

–Quiero cerveza –dijo Berthold.

–Somos soldados del Rhin. Estamos bebiendo sedientos su verdadera agua –le enseñó Rainer.

En la *Deutschmeister Regimentsmarsch* volvieron a brindar con la prestancia de la primera copa.

–Aquí ya regresamos, barbudos, viejos pero enhiestos. Con flores en el fusil.

–Y nosotros como niños nos vemos desfilar como viejos por aquellas calles de los juegos.

–No hay mejor imagen, gracias Berthold.

Las lenguas comenzaron a demorarse, los músculos se endurecieron. Pero se pusieron de pie otra vez. No podía ser de otra manera ante los sonidos de la marcha del regimiento 84.

–Poder cantar entre hombres. Las voces van para arriba y las golondrinas acompañan las palabras con sus alas –dijo Rainer. Y ya se quedó sentado. Al brindis lo hicieron apenas con un movimiento de los brazos. Las copas iban a seguir siendo vaciadas de un solo trago.

–Por las carreteras de abedules –ensayó Berthold con una voz ya sin sonidos.

Cuando terminó la marcha del regimiento 84 ya les costó bastante levantarse. Y las copas dejaron perder varias gotas antes de llegar a los labios.

–Los fogones de la noche. Sólo voces y risas de hombres –dijo Rainer.

–Saltar sobre el fuego y entrar en la hoguera definitiva –dijo Berthold.

–Encontrar a Sigfrido –dijo Rainer.

–Encontrar a Arminius –dijo Berthold.

Después de algún esfuerzo, Rainer pudo expresarse:

–Ya estamos llegando a la locura, a esta edad y después de todo el sufrimiento... encontrarnos con Sigfrido y Arminius...

Su voz quiso decir algo más. Berthold se concentró para entenderle, pero todo se perdió en sonidos trémulos, de otro mundo.

Por último, este, haciendo un esfuerzo supremo, se paró, se cuadró y gritó:

–No queremos combatir ni con franceses, ni con latinos, ni con semitas ni con negros.

–Sólo queremos combatir teniendo enfrente a la muerte –pudo decir Rainer.

Berthold siguió a los gritos: "Los ingleses son manteca, pajeros, asexuados, ladrones".

Hasta que se calmó y se estiró en el sillón poniendo la cabeza en el apoyabrazos.

Cuando comenzó la *Grenadiermarsch Fridericus Rex*, se levantaron los dos automáticamente y se estrecharon en un abrazo.

–Salud a los abanderados, a todos los abanderados en los frentes que siguieron adelante regados de balas y siguieron, siguieron hasta que desaparecieron en la niebla –dijo Rainer con voz casi en el paroxismo.

–Tomaron el camino hacia la muerte heroica –gritó Berthold.

–¡A todos los abanderados, a todos, estén donde estén, los besaría en la frente, diez, cien veces! –después de pronunciar esto, Rainer no pudo más y esta vez sí pudo llorar, se tiró en el sillón todo a lo largo y se tapó la cara con las manos. Fue cuando el rostro de un abanderado se convirtió en el de aquella chica judía que le había preguntado a sus padres con reproche: "¿Por qué sois judíos?". Y no era otro que el rostro de Minou.

Se quedó inmóvil, como dormido. Berthold le llevó una copa de vino y le alzó la cabeza como si lo hiciera con un enfermo. Rainer lo reconoció. Berthold le fue dando el vino de a sorbos. No se iban a declarar vencidos. Iban a terminar esa noche como soldados, firmes y hasta el amanecer. Rainer pudo pararse y los dos se miraron frente a frente.

Se escuchó entonces el tambor de la *Alter Jägermarsch* de 1813.

–Todos con la sonrisa en los labios –dijo con voz firme Rainer.

–Éramos superiores. Los imbatibles –dijo Berthold.

–Los mejores –dijo Rainer.

Y cruzaron los brazos a la altura de los codos, repitiendo el gesto de *Brüderschaft* y brindaron ya como hermanos.

La marcha "El águila de dos cabezas" los tomó descuidados, mal parados. Pero se rehicieron; esta vez con media copa cada uno porque ya no podían llenarlas.

–El reposo, la brizna de trigo entre los dientes, los ojos azules del camarada, el fusil –dijo más que trabajosamente Rainer.

–La camaradería sin límites de los oficiales heroicos –dijo Berthold. No pudo menos que cuadrarse y sentir esa posición en todo el cuerpo, un desahogo, como si fuese un orgasmo sorpresivo, en plena blandura.

Cuando comenzaron los sones de *Gruß aus Klingenthal* ("Saludos de Klingenthal"), Rainer insistió en separar la belleza heroica del marchar frente al enemigo de todo aquello que fuera crimen, campos de concentración, muerte de civiles.

–No fueron policías. Lucharon contra la muerte enfrente para hermanarse con ella –gritó con desesperación Rainer.

Berthold tardó y se repitió:

–¡Los franceses! –gritó, y los dos estallaron en carcajadas, como el mejor chiste de la noche. Y entusiasmado agregó: –¡los yankis no son soldados, son vendedores, son compradores, son mercachifles!

–Los rusos, perros salvajes, gente de cuevas, enviados por el diablo y no por la muerte –agregó Rainer.

Y ya en *Gruß an Kiel* ("Saludos a Kiel") se sintieron más hermanados que nunca. Marineros y soldados.

–¡Todos compañeros! ¡A la alegría, la única alegría que es ser camarada! En el mismo camino, los caminos se van abriendo hacia la religión sin Dios, hermanos, hermanos sin sotana –dijo Rainer.

–Pero igual castos, castos –replicó Berthold.

Y brindaron.

Y entonces sí, llegó la *Defiliermarsch*, y estaban preparados.

–Ya a todo horizonte. Hacia la victoria final –gritó emocionado y dando coraje Rainer– todo se abre, ya no hay regreso.

–Los cuerpos de los héroes van cayendo con flores en los cascos –agregó Berthold con más movimientos de labios que voz.

En la *Alexander Marsch*, Rainer se volvió generoso, hasta sonrió, concesivo:

–Aquí sí, mujeres, pero sólo para saludar con las manos –dijo Rainer.

–Sí, pero que no se aproximen a los soldados. Flores, sí, pero que no las abrochen en la chaqueta sino que las arrojen –propuso Berthold, con cierto gesto de alerta, de un miedo ancestral.

–Sí –concedió Rainer–, porque si no el olor a hombres de la tropa, el heroico olor a la muerte, el hermoso olor a la muerte se va a mezclar.

En la *Hohenfriedberger-Marsch*, pese a su esfuerzo, Rainer no se podía parar ya. Pero pudo hablar sin muchos rodeos.

–Veo a Sigfrido, en el Rhin. Ante mí, joven, rubio, fuerte, sin miedo, insuperable.

–Sí, nos llama, ¡vamos! –dijo Berthold.

–Y yo lo veo a Arminius, el querusco, y me integro a sus hombres para liberar a Germania de los romanos –dijo Rainer.

Pero ya estaban borrachos. Se fueron durmiendo sentados y así pasaron la *Bayrischer Avanciermarsch* y *Über Tal und Berg*.

Pero cuando comenzaron los marciales anuncios de la *Badenweiler Marsch*, la "marcha del *Führer*", se levantaron como por un resorte y se cuadraron en posición marcial. Estaban fuera de toda realidad. ¿Qué es lo que había pasado?

Esos sones, esos sones, los hubieran despertado aun del sueño más pesado. Berthold se agitó y de pronto gritó: *"Ja, mein Führer"*.

Rainer lo miró espantado. Pero la música lo fue envolviendo y lo fue llevando de regreso, hasta los quince años. Hasta que él mismo gritó con toda fuerza:

–Ja, mein Führer!

Cuando terminó la marcha, estaban los dos de pie, mirándose con curiosidad. Y Rainer, volviendo de su borrachera, se puso a reír a carcajadas, como de pura alegría, como que había podido cumplir su máxima aspiración a pesar de tantos miedos y tantas autocensuras. Berthold lo siguió en la risa, cada vez con más fuerza. Risas de soldados después del combate. Rainer tuvo la fuerza de descorchar una nueva botella y beber del pico como cinco tragos seguidos, y luego fue la botella a Berthold, quien hizo lo mismo.

Lo habían logrado. Y siguieron bebiendo, de pie. Hasta que Rainer comenzó a sentir una agradable sensación cálida en la entrepierna, que iba bajando.

Sí, se estaba orinando. Allí, los dos volvieron a la carcajada, pero ahora ya de borrachos puros. Berthold no pudo más y también comenzó a orinarse en los pantalones. Se fueron formando dos charcos en el piso que llegaron a unirse. Allí, por algo instintivo, se abrazaron y pisaron los charcos.

* * *

A media tarde del siguiente día, Rainer se fue despertando. La cabeza le pesaba y se sentía el último de los desgraciados. Berthold no había podido regresar al sillón y estaba tirado en el suelo al borde del charco de orina común, y dormía profundamente.

Rainer sintió que había pisado el último umbral. Quería perderse en la oscuridad. Comenzó a recordar. Se había rebajado a propósito. Se había autohumillado ya hasta el hartazgo. Habíase demostrado a sí mismo lo que realmente era y había disimulado, había escondido durante tanto años. Pero era necesario, ahora había quedado limpio después de sacarse el cerdo de adentro. Ahora se iniciaba la verdadera marcha hacia el final. El regreso a su madre, volverla a encontrar. El olvido final de su padre.

Quiso volver a dormir, se cubrió la cabeza con las frazadas. Entró en la noche. Comenzó a dormir con la noche ya en el cerebro. Ojalá tuviera la suerte de no despertar más. Cuando volvió a abrir los ojos era ya noche avanzada. Berthold se había ido. Antes de irse tuvo tiempo de guardar las botellas vacías y de secar la orina conjunta.

Rainer no quiso levantarse. Comenzó a sonar el teléfono. Sin pausa. "Tal vez es Minou", se dijo. Se levantó para desconectarlo y volvió al lecho. Dormir definitivamente, se dijo.

* * *

Se despertó varias veces. Pensó en los soldados muertos. Fue repitiendo uno por uno los versos de "Grodek", de Georg Trakl. Que el soldado Trakl escribió después de participar en esa cruenta batalla. Una vez escrito el poema, decidió suicidarse. Era su legado. Su desesperación. Su protesta. Su infinita tristeza:

Grodek

En el ocaso resuenan los bosques del otoño
de armas mortíferas; las llanuras doradas
y los lagos azules, y arriba el sol
sombrío se desplaza; y la noche abraza
a los soldados moribundos; la queja salvaje
de sus bocas despedazadas.
Pero allá en los juncales, en silencio se reúnen
nubes rojas, donde vive un Dios airado;
la sangre derramada, en el frío lunar.
Todas las calles terminan en negra podredumbre.
Bajo el ramaje dorado de la noche a las estrellas
se mueve la sombra hermana
a través del bosque silencioso
para saludar a los espíritus de los héroes,
las cabezas ensangrentadas.
Y suave sueñan en las cañadas
las oscuras flautas del otoño:
¡Oh altivo duelo, sus altares de hierro!
La llama ardiente del espíritu hoy alimenta
un dolor inmenso,
los nietos no nacidos.

Los nietos no nacidos.

Los ojos de los niños en la espera que ya no terminará. Nada. La vida ya se iba. Trakl. Lo había dicho todo en la espera y lo había vivido todo.

¿Se sintió viejo? Él, Rainer, tendría que haber muerto antes. De estudiante, por ejemplo. Caer de pronto en los pasillos de la universidad de Hamburgo por un tiro perdido. En aquel 1952, por ejemplo, en el momento en que se presentó ante los *Studentenkorps*, los Cuerpos Estudiantiles. Haber tenido la muerte de un estudiante. Recorrió sus trabajos finales; aquel tan elogiado sobre von Kleist. ¿Por qué se afanó tanto en demostrar que su gran admirado había sido impotente en su vida amorosa? Ahora, muy pronto se iba a morir así, ya no vería ni la calle ni la luz. Pensó en Otto Sturm, su padre. No lo llamó "el perro sanguinario". A lo mejor había sido demasiado injusto con él. ¿Por qué su padre tenía que cargar con la culpa de todos?

Comenzó a mirar la sombra de los muebles. Descubrió que allí estaba el sobre no abierto con la carta de Minou. Hizo un esfuerzo, fue hasta allí, tomó un fósforo y le prendió fuego. Miró la llama con admiración, bien rápida y luminosa.

Luego llamó por teléfono a su hermana. Puso una voz normal, hasta contenta, para decirle que se iba por tres meses al Tirol para escribir una obra de teatro. Que cuando regresara irían a cenar juntos. Le dijo que iba a vagabundear de un lado a otro y que por eso no le dejaba ni teléfono ni dirección. "Quiero sentirme esos tres meses absolutamente solo, que nadie piense en mí, porque me traería mala suerte." Erna le dijo que le preocupaba que él se fuera tan pronto, de un día para otro. Pero Rainer la calmó.

Llamó también a Berthold, quien lo recibió con una gran carcajada. (Sí estaba bien, dolor de cabeza, sí, y que hasta fin de mes no iba a beber una sola gota, sí.) Nuevas carcajadas.

–Pero fue muy bueno –le afirmó Berthold–. Gracias por esas horas.

A él también le dijo que por tres meses no iba a estar. A Erlo le dijo lo mismo. Este presintió algo pero no dijo nada. Como si ya todo se hubiese jugado. Rainer hizo cambiar la cerradura de entrada para que su hermana no pudiera entrar.

Después se miró al espejo. Fue a la bañera y la llenó de agua. Quería entregarse limpio. Estuvo largo tiempo, dos o tres horas. Después se secó con mucha lentitud. Y se acostó.

Murió de a poco. Se dejó morir. La voluntad de morir. No probó bocado y sólo algo de agua. A medida que pasaban las horas y los días se le presentaban rostros. Principalmente el de Otto Sturm, su padre. Pensó que por qué designio de la suerte, su padre no siguió de administrador de aquella estancia en Ranchos, en medio de La Pampa argentina. Recordó esa planicie verde interminable, ese olor de los pastos, la caída del sol. Qué diferente hubiese sido todo. Él estaría tal vez ahora cabalgando por las extensiones sin horizontes cantando alguna canción inocente. Se levantó con mucho trabajo. Quería volver a leer todavía algunas páginas de *Allá lejos y hace tiempo*, de Guillermo Enrique Hudson, el inglés de las pampas sureñas argentinas, que como nadie había sabido describir el misterio de la melancolía y de la irrealidad que significaban esos paisajes tan solos y tan entrañablemente queribles. Se presentaban por supuesto con el rasguido de guitarras que eran como voces salvajes por lo auténticas.

Pero dejó de leer porque ese paisaje era invadido por el rostro de Minou y viejas melodías rumanas borraban a las guitarras gauchas. Y el rostro de Minou, a su vez, era borrado por el de aquella niña de doce años que preguntaba a sus padres, desesperada:

–¿Y por qué vosotros sois judíos?

Las horas eran la fiebre. Ya iba quedando sin pensamientos. A la madre la volvió a ver una sola vez más, como si él se avergonzara de morir así ante ella. Como si la hubiera desobedecido y quisiera esconderse de ella.

Se fue muriendo, muriendo. Hablaba, tenía fiebre. Ya no despertaba. Grodek, la niña judía vestida de rojo bordó, Otto Sturm, niebla, alguna música lejana detras de esa niebla y Minou que aparecía y desaparecía casi instantáneamente.

Después ya nada. Sólo una madrugada balbuceó la "Inmortalidad" de Kleist:

¡Ahora, oh inmortalidad, ya eres toda mía.
¡Me iluminas, a través de la venda de mis ojos
con el brillo de miles de soles!

Después, ya no hubo regreso.

Su hermana estuvo siempre muy preocupada pero no reaccionó. Después se lo reprocharía a sí misma. Dejó pasar los tres meses y justo ese día lo llamó por teléfono. Nadie respondió. Tres días después del anunciado regreso fue a la casa y vio que la puerta estaba cerrada desde adentro, con pasador, es decir que él o alguien estaba adentro.

La autopsia dio que había muerto por inanición pero que tenía cáncer avanzado de testículos.

En el escritorio se encontró una carta de Rainer a su hermana. Decía: "Querida Erna: es mejor así. Me he dejado morir. Llévale flores siempre a mamá. Te beso, Rainer".

En todos los diarios salió la noticia. Discreta. Elogios, una breve biografía. Avisos fúnebres en cantidad. Primero el de Erna, su hermana, quien se dio el lujo de poner: "Rainer Sturm (16 de febrero de 1930-4 de junio de 1977), hijo de Otto y Adelheid Sturm". Arriba, el aviso comenzaba con la frase preferida de Rainer, del poeta Hölderlin:

Por encima de las estrellas se escuchan los ecos
de la lucha, allí se convierte la levadura de la vida
en noble vino de la alegría.

El aviso estaba firmado por "Su hermana Erna Sturm".

En una página distinta, el aviso fúnebre más grande de todos, casi un cuarto de página decía solamente: "Rainer Sturm". Un renglón más abajo: "falleció el 4 de junio de 1977". Y como firmante: "Minouche Seefeige".

Así, sin texto. Ninguna frase, ningún comentario.

La angustia era demasiado grande.

El dolor era demasiado grande. Sólo quedaba el silencio. La protesta del silencio. Y toda la angustia.

FIN

NOTA DEL CRONISTA: Al entierro fueron muy pocos. Esa tumba comprometía. Erlo Esslingen sí fue. Berthold Schneider, también; lloró como un chico. Minouche no fue, pero no por miedo; tal vez de puro dolor. Erna se quedó después de la ceremonia, con las manos tomadas entre sí, mirando la tierra. Había cumplido el mandato de su vida.

Minouche se quedó en Alemania. Su segundo film fue muy criticado. El único film que fue silbado en toda la historia del Festival de Berlín. El libro era muy bueno –dijeron todos–, pero los tiempos, el ritmo, el mal manejo de los actores mostraba definitivamente que Minou no tenía talento para dirigir films. El film sobre un viaje por Latinoamérica se dejó sin efecto. Pero ella tuvo suerte. Por Erlo, y por su anterior profesor, Alexander Knapperbusch, consiguió entrar en la Academia de Cine como docente, con un buen sueldo. Ricardo se quedó con ella, no volvió a Buenos Aires. Enseñaba tango en una academia de baile y de vez en cuando cantaba en algún café de moda. Le confesó a Minou que era casado con dos hijos. Pero Minou fue firme: lo conminó a divorciarse y a casarse con ella. A partir de eso fueron un matrimonio asentado. Se los veía muchas veces a los dos en el café París. Al principio dialogaban vivamente entre ellos. Luego, el rostro de Minou comenzó a tener un rictus duro. Ricardo conversaba con ella pero ella apenas le respondía. Poco a poco, se los vio en el café París siempre en silencio.

Minouche no pudo tener hijos.

La tumba de los Sturm fue siempre cuidada por Erna. Ella no cumplió con el pedido de Rainer, quien le había rogado que una vez muerto no pusiera su nombre al lado del de su padre sino del de su madre. Así: Otto Sturm, abajo Adelheid Sturm, nacida Kürzinger y último, Rainer Sturm. Pero Erna se dijo que la tradición señalaba que los nombres se ponían en el orden de cómo iban muriendo en el tiempo. De modo que los nombres en la lápida estaban en este orden: Adelheid Sturm, nacida Kürzinger; Otto Sturm y Rainer Sturm. Ahora estaban juntos. El final había sido definitivo.

Meses después, Erna se encargó de poner en la tumba, antes de los nombres de sus padres y hermano, la siguiente placa: "Dios dirá la última palabra".

En la tumba, en el lugar donde aparecía escrito el nombre de Rainer, alguna vez alguien dejó una planta de mirto.

Esta edición se terminó de imprimir en
Grafinor S. A.
Lamadrid 1576, Villa Ballester
en el mes de marzo de 2001.